The Noel Diary
노엘의 다이어리

THE NOEL DIARY
Copyright © 2017 by Richard Paul Evans

Korean-language edition copyright © 2022 by Feelbooks.
Published by agreement with Sterling Lord Literistic, Inc. and Danny Hong Agency

이 책의 한국어판 저작권은 대니홍 에이전시를 통한 저작권사와의 독점 계약으로 느낌이있는책에
있습니다. 신저작권법에 의해 한국 내에서 보호를 받는 저작물이므로 무단전재와 복제를 금합니다.

노엘의 다이어리

초판 1쇄 인쇄일 ㅣ 2022년 3월 15일   초판 1쇄 발행일 ㅣ 2022년 3월 25일

지은이 ㅣ 리처드 폴 에번스
옮긴이 ㅣ 이현숙
펴낸이 ㅣ 강창용
편 집 ㅣ 신선숙, 강동균, 강석호
디자인 ㅣ 가혜순
영 업 ㅣ 최대현

펴낸곳 ㅣ 씨큐브
출판등록 ㅣ 1998년 5월 16일 제10-1588
주 소 ㅣ 경기도 고양시 일산동구 중앙로 1233(현대타운빌) 302호
전 화 ㅣ (代)031-932-7474
팩 스 ㅣ 031-932-5962
이메일 ㅣ feelbooks@naver.com

ISBN 979-11-6195-171-3 03840

씨큐브는 느낌이있는책의 장르 분야 브랜드입니다.

* 책값은 뒤표지에 있습니다.   * 잘못된 책은 구입처에서 교환해 드립니다.

The Noël Diary

노엘의 다이어리

리처드 폴 에번스 지음 | **이현숙** 옮김

씨큐브

프롤로그

얕은 잠과 의식 사이 어딘가 흐릿한 꿈결 속 아스라하게 펼쳐진 풍경 너머로 햇빛에 흑요석처럼 반짝이는 길고 검은 머리칼을 지닌 젊은 여성의 모습을 여러 번 본 것 같다. 꿈속에서 그녀 옆에 선 내 모습은 무척이나 작다. 그녀는 나를 가슴에 꼭 끌어안고 노래를 부르며 부드러운 아몬드 모양의 눈으로 내 얼굴을 사랑스럽게 바라본다. 늘 같은 모습이다. 그녀가 누구인지, 왜 나의 의식을 통해 간간이 모습을 드러내는지 알 길은 없다. 그녀가 진짜인지도 모르겠다. 하지만 실제 존재하는 것처럼 느껴지기도 한다. 더불어 내 안의 무언가가 그녀를 갈망하고 있다. 그녀가 누구든 그녀는 나를 사랑한다. 아니면 나를 사랑했거나. 그리고 나 역시 그녀를 사랑한다.

이제부터 나올 이야기는 내가 그녀를 찾아가는 여정에 관한 이야기다. 어떻게 그녀를 찾았으며, 그 여정을 통해 어떻게 사랑을 알게 되었는지에 대한…….

1

12월 7일 수요일

시카고

〈USA 투데이〉 기자가 던킨도너츠 안으로 들어왔다. 정신없어 보이는 모습이 시카고 시내에서 늘상 마주치는 여느 사람들과 같다. 홍보담당자는 2시 인터뷰 장소로 밀레니엄 파크 근처 도넛 가게를 골랐다. 기자는 약속 시간에 무려 10분이나 늦었다.

기자는 가게 안을 빙 둘러보다가 나를 발견하고는 잰걸음을 옮겼다.

"처처 씨, 늦어서 죄송해요."

기자가 헉헉거리며, 우리 사이에 놓인 빈 의자에 가방을 툭 던지듯 내려놓고는 목과 턱을 감쌌던 울 스카프를 끌렀다. 두 뺨과 코가 추위로 빨개져있었다.

"진작 포기하고 대중교통을 이용할걸 그랬지 뭐예요! 시카고 시내에 주차하기란 시카고에서 정직한 정치인 찾기만큼이나 극한 도전이거든요."

"괜찮아요."

기자를 올려다봤다. 줄잡아 스물두세 살, 많아봤자 스물다섯 살 정도 될까. 기자들이 매년 어려지는 것 같다. 아니면 내가 나이가 들어가는 중이거나. 기자가 겨울 외투를 벗는 동안 커피를 한 모금 들이켰다.

"밖이 엄청 추워요. 왜 사람들이 시카고를 '바람의 도시'라고 부르는지 알 것 같네요."

"그 별칭은 날씨와는 아무런 관련이 없습니다. 〈선〉지의 뉴욕시 편집자가 시카고 사람들은 허풍이 심하다고 해서 그렇게 불렀던 거예요."

"그건 몰랐네요."

"커피 한잔하겠어요?"

"아니요, 괜찮아요. 이미 작가님 시간을 충분히 빼앗았는걸요."

언론 인터뷰를 5백여 차례 거듭하면서 나름대로 기자 다루는 법을 터득했다. 기자들과 인터뷰를 할 때는 길 잃은 개한테 다가갈 때처럼 신중해야 한다. 안전한 상대인 경우도 있지만 자신을 지키려면 자칫 물릴 수도 있다는 사실을 항상 염두에 두어야 한다. 그들에게 '비공개'라는 말은 반드시 녹음기에 배터리가 있는지 확인해 보세요. 이게 당신이 찾아다니는 허접한 가십 거리가 될 수도 있으니까요.'라는 말과 같다.

"어떻게 지내세요?"

기자가 물었다. 한결 차분해진 모습이다.

"잘 지내요."

기자는 가방에서 녹음기를 꺼내 탁자 위에 올려놓았다.

"저희 대화를 녹음해도 괜찮을까요?"

기자들은 항상 이렇게 묻는다. 언제나 싫다고 말하고 싶은 유혹을 느낀다.

"네, 당신은 괜찮아요."

"좋아요. 그럼 시작하죠."

기자가 녹음기 버튼을 누르자 빨간불이 켜졌다.

"저는 지금 베스트셀러 작가 J. 처처 씨와 인터뷰하고 있습니다. 이번 인터뷰는 홀리데이 라운드업 에디션(Holiday Roundup Edition : 크리스마스나 발렌타인 등 홀리데이를 배경으로 가족과 연인의 화합 등을 다루는 시즌 한정 시리즈 - 옮긴이주) 발간 기념으로 마련했습니다. 처처 씨, 제이크라고 불러도 될까요?"

"좋을 대로 하세요."

"제이크, 새 책이 나왔더군요. 베스트셀러 목록에 오르기에는 너무 따끈따끈한 신작이긴 하지만, 저는 틀림없이 그렇게 될 거라고 확신합니다."

"한번도 그걸 당연하게 여긴 적은 없습니다만, 오늘이 수요일이군요. 이따가 오후에 베스트셀러 목록을 찾아보도록 하죠."

"작가님 책이 1위에 오를 거라고 확신해요."

"그럴 것 같진 않지만, 희망이야 가져볼 수는 있겠죠."

"그럼, 작가님! 해마다 이맘때는 어떤지 얘기해주시겠어요?"

커피를 한 모금 더 홀짝이다가 컵을 탁자에 내려놓고는 카페 안을 가리켰다.

"딱 이렇습니다. 쉴 새 없이 떠나는 여행에 수도 없이 밀려드는 인터뷰, 엄청나게 마셔대는 커피와 책 몇 권에 서명하기."

"참, 어제 책 사인회를 열었죠? 장소가……."

"네이퍼빌."

"맞아요. 거긴 어땠어요?"

"무사히 잘 끝났습니다."

"독자들이 얼마나 왔나요?"

"5백에서 6백 명. 그냥 평범한 수준이었죠."

"지금까지 몇 군데 도시를 다니신 건가요?"

"한 열두 곳 정도. 뉴욕, 보스턴, 신시내티, 버밍햄, 댈러스……
나머지는 잘 기억이 안 나네요."

"많이 지치셨나 봐요. 투어는 언제 끝나세요?"

"이번이 마지막이에요. 네 시간 후면 집으로 향하는 비행기에 오를 겁니다."

"그럼, 아이다호로 돌아가시겠네요?"

"코들레인. 스포캔으로 날아갑니다."

마치 그 도시가 누구나 다 아는 뉴욕 한복판이라도 되는 듯 내가 말했다.

"거기가 연말 휴가를 보내는 곳이로군요. 처처 씨는 크리스마스에 집에서 뭘 하고 지내시나요?"

잠시 머뭇거렸다.

"정말 그걸 알고 싶은 건가요?"

"그럼요. 그게 제 기사에서 가장 중요한 내용이거든요."

"대체로 따분합니다."

기자가 웃었다.

"보통 가족과 친구들……"

"아니, 대부분 나 혼자예요. 내 에이전트와 출판사에서 보낸 선물을 열어보고, 에그노그(eggnog : 맥주, 포도주 등에 달걀과 우유를 섞어 마시는 술 - 옮긴이주)를 뾰족한 돌기가 있는 잔에 담아 한두 잔 홀짝이고 나서 북 투어 때 놓친 풋볼 경기를 보는 거죠."

기자는 약간 언짢아보였다.

"작가님만의 크리스마스 전통이 있나요?"

"네. 방금 말했잖아요."

기자의 표정이 조금 더 언짢아졌다.

"어릴 때는 크리스마스에 뭘 하면서 보냈어요? 두드러지게 특별한 기억이 있다면요?"

천천히 숨을 내쉬었다.

"특별한이라는 단어의 뜻을 정의해주시죠."

"그러니까…… 잊을 수 없는 크리스마스가 있으신가요?"

나는 음울한 미소를 지었다.

"아, 그럼요."

"그 얘기 좀 해주실래요?"

"저기요, 정말이지 듣기 싫어질 텐데."

"저한테 한번 해봐요."

"뭐, 정 그렇다면야. 크리스마스 오후였어요. 당시 난 일곱 살이었죠. 엄마가 내 침실에 들어와 내가 바닥에 앉아 크리스마스 장난감을 신나게 가지고 노는 모습을 발견했죠. 엄마는 얼굴이 금방 시뻘게지더니 내가 집안을 난장판으로 만들었다면서 고래고래 소리를 질렀어요. 나한테 부엌에 가서 무거운 나무 믹싱 스푼을 가져오라고 시키더군요. 그러고는 내 바지를 내리고 그걸로 나를 때렸어요. 뭐랄까, 꼭 악마가 엄마를 조종하고 있는 것 같았어요. 엄마는 스푼이 부러질 때까지 매질을 멈추지 않았죠. 그러고 나서 여행 가방에 내 옷가지들을 꾹꾹 눌러 담더니 집 밖으로 끌고 나와서는 나더러 알아서 살 곳을 찾아보라고 말했어요. 나는 거의 세 시간을 추위에 떨며 길바닥에 서있었죠. 어떻게 해야 할지 모든 게 막막할 뿐이었지만, 엄마들이 더 이상 아이들을 원하지 않을 때는 다들 이렇게 하는 줄 알았어요. 누가 와서 나를 데려가 줄까 궁금해 하기도 했죠. 결국, 세 시간 후, 그러니까 해가 지고도 한 시간이 훌쩍 지나고 난 뒤에야 너무 춥고 배가 고파서 다시 집으로 걸어가 문을 두드렸어요. 한 5분쯤 지나자 엄마가 문을 열고 나와 나를 빤히 쳐다봤어요. 한참을 그렇게 쳐다보고 나서야 나한테 물어보더군요.

'어떻게 하고 싶어?' 내가 말했어요, '제가 잘하면, 다시 집에 들어가 살 수 있어요?' 엄마가 말없이 돌아서더니 다시 집 안으로 들어가버리더군요. 하지만 딱히 들어오지 말라거나 내 앞에서 문을 쾅 닫아버리거나 하진 않았어요. 그래서 나는 들어오라는 뜻으로 받아들이고 다시 내 방으로 가서 침대 밑에 기어들어가 그대로 잠들었어요."

기자의 눈을 똑바로 쳐다보며 덧붙였다.

"제 크리스마스 추억 어때요?"

기자는 겁을 잔뜩 집어먹은 표정으로 애써 말했다.

"얘기 잘 들었습니다. 이만하면 충분할 것 같네요, 감사합니다. 이번 인터뷰 기사는 한 일주일 후쯤, 크리스마스 전에 나올 거예요."

그러고 나서 황급히 자기 물건을 가방 안에 쑤셔 넣더니 얼른 코트를 걸쳤다. 기자는 다시 매서운 추위 속으로 걸어 나갔다.

하, 홍보담당자가 날 잡아먹으려 들겠군, 속으로 생각했다.

내 책을 한 권이라도 읽어본 독자라면 필명인 J. 처처로 나를 더 잘 기억할 것이다. 본명은 제이콥 크리스천 처처(Churcher의 발음이 '교회'를 뜻하는 Chrch와 비슷하다. 소설의 배경인 미국의 유타주는 일종의 초정통파 기독교인 모르몬교 신자들이 주로 모여 사는 곳이며, 소설의 주요 갈등 요소 역시 종교적 관련성이 높다. 주인공의 이름은 이러한 점을 연상시키기 위한 일종의 언어유희로 이해해 볼 수 있다. - 옮긴이주)다. 내 이름이 얼마나 이상한지 깨닫게 된 건 십 대로 접어들면서부터였다. 참 궁금했다. 부모님이 내 이름을 가지고 장난친 건가. 가령, 이마 호그(Hogg : 털을 깎지 않은 한 살배기 어린 양 - 옮긴이

13

주)나 로빈 그레이브스(Graves : 무덤 - 옮긴이주)라는 이름을 지어주는 비뚤어진 사람들처럼 말이다.

크리스천 처처. JC 처처. 내 이름은 부모님이 나를 단 한 번도 교회에 데리고 가지 않았기 때문에 더더욱 역설적으로 들렸다. 간혹 로맨스 소설 작가면 사랑꾼일 거라고 생각하는 사람들이 있는데 미안하지만, 당신이 틀렸다. 적어도 내 경우에는 아니다. 어쩌면 연애를 할 줄도, 가르칠 줄도 (혹은 그것에 대해 쓸 줄도) 모르는 사람들에게는 모범 사례일 수는 있겠지만 어쨌든 내 경우 서른네 살이 되도록 번번이 실패로 끝난 연애가 전부였다. 그래도 난 할 만큼은 했다.

계속 똑같은 행동을 반복하면서 다른 결과를 기대하면 바보라는 말이 있는데, 아마도 딱 날 두고 한 얘기 같다. 하지만 사실은 그보다 더 복잡한 것 같기도 하다. 이따금 나는 내 안의 뭔가가 로맨스에 어깃장을 놓는다는 느낌이 들기도 한다.

아니면 어디선가 들었던 노래 가사처럼 항상 잘못된 장소에서 사랑을 찾고 있거나. 작가 생활을 막 시작했을 무렵, 한 중견 작가가 연륜에서 우러난 현명한 조언을 한 적이 있었다. '독자와는 절대 사귀지 말 것.' 나는 이 말을 깡그리 무시한 채 책 사인회에 온 여성들을 만났고, 껌의 단맛만 쏙 빨아먹듯 딱 즐길 수 있을 때까지만 관계를 지속했다.

문제는 내 책을 읽은 여성들이 내가 만들어 낸 허구의 완벽남들과 사랑에 빠진다는 것이다. 실제로 그런 남자를 찾지 못하면 (진짜 행운을 빈다!) 가끔 나를 그런 '완벽남' 자리에 등극시킨다. 내가 데이트했던 모든 여자는 한결같이 똑같았다. 그러다가 결국에는 내가 남들과 별반 다르지 않은 결점투성이 남자라는 사실을 깨닫게 된다. 아니, 아마도 내 경우에는 훨씬 더 심했을 수도 있다.

* * *

그렇게 된 데에는 나름의 이유가 있었다. 내 세상은 아주 어려서 두 가지 사건을 겪으면서 무너지기 시작했다. 형의 죽음과 부모님의 이혼. 나는 고작 네 살이었다. 사실, 그런 일을 기억하기에는 너무 어린 나이다. 1986년 8월 4일. 그날 형 찰스가 죽었다. 그 후 모든 것이 바뀌었다. 어머니가 완전히 딴 사람으로 변한 것도 그날 이후부터다.

어머니 루스는 정신질환으로 힘겨운 삶을 살았다. 물론 어렸을 때는 몰랐다. 하루하루가 그저 구타와 방치의 연속인 악몽일 뿐이라고 생각했으니까. 무릇 정신 병원에서 자라면 미친 게 정상인 법이다. 십대가 되어서야 현실에 제대로 눈을 떴고 망가질 대로 망가진 어린 시절의 끔찍한 경험을 제대로 바라볼 수 있게 되었다.

어머니가 항상 잔인했던 건 아니다. 상냥하고 세심할 때도 있었다. 드물긴 했지만, 그때가 유일하게 어머니에게 기댈 수 있는 순간들이었다. 커갈수록 그런 시간은 점점 더 뜸해졌다. 사실 대부분은 그런 순간이 아예 없었다고 봐도 무방하다.

어머니는 종종 편두통을 앓았고 침대에 누워 대부분의 시간을 보냈다. 어두컴컴한 방에서 전화선마저 뽑아 놓고 빛과 세상에서 자신을 완전히 차단해버렸다. 그 당시 나이에 비해 지나치게 독립적인 아이였던 나는 혼자 밥도 차려 먹고, 학교도 혼자 가고, 옷에 뭐가 묻으면 혼자 욕조에서 옷을 빨았다.

어머니가 잠자리에 들면 종종 어두운 방에 들어가 어머니의 상태를 살피곤 했다. 때로는 어머니가 등을 긁어달라고 부탁해왔다. 어머니한테 이쑤시개 두 개를 테이프로 붙여 놓은 연필이 하나 있었는데 그걸로 어머니의 등이나 목, 또는 팔 부위를 위아래 이리저리 움직이면서 긁어주곤 했다. 어떨 때는 몇 시간 동안이나 그랬던 적도 있었다. 어머니가 나를 사랑하거나 필요로 한다고 느끼게 한 유일한 일이었으니까. 긁어주다 보면 어쩌다 한두 번 다정한 말이 튀어나올 때도 있었다. 그건 마치 산소처럼 없어서는 안 될, 내가 갈망하던 것이었다.

집에서만 외로운 건 아니었다. 학교에서도 거의 혼자였다. 한 마디로 외톨이였다. 지금도 그 사실은 변함없지만. 아마도 또래 아이들과 언제나 생각하는 게 많이 달라서였던 것 같기도 하다. 늘 침울하고 심각한 아이였으니까. 내가 생각이 너무 많다고 말한 사람들도 있었다. 하지만 난 어머니가 살아있는지 수시로 확인해야만 했기 때문에 친구를 사귈 틈이 없었다. 어머니는 자살 충동을 느꼈고, 여러 번 나를 자살 계획에 동참시켰다. 한번은 조각칼과 전기 칼갈이를 건네주면서 자신이 손목을 그을 수 있게 날을 갈아달라고 부탁한 적도 있었다.

또 한 번은 조금 더 자라 학교에서 집으로 돌아왔을 때였다. 자동차 배기관에서 정원용 호스가 차 뒷유리에 쬠쇠로 고정된 채 나머지 창문이 전부 다 열려있는 게 보였다. 어머니는 의식이 없었다. 차에서 내리자마자 간신히 어머니를 끌어내 차고 콘크리트 바닥에 눕혔다. 어머니는 끔찍한 두통을 앓았지만, 그것 말고는 아픈 데가 없었다. 나는 수년간 고통 받았다.

열세 살 무렵 내 키는 이미 어머니를 훌쩍 넘어섰고, 어머니는 어느 순간 나를 때리는 걸 멈췄다. 때려봐야 내가 더는 울지 않아서였거나, 도리어 나한테 두들겨 맞을 수도 있겠다는 생각이 들어서였을지도 모르겠다. 내가 진짜 때렸다는 건 아니다. 내가 겪은 그 모든 폭력에도 불구하고 나는 절대로 폭력적인 사람은 아니었다. 오히려 폭력을 혐오했다. 그리고 그건 지금도 변함이 없다.

아버지에 대한 기억은 아무리 쥐어짜봐야 흐릿하다. 아버지에 대해 아는 거라곤 어머니한테서 들은 얘기가 거의 전부다. 아버지는 나에게 전혀 신경 쓰지 않았다. 끝. 어머니의 말은 반쯤 걸러 들어야 한다는 사실을 나름 터득하긴 했지만 아버지의 부재는 부인할 수 없는 사실이었다. 적어도 내 삶의 일부가 되기 위해 조금도 노력하지 않은 것만큼은 분명했다. 어떤 면에서는 어머니보다 아버지에게 더 많이 화가 났다. 도대체 집은 왜 나간 거야? 무슨 변명을 할까? 날 조금이라도 걱정했다면, 어떻게 아들을 이런 곳에 남겨 둘 수 있었을까?

집에서의 마지막 날은 지금 생각해도 믿어지지 않을 만큼 어처구니가 없었다. 열여섯 살 때로 기억한다. 어느 날 밤 타코 타임에서 아르바이트를 마치고 집에 돌아왔더니 내 물건이 집 앞 잔디에 나뒹굴어져 있었다. 심지어 내 베개도 밖에 나와있었다. 그리고 집 문은 굳게 잠겨있었다. 그런데 이번에는 나도 뭘 잘못했는지 굳이 따져 묻고 싶은 생각조차 들지 않았다. 그냥 아무래도 상관없었다. 내 안에서 무언가 강렬하게 요동치는 소리가 들렸고 그 순간 떠나야 할 때가 왔음을 직감했다.

잔디밭에서 내 물건 몇 개를 집어 들고 곧장 타코 타임으로 돌아갔다. 함께 일하던 칼리라는 이름의 여자가 그곳에 있었다. 그녀는 언제나 내게 친절했다. 나보다 나이는 조금 더 많았고, 검은색과 황갈색의 쉐보레 시테이션을 몰았다. 집에서 쫓겨났다고 말하자 살 곳을 찾을 때까지 자기 집에서 함께 지내도 좋다고 말했다.

종교적으로 엄격한 집안에서 자란 칼리 역시 몰래 술을 마시다가 부모님한테 들켜 집에서 쫓겨나는 바람에 언니 캔디스와 형부 타이슨 부부와 함께 지내고 있던 터였다. 칼리를 도와 타코 타임에서 청소를 마치고 그녀의 집에 함께 갔다. 칼리의 형부는 몸에 거대한 문신을 한 사모아 사람이었다. 처음 타이슨을 봤을 때는 몸이 쭈뼛했다. 살면서 그렇게 덩치 큰 사람은 처음이었다.

알고 보니 두려워할 이유가 전혀 없었다. 타이슨은 위협적인 겉모습과는 달리 굉장히 친절한 남자였다. 얼굴에는 전염성 강한 미소가 가득했고, 특히 기분이 좋을 때면 천둥 치듯 호탕하게 웃어젖

히곤 했다. 또 하나, 타이슨은 아내와 함께 초종파적인 교회에 다니던 독실한 기독교인이었다. 타이슨은 한 무리의 남자들과 매주 새벽 성경 공부를 하러 다녔다. 타이슨은 엄마가 나를 내쫓은 사실을 전해 듣고는 자기 일처럼 분개했다. 그러면서 내가 다시 일어설 수 있을 때까지 함께 지내도 좋다고 말했다. 당시 내 나이와 상황을 고려하면 대단히 관대한 제안이었다.

그들의 집은 메인 층이 20평도 채 안 되게 작았다. 거기에 짓다 만 지하실과 오래된 펩토비스몰 알약 같은 분홍색 벽으로 둘러싸인 욕실이 있었다. 다른 침대는 없었지만, 다행히 지하실 바닥에 여분의 퀸사이즈 매트리스가 있었다. 딱 나에게 새집이 생긴 것만 같았다.

캔디스는 낮에 법률 비서로 일했다. 타이슨은 국제전화 장비 회사의 영업부서에서 근무한 덕에 5시 30분이면 집에 돌아와 쉴 수 있는 호사를 누렸다. 거의 매일 함께 앉아 저녁을 먹으면서 타이슨은 내 안부를 묻곤 했다.

대화를 나눌 남자가 있어서 좋았다. 익숙하진 않았지만 즐거웠다. 내 생각이지만 타이슨도 무척 즐거워하는 것 같았다. 아내인 캔디스는 럭비, 맵고 뜨거운 닭 날개, 할리데이비슨 오토바이 같은 그의 관심사에 별다른 흥미가 없었기 때문이다.

비록 집은 떠났어도 학교를 게을리하지는 않았다. 타이슨과 캔디스가 학교를 계속 다녀야 한다고 완강하게 주장하기도 했지만 어쨌든 두 사람이 아니었어도 학교를 그만둘 생각은 없었다. 새로운 학교는 예전 학교와는 여러모로 달랐다. 학군도 완전히 다른 곳이었다. 새 학교에서 특히 영어와 창의적 글쓰기 수업에 빠져들었다. 사실 제닌 다이아몬드라는 대학을 갓 졸업한 예쁜 선생님 때문이었다. 선생님에게 첫눈에 반한 학생 이야기는 흔하다. 그게 바로 나다. 다이아몬드 선생님이 내 가정사를 속속들이 알고 있는 건 아니었다. 하지만 어느 정도는 내 사정을 짐작했으리라 생각한다. 아니면 나에게 호감을 느꼈거나(상상은 자유니까)! 이유야 무엇이든 선생님은 나에게 특별한 관심을 보였고 격려를 아끼지 않았다. 대학생 수준의 문장력을 갖췄다며 나를 추켜세우는가 하면, 전문 작가가 되는 데 손색이 없는 자질을 두루 갖추었다는 말로 나를 들뜨게 했다. 나에 대해 그토록 긍정적인 반응을 보여주는 사람이 내 주변에 있다는 건 정말이지 무척이나 생소하고 드문 경험이었다. 나는 종종 방과 후에 남아 다이아몬드 선생님의 답안지 채점을 도왔다.

글쓰기는 내게 자연스러운 일이었다. 누군가에게 얘기하는 것과 비슷하면서도 더 쉽게 느껴졌다. 사실, 훨씬 더 쉬웠다. 사람들 앞에 서면 거북한 느낌이 들었다. 마치 전자레인지 안에 든 팝콘처럼 쓸데없는 말과 아이디어들이 내 머릿속에서 자꾸 튀어 올랐다.

나는 우리가 역경에도 불구하고 성공하는 것이 아니라, 도리어 역경으로 인해 성공한다고 믿는 편이다. 역경이야말로 수많은 이야기와 공감을 준 삶의 드라마였다고 굳게 믿을 정도다. 항상 머릿속이 온갖 판타지로 가득했는데 그건 일종의 생존 기술이기도 했다. 잠시 현실의 괴로움에서 벗어나는데 공상만큼 효과적인 건 없었으니까.

어느 날 다이아몬드 선생님이 나에게 알리지도 않고 내가 쓴 글 중 하나를 지역의 창의적 글쓰기 대회에 출품했는데, 내가 당당히 1등을 거머쥐었다. 타이슨, 캔디스, 칼리 모두 내 시상식을 보러 왔다. 나는 무대 위로 올라가 상패와 가죽 노트북, 크로스 펜과 연필 세트를 받았다. 그때까지 내가 가지고 있던 물건 중 단연코 최고였다. 게다가 2학년 때 철자대회에서 '벌'이라는 단어의 철자를 맞춰 상으로 받았던 컵케이크를 제외하면 내가 받은 유일한 것이기도 했다.

그들의 집에 들어와 산 지 1년하고도 3주가 더 지났을 무렵 타이슨은 사장이 자기를 워싱턴주 스포캔으로 보내기로 했다고 발표했다. 그래서 우리는 내가 학교를 졸업하고 정확히 두 달이 지난 후 이사할 계획을 세웠다. 우리는 이사할 계획이었다. 그들의 예상대로, 내가 그들과 함께 간다는 데에는 의문의 여지가 없었다. 그 무렵 우린 거의 가족이나 마찬가지였으니까.

아이러니하게도 남기로 한 쪽은 칼리였다. 칼리는 유타대학교에서 이제 막 1학년을 마친 상태였기에 다른 친구들과 솔트레이크에서 지내기로 했다. 우리 넷은 집에 있는 모든 물건을 꺼내 상자에 담았다. 그런 다음 타이슨과 캔디스와 내가 이사업체 유홀의 트레일러와 타이슨의 트럭 뒷부분에 나눠서 옮겨 실었고, 마지막으로 눈물을 훔치며 칼리와 작별 인사를 나눈 뒤 7백 마일 떨어진 곳으로 떠났다. 솔트레이크에서 스포캔까지 타이슨과 캔디스는 트럭을 탔고, 나는 6개월 전에 구매한 중고 토요타 코롤라를 몰았다.

유타주 밖으로 이사하면서 어머니에게 알리지 않은 게 좀 이상해보일 수도 있겠지만, 딱히 어머니가 알고 싶어 할 것이라는 생각도 들지 않았다. 어머니는 나를 쫓아낸 이후로 굳이 나를 찾으려고 애쓰지 않았다. 나 역시 어머니의 행동에 별다른 의미를 두지 않았다. 그건 마치 거리의 노숙자에게 당신이 가장 좋아하는 TV 프로그램이 지금 어떤 채널에서 하고 있는지 알려주는 것과 크게 다르지 않다. 그만큼 무의미했다는 뜻이다.

* * *

스포캔에 정착한 지 불과 일주일 만에 나는 카루소 & 피자에서 피자 배달원 일을 시작했다. 팁으로 꽤 짭짤한 돈을 벌어들였고 식비에 보탬이 되었으니 그건 상당한 혜택이었다. 근무가 끝나면 남은 피자를 집으로 가져가곤 했는데 타이슨은 야식으로 게걸스럽게 먹어 치우곤 했다.

여름이 끝나갈 즈음 곤자가 대학교 문예 창작 과정에 등록했다. 그리고 보조금과 좋은 성적을 받아들었다. 대학 생활은 즐길만했다. TV에서 흔히 보듯 패기 넘치고 맥주와 파티를 즐기는 그런 대학 생활과는 거리가 먼 고독한 생활이었지만 내게는 잘 맞았다. 주로 도서관에서 시간을 보내며 열두 편 정도의 단편 소설을 썼는데,

그중 몇 편은 대학 인문학 저널인 〈더 리플렉션〉에 실렸다. 그리고 대학 신문인 〈더 불러틴〉에 글을 기고하면서 약간의 돈도 모았다.

그 무렵 태어나 처음으로 하고 싶은 일이 무엇인지 깨달았다. 작가가 되고 싶었다. 궁극적인 꿈은 책을 써서 출간하는 작가가 되는 것이었다. 교수 중 한 명이 바로 그런 작가였다. 딱히 유명 작가라고 말할 수는 없었지만 나름의 추종자들이 있었다. 인생이 그보다 더 근사할 수 있다는 건 그때까지만 해도 상상조차 불가능했다.

스물세 살에 문학 학사학위를 취득했다. 졸업을 앞둔 마지막 해에 스포캔에 위치한 디코네스 헬스케라는 회사에서 주간 소식지와 온라인 기사 작성을 담당하는 인턴사원으로 근무를 시작했는데 졸업하고 나서 곧바로 정규직으로 채용되었다.

재정적인 면에서 보자면 처음으로 가장 순탄한 시기였다. 그 무렵 타이슨과 캔디스의 집에서 나왔다. 그들은 내게 단 한 번도 떠나달라고 부탁한 적이 없었다. 오히려 내가 떠난다고 했을 때 약간 화가 난 것 같기도 했다. 부부는 날 위해 힘닿는 데까지 충분히 베풀어주었다. 하지만 부부가 언젠가 내게 불편한 부탁을 해야만 하는 상황에 놓이게 될 때까지 눌러있고 싶지 않았다. 게다가 캔디스의 수년에 걸친 노력이 결실을 맺어 임신에 성공한 터였다. 이제 그들끼리 온전한 가족을 꾸릴 때가 되었다는 생각이 들었다.

타이슨과 캔디스 부부가 사는 집에서 불과 8백 미터 떨어진 곳에 작은 반지하 아파트를 얻어 이사했다. 적어도 일주일에 한 번씩은 여전히 함께 저녁을 먹었다. 그리고 지금까지도 이따금 타이슨에게 야식으로 피자를 가져다주곤 한다.

몇 명의 여자와 데이트를 즐기긴 했지만 특별한 일은 일어나지 않았다. 내 외로움에는 한 가지 이점이 있었다. 인생에 중요한 사람이 없다 보니 밤을 자유롭게 보낼 수 있었다고나 할까! 졸업 후 1년쯤 지나 소설을 쓰기 시작했다. 첫 소설은 결손 가정에 관한 삐딱한 이야기였고 그 누구에게도 보여줄 엄두가 나지 않았다. 스물여섯에 두 번째 소설을 집필했다. 첫 번째 소설보다는 나았지만 여전히 함량 미달이었다. 나는 소설가가 되려면 무엇이 필요한지 진지하게 궁금해지기 시작했다.

다행히 나의 열정이 내가 품었던 의심보다는 더 강력했던지 1년 후 첫 번째 '진짜' 소설을 완성했다. 다른 사람이 읽어도 부끄럽지 않을 만큼 괜찮게 느껴진 첫 책이었기 때문에 나는 그 책을 나의 첫 번째 '진짜' 소설이라고 불렀다. 제목은 《롱 웨이 홈》이라고 지었다. 어머니를 찾으러 다니면서 고군분투하는 한 청년의 이야기를 그린 소설이었다. 책의 영감이 어디서 왔는지 알아내겠다고 프로이트까지 들먹일 사람은 아마 없을 줄로 안다.

책을 다 쓰고 나서 나는 몇 부 복사해 직장 동료들에게 보여주었다. 때마침 동료인 베스에게 뉴욕에 있는 저작권 대행업체를 공동으로 운영하는 로리라는 사촌이 있었다. 소설을 다 읽은 베스는 나에게 알리지도 않고 내 원고를 로리에게 보냈다. 고교 시절 다이아몬드 선생님이 나 몰래 지역 대회에 내 글을 출품시킨 것과 상당히 유사한 패턴이었다.

로리에게서 전화가 왔던 날을 나는 결코 잊지 못할 것이다. 우리의 대화는 다음과 같이 진행되었다.

로리: 처처 씨, 저는 스털링 문학의 로리 로드예요. 반갑습니다.

나: 누구시죠?

로리: 제 이름은 로리 로드입니다. 뉴욕에 있는 스털링 로드 문학 에이전시에서 일하고 있습니다. '롱 웨이 홈'을 쓰셨죠?

나: 네, 맞아요.

로리: 내용이 정말 좋더군요, 제이콥. 제이콥이라고 불러도 될까요?

나: 네. 그런데 제 책은 어떻게?

로리: 사촌 베스가 보내줬어요. 제 사촌이랑 같은 직장에 다니나 봐요.

나: 베스 체임벌린 말인가요?

로리: 네. 베스가 나한테 당신 원고를 보냈다고 말 안 했나요?

나: 아뇨…….

로리: 아! 하여간 베스가 그 원고를 보냈는데 정말 좋더군요. 그래서 출판사에 선보일까 합니다. 저는 현재 서른두 명의 작가를 관리하는 에이전트로서, 그중 일곱 명은 이름만 들어도 다 알만한 세계적인 베스트셀러 작가들이죠. 제가 당신을 여덟 번째로 만들어드리고 싶습니다. 당신만 관심 있다면 당장이라도 스포캔으로 날아가 한번 만나보고 싶군요.

나: 어……, 물론이죠.

3일 뒤 앞으로 직업상 파트너가 될 로리 로드를 만났고 그녀의 회사와 계약을 맺었다. 로리가 유명 출판사에 내 원고를 뿌렸고 무려 여섯 개의 출판사에게서 러브콜을 받게 되어 경매에 부친 결과 선불금으로 25만 달러를 받아냈다. 말할 것도 없이 무명작가의 첫 작품치고는 엄청난 금액이었다.

한 달 만에 메이저 영화사에서도 판권을 사 갔다. 그야말로 흥미진진한 순간의 연속이었다. 그때가 내 인생의 엄청난 전환기였을 것이다. 갑자기 내 인생이 매력적으로 보이기 시작했다면 어느 정도였을지 대충 짐작이 갈 것이다.

문학적으로도 대박을 터트렸다. 내 소설은 상업성과 작품성 모두 인정받았다. 뉴욕타임스 평론가의 호평에 이어 퍼블리셔스 위클리 리뷰에는 별이 총총히 달렸고, 커커스의 악명 높은 평론가 스나키조차 고개를 끄덕였다. 그 이후 출판사와 세 권의 소설을 더 계약했고, 전업으로 작품을 쓰기 위해 회사를 그만두었다. 이제 나의 작가 경력은 백만 작가 지망생들의 로망이 되었다. 가끔은 어머니가 내 책을 읽었는지 궁금했다.

다음 책 계약금은 4백만 달러를 웃돌았다. 그 후 내 삶은 크게 변했다. 1년 전 캔디스는 무려 5킬로그램이나 나가는 사내아이를 출산했다. 그해 크리스마스에 나는 그간 타이슨과 캔디스가 내게 보여준 호의에 대한 감사의 의미로 집 대출금을 대신 갚아주고 타이슨이 눈독만 들이던 할리데이비슨 팻보이를 선물했다. 이번에는 내가 그들에게 베풀 수 있어서 정말 기뻤다. 타이슨이 왈칵 쏟아지려는 눈물을 애써 참는 동안 캔디스가 나에게 진심을 가득 담아 입맞춤을 해줬다.

"이건 너무 과분해, 친구."

나는 타이슨을 껴안았다.

"아니, 그렇지 않아. 내 생명의 은인인걸."

스포캔에서 동쪽으로 30분 거리에 있는 평화로운 휴양도시 쿠들레인에 집을 장만했다. 호숫가의 집은 무척 아름다웠고 부유한 동네가 으레 그렇듯 주변과 단절되어 있었다. 나는 점점 외로워졌다.

헤로인 과다 복용으로 사망하기 전 제니스 조플린이 했던 말이 떠오른다. '무대에서 2만 5천 명의 사람들과 사랑을 나누고 혼자 집으로 돌아간다.' 더 자주 나도 그런 기분을 느꼈다. 내가 아무런 제의를 못 받았다는 뜻은 아니다. 처음 비행기를 타고 방문한 도시에서 언론의 눈부신 카메라 세례를 받았던 기억은 어제 일처럼 생생하다. 한 여자가 호텔방을 잡고 있다. 카운터 직원이 '열쇠는 몇 개 필요하세요.'라고 묻는다. '하나요.' 꿈속의 그녀가 대답한다. '그는 혼자예요.' 그녀가 내 앞으로 몸을 돌린다. '당신이 나와 밤을 보내고 싶지 않다면.' 나는 못 들은 척한다. '열쇠는 하나면 충분해요.' 내가 대답한다.

그게 내 삶이다. 백만 명의 팬. 열쇠 하나. 그리고 아직도 내 꿈에 찾아오곤 하는 한 여자. 천사인가? 뭐라 규정짓기 힘든 여자. 한때 글로 그녀를 그려내려고 시도했지만 이리저리 잘도 피해 나를 따돌렸다. 좀체 이야기가 풀리지 않았다. 어쩐지 실화를 오히려 허구로 만들고 있는 느낌이었다.

어느덧 내 삶은 버스 시간만큼이나 예측 가능한 일상에 빠져들었다. 1년에 소설을 한 편씩 출간한다. 비행기 일등석에 앉아 전국을 누비며 독자들을 만난다. 책에 사인해준다. 기자들과 만나 이야기를 나눈다.

그러던 어느 날, 크리스마스 3주 전, 모든 것을 뒤바꾸어 놓은 전화 한 통이 걸려왔다.

2

12월 7일

차로 오헤어 공항으로 가고 있는데 에이전트인 로리에게서 전화가 왔다.

"처처, 아직 시카고인가요?"

"공항 가는 길이에요."

"운이 따랐군요! 당신이 비행기 타는 걸 얼마나 끔찍이 생각하는지 내가 잘 알죠. 〈USA 투데이〉와의 인터뷰는 어땠어요?"

"모르겠어요."

"불길하게 들리는데요."

"맞아요."

"당최 무슨 말인지 모르겠으니 일단 넘어가죠. 자, 지금 나한테 〈타임스〉 베스트셀러 목록이 있어요."

"그래서요?"

"축하해요. 3위에 올랐어요."

"1위와 2위는 누구죠?"

로리가 끙 앓는 소리를 냈다.

"참, 만족이란 걸 모른다니까. 처처, 지금은 크리스마스 시즌이고 당신은 지금 거물들과 나란히 뛰고 있어요. 킹, 스파크스, 패터슨, 로버츠, 그리샴의 책이 전부 다 서점에 깔렸단 말이에요. 3위에 만족하세요. 좋은 소식은 판매고를 경신했다는 거예요. 잊지 말아요, 당신의 경쟁 상대는 오로지 당신 자신뿐이라는 걸."

"다른 작가들한테도 지금 한 말 그대로 해보시죠."

"이만 끊어요. 아무튼 축하해요, 뭐 축하를 받든 말든 그건 당신 마음이지만. 기분이 더 좋아지면 그때 전화 줘요. 잠깐, 잠깐만."

로리가 갑자기 다급하게 덧붙였다.

"한 가지만 더요. 비행기를 싫어하는 건 아는데……."

"아니, 싫어하는 건 양배추고, 비행기 타는 건 혐오하죠."

"아휴 참. 뉴욕에서 너무 멀리 떨어진 곳에 사니까 그런 거잖아요. 안 됐지만, 우린 뉴욕 일정을 잡아야 해요. 출판사에서 되도록 빨리 미팅 날짜를 잡고 싶어 한단 말이에요."

"글쎄요. 내 항불안제가 먹히면 그때 다시 전화할게요. 안녕."

"차오(Ciao : 이탈리아어로 안녕이라는 뜻으로 친근한 사이에 주로 쓴다 - 옮긴이주). 연락 잊지 말고요."

막 전화를 끊었는데 바로 벨이 울렸다. 지역번호가 801로 시작되는 처음 보는 번호였다. 문득 어렸을 때 기억이 스쳤다. 유타주.

시간이 그렇게 흘렀는데도 지역번호를 본 것만으로도 혈압이 올랐다.

"여보세요?"

"제이콥 처처 씨죠?"

"누구시죠"

내가 퉁명스럽게 물었다.

"처처 씨, 저는 브래드 캠벨이라고 합니다. 솔트레이크시티에 있는 스트랭 & 코플랜드의 변호사입니다."

내가 앓는 소리를 냈다.

"누가 날 고소한대요?"

"아니, 제가 아는 바로는 고소 건은 없습니다. 저는 처처 씨 어머님 유언장 집행자로 전화드렸습니다."

남자의 말을 이해하는 데 잠깐 시간이 걸렸다.

"어머님 유언장이라고요?"

"네, 처처 씨."

"제 어머니가 돌아가셨나요?"

전화기 너머로 망설임이 전해졌다.

"정말 유감입니다. 모르셨나요?"

"네, 조금 전까지는요."

"2주 전에 사망하셨습니다. 정말 유감입니다. 전 알고 계신 줄 알았습니다."

"아니, 전혀 몰랐어요."

"혹시 어떻게 돌아가셨는지 알고 싶으세요?"

"딱히 궁금한 건 없네요. 장례식은 치렀나요?"

"네."

"어땠어요?"

"조촐했습니다."

"역시 예상대로군요."

변호사가 목청을 가다듬었다.

"아까 말씀드린 대로 전화를 드린 이유는 제가 어머님 유언장 집행자이기 때문입니다. 어머니께서 당신 앞으로 모든 걸 남기셨습니다. 집이며 돈이며…… 전부 다요."

무슨 말을 해야 할지 몰랐다. 남자가 재차 물었다.

"제 얘기 듣고 계신 거죠?"

"죄송합니다. 저기…… 너무 예상 밖의 일이라서요."

정말 뜻밖이었다. 마치 브로드웨이 공연이 끝나고 갑자기 쏟아진 비에 흠뻑 젖은 후 택시를 잡은 심정이었다. 어머니가 언젠가 죽으리란 사실을 몰랐다는 얘기가 아니다. 오히려 어머니라는 존재가 내 마음속에 비집고 들어오지 못하도록 철저하게 방어막을 치고 있었기 때문에 어머니가 갑자기 내 삶 속으로 다시 밀치고 들어오는 건 정규 편성이 중단되고 느닷없이 아이스버킷 챌린지가 시작되는 것만큼이나 거슬리는 일이었다.

"처처 씨?"

나는 숨을 길게 내쉬었다.

"미안해요. 아무래도 제가 솔트레이크시티로 가봐야 할 것 같군요."

"잘 생각하셨습니다. 직접 와보시는 게 좋을 거예요. 아이다호에 살고 계시죠?"

"네, 코들레인이요. 집 열쇠가 필요할 거 같은데."

"제 사무실이 근처에 있습니다. 괜찮으시다면 서류도 드릴 겸 직접 만나죠. 언제 내려오실 건가요?"

"아직은 모르겠습니다. 다음 주쯤 전화 드리죠."

"좋아요. 개인적으로 한 가지 더 여쭤보고 싶은 게 있는데……"

"말씀하세요."

"당신이 그 제이콥 처처 씨 맞죠? 작가?"

"맞아요."

"제 아내가 아주 열혈 팬이랍니다. 혹시 책에 친필 사인 좀 부탁드려도 될까요?"

"얼마든지요."

"감사합니다. 아마 제 아내는 세상을 다 얻은 기분일 거예요. 그럼, 곧 만나 뵙기를 고대하고 있겠습니다."

전화를 끊었다. 어머니가 돌아가셨다. 이 사실을 어떻게 받아들여야 할지 몰랐다. 사람들은 보통 어떤 감정을 느낄까? 인정하기는 싫지만 머릿속에 맨 처음 든 생각은 이랬다. 딩동, 마녀가 죽었다. 연민 따위 개나 줘버린 사람처럼 들리겠지. 나도 안다. 하지만 어쩌겠는가? 그렇게밖에는 생각이 안 드는 걸. 20년 가까이 안 보

고 살았는데도 이제야 세상이 더 안전해진 느낌이다. 다시 로리에
게 전화를 걸었다.

"뉴욕 일정을 좀 미뤄야겠어요."

"무슨 일이죠?"

"유타에 갈 일이 생겼거든요."

"당신이 한때 살았다는 그 유타요?"

"미국에 유타가 거기 말고 또 있어요?"

"갑자기 무슨 일이죠? 어머니도 그렇고 안 좋은 기억들로 꽉 찬
곳이잖아요."

"어머니가 돌아가셨어요."

침묵.

"미안해요. 기분은 좀 어때요?"

"잘 모르겠어요. 지금 어떤 기분인지 알아내려고 애쓰는 중이에
요."

"장례식에 갈 거예요?"

"장례식은 이미 끝났어요. 지난주였거든요. 2주 전에 돌아가셨
대요. 부동산을 정리하려면 내려가 봐야 해요."

"그게 좋은 생각인 거 확실해요?"

"좋은 생각이라니요?"

"어머니 집에 돌아가는 거 말이에요. 공연히 재를 쑤시는 게 아
닌가 싶어서요. 어떤 불로 번질지 당신도 모르잖아요."

"난 어떤 불도 피울 생각이 없는데요. 집을 싹 태워버릴 게 아니

라면. 금요일 아침에 떠날 생각이에요."

"얼마나 있을 거예요?"

"글쎄요. 대략 3일 정도."

"비행기로 가요?"

"당연히 아니죠."

"당연히 아니다라. 흠, 그게 더 빠르고 편리할 텐데."

"도착해서 이동하려면 차가 필요할 거예요."

"도착해서 차를 렌트하는 방법도 있죠."

"나는 내 차가 좋아요."

"알다마다요. 내가 안 가 봐도 되겠어요?"

"괜찮아요. 고마워요."

로리가 한숨을 푹 내쉬었다.

"알겠어요. 아무튼, 정말 유감이에요. 모든 일이 잘 풀리기를 바랄게요."

"별일 없을 거예요. 몇 가지 문제만 해결하면 그만이니까."

"그 몇 가지가 심히 걱정되는군요."

3

12월 9일

코들레인

로리가 옳았다. 유타로 떠날 준비를 하고 있자니 집에 가는 게 좋은 생각인지 점점 더 확신이 없어졌다. 왜 그렇게 서둘러 돌아간다고 말했을까. 무의식 속에 뭔가 있었던 게 틀림없다. 적어도 의식적으로는 이 상황이 이해가 되지 않았으니까. 하지만 일단 그렇게 하기로 마음먹으면 그다음부터는 일이 알아서 흘러가기 마련이다. 내가 하는 일의 절반 이상은 바로 이 타성에서 비롯되곤 했다. 어쩌면 모두가 그런지도 모르겠다.

* * *

코들레인에서 솔트레이크로 이어지는 이 길을 마지막으로 운전했을 때가 어느덧 15년 전이었다. 그때는 타이슨, 캔디스 부부와 반대 차선을 달렸었다. 당시에는 무려 열네 시간이나 걸렸지만 이번에는 열 시간 만에 도착할 자신이 있었다. 우선 내가 캔디스보다 방광이 더 크다. 두 번째, 타이슨은 낡은 트럭으로 이사업체 유홀의 트레일러를 끌고 달리는 내내 제한 속도를 지켰지만 내 차는 터보 포르쉐 카이엔으로 소위 SUV로 위장한 로켓인데다 제한 속도를 지켰던 때가 언제였는지 기억조차 안 나기 때문이다.

토스트와 커피로 간단하게 아침을 때운 뒤 오전 9시에 집을 나섰다. 남동쪽으로 차를 몰고 몬태나주 버트를 지나 I-15 도로를 타고 아이다호 폴스와 포커텔로까지 달려 유타주 경계에 펼쳐진 황량하고 눈 덮인 풍경을 가로지른 후 솔트레이크시티까지 두 시간쯤 더 달려 어둑어둑해진 이후에야 목적지에 도착할 수 있었다. 열시간 남짓 운전하는 동안 점심을 먹기 위해 버트에서 한 번, 아이다호주 포커텔로에서 주유할 때 한 번, 딱 두 번 쉬었다.

도시는 다가올 크리스마스에 맞춰 한껏 치장을 했고 그랜드 아메리카 호텔 앞은 흰색과 금색 조명을 매단 나무들로 반짝거렸다. 눈이 치워져 도로는 깨끗했지만 덕분에 길 양옆으로 1미터 높이의 눈이 쌓여있었다. 도시의 스카이라인은 내 기억보다 훨씬 거대해 보였다. 솔트레이크는 내가 없는 동안 상당히 발전한 모습이었다.

스포캔과 코들레인처럼 한적한 곳에 살다 보니 감각이 달라진 듯했다. 캄캄한 밤이었는데도 놀라우리만치 교통량이 많았다. 그러고 보니 농구 경기가 열린 모양이었다.

호텔 대형 주차장과 주차 요원을 피해 건물 바로 밑에 주차했다. 나는 대리 주차를 거의 이용하지 않는다. 차가 필요할 때 따로 요청하는 일이 번거로워서다.

그랜드 아메리카는 이름에 걸맞게 웅장함을 뽐냈다. 널찍한 로비에 대리석 바닥은 물론이고 천장에는 눈부신 무라노제 유리의 멋들어진 샹들리에가 매달려있었다. 호텔 내부 역시 화려한 크리스마스용 화환과 조명으로 화려했다.

방에 도착하자마자 변호사 브래드 캠벨에게 전화를 걸었다. 브래드는 신호음이 울리자마자 바로 전화를 받았다. 우리는 다음 날 아침 10시에 어머니 집 앞에서 만나기로 약속하고 전화를 끊었다.

저녁 식사로 비트와 딸기 샐러드와 연어를 주문하고 난 뒤에야 마침내 호사스러운 침대에 몸을 뉘었다. 그랜드 아메리카는 내가 여행 중 머무르던 값비싼 호텔들과 견줄만했다. 공사가 덜 끝난 지하실에서 매트리스 하나에 감지덕지하던 그때 그 시절을 돌이켜 보면 솔트레이크를 떠나온 이후 눈부신 성공의 역사를 쓴 셈이다.

여전히 무엇에 이끌려 여기까지 왔는지 확신할 수는 없었다. 분명 어머니의 유언장 때문은 아니었다. 나는 어머니한테 원하는 게 아무것도 없다. 여전히 내 안에는 어두운 무언가가 도사리고 있는 듯했다. 아마 그것 때문이었을 게다. 영혼을 깊이 파고 들어가는 유리 조각처럼 고통스러운 그 무언가, 아무리 무시하려 몸부림쳐도 결코 사라질 줄 모르는 본능적인 그것.

이유가 무엇이든 무언가가 내게 돌아와야 한다고 속삭였다.

잠을 설쳤다. 꿈자리가 기괴했다. 그중 하나는 웨딩드레스를 입은 어머니가 나오는 꿈이었는데 내가 신랑 옷을 입고 있었다. 땀에 흠뻑 젖어 잠에서 깼다. 결국 침대에 수건을 깔고 다시 누웠다. 새벽 두 시에 프런트에 전화해서 침대 시트를 갈아달라고 할 수는 없는 노릇이니 말이다.

4

12월 10일

해가 뜨고 난 뒤에야 잠에서 제대로 깨어났다. 호텔 피트니스 센터로 내려가 운동을 하고 돌아와 샤워하고 옷을 갈아입었다. 휴대전화에 로리가 보낸 문자가 와있었다.

행운을 빌어요. *^^*

행운이여 내게 오라. 속으로 읊조렸다.

아침을 거르고 바로 차로 이동했다. 오늘 내 포르쉐는 자동차가 아닌 타임머신이 되어 더는 현실이 아닌 오래된 기억 속에서만 존재하던 곳으로 나를 데려다주었다.

어머니 집이 가까워져 오자 속에서 격한 감정이 일었다. 옛날 거리를 운전하고 있자니 축음기로 레코드를 듣는 기분이었다. 지

글거리고 가끔 튀는 레코드판 긁는 소리마저 음악의 일부가 되는.

유타를 떠난 후 집에 와본 적이 단 한 번도 없다. 엄밀히 말하자면 유타주에 아예 발을 들이지 않았다. 기회가 없었던 것은 아니지만 내가 거부했다.

지역 신문인 〈데저트 뉴스〉와 경쟁 언론사 〈솔트레이크 트리뷴〉이 나를 유타의 아들이라며 한껏 추켜세우는 제목의 기사를 낸 적도 있었다. 정작 나는 눈곱만치도 관심이 없던 타이틀이었건만. 결국 두 신문사의 인터뷰 요청을 다 거절했다. 책 사인회 요청은 물론이고 꽤 높은 출연료를 제시했던 방송 출연과 강연도 모두 거절했다. 행사가 열리는 장소가 유타에 있다는 이유가 전부였다.

지금 나는 돈도, 미디어도, 대대적인 광고도 없이 밤도둑처럼 조용히 돌아왔다. 아니, 상처 입힌 전쟁터로 다시 돌아온 노련한 병사가 더 나은 비유일 수도 있겠다. 나만의 유타 해변.

* * *

동네는 전체가 쇠락해졌다. 앞으로 고급 주택가로 바뀔 전망도 엿보이지 않았다. 거의 모든 집에 미국 국기 아니면 유타대를 상징하는 진홍색 U자가 걸려있었다. 마당 대부분은 철조망이나 눈 덮인 울타리로 둘러싸여 있었다. 집 앞 도로마다 이젠 거의 수집가들의 수집품 목록에나 오를법한 오래된 자동차들이 여럿 서있었다. 그중 몇 대는 어릴 때 본 기억이 났다.

오래전 어머니와 살던 집에 가까워지자 불안감이 더 몰려왔다. 눈길이 머무는 곳마다 기억이 되살아났다. 대부분은 고통스러운 것이었다. 가령, 플라스틱 플라밍고(plastic flamingo : 플라스틱으로 만든 홍학 모형의 장식품 - 옮긴이주)로 잔디밭을 꾸며놓은 저 오래된 낡은 집에는 심술궂은 여자가 살고 있었는데 내가 학교에 걸어갈 때면 행여 자기 집 잔디를 밟을까 봐 내게 소리를 지르곤 했다. 거기서 두 집 건너 저 집은 몰래 나뭇잎을 태우던 노인네와 딱 마주친 적이 있었는데 나를 보더니 대뜸 나더러 불장난 질을 했다며 경찰을 부르겠다고 으름장을 놓았다. 가난한 동네여서 더 그랬는지 내 기억으로는 동네 인심이 참 야박했던 것 같다.

어릴 때 살던 집이 더 가까워지자 커다랗고 꼬불꼬불한 떡갈나무가 눈에 들어왔다. 찰스 형이 죽던 날 기어오르던 나무였다. 형이 나무에 오르다 실수로 전류가 흐르는 송전선을 붙드는 바람에 감전사를 당했을 때 나는 그 자리에 있었다. 퍽 하는 소리가 들리기 무섭게 형이 내 눈 앞에서 떨어졌다. 나는 비극의 현장의 유일한 목격자였고 도움을 청하러 집에 뛰어 들어갔다. 나무를 보니 여전히 속이 울렁거렸다.

드디어 집에 도착했다. 동네의 다른 집들과 마찬가지로 낡고 허름했다. 붉은 벽돌의 랜치 하우스(ranch house : 폭은 넓지 않고 옆으로 길쭉하며 지붕이 경사진 단층집 - 옮긴이주)는 군데군데 갈라져 떨어져 나간 하얀 창틀과 지붕에 창문 세 개가 난 다락방 하나가 달린 단순한 구조였다. 지붕은 30센티미터가 넘는 눈으로 덮여있었고 지붕의 빗물받이 끝에는 축 늘어진 고드름이 잔뜩 달려있었다. 해가 들지 않는 집 한쪽 구석에는 마치 종유석과 석순이 만나듯 지면까지 이어지는 큰 고드름도 있었다.

눈 덮인 콘크리트 계단은 알루미늄 이중창이 난 문 뒤쪽에 흰색 양판문이 있는 작은 현관 베란다까지 이어졌다.

모든 것이 내 기억보다 훨씬 더 작아 보였다. 어렸을 때 살던 곳을 다시 찾으면 그런 경우가 많다고 하더니 그런 모양이다. 아마 당시에는 우리 몸이 훨씬 더 작았기 때문이거나, 아니면 우리 마음이 자동차 백미러와 같아서 모든 것이 실제보다 더 크게 보였을 수도 있다.

커다란 우체통이 얼어붙은 채 여전히 자리를 지키고 있었다. 어린 시절에는 그 우체통이 항상 나를 안아주고도 남을 만큼 커다랗다고 생각했었다. 여섯 살 때는 내 몸에 우표를 붙이고 안에 들어가 있으면 어떻게 될지 궁금해 하기도 했다. 한 번도 아니고 여러 번 그런 상상을 했던 것 같다. 나름 당시 상황을 보여주는 이야기가 아닐까 싶다.

제멋대로 자란 피라칸다 울타리로 둘러싸인 집 앞마당에는 하얀 눈과 대비를 이뤄 진홍색 열매 송이가 더욱 선명하게 보였다.

집 앞에 은색 메르세데스-벤츠 쿠페 한 대가 서있었다. 차 안으로 한 커플의 모습이 보인다. 운전석에 앉은 남자는 내가 바로 뒤에 차를 세우자 백미러를 흘끗 쳐다보더니 내가 시동을 끄자마자 바로 차에서 내려 나에게 걸어왔다. 땅딸막한 키에 깔끔하게 손질

된 머리가 유난히 반들거렸고 청바지에 분홍색 폴로셔츠를 받쳐 입고 편안한 단화를 신고 있었다. 그와 인사를 나누기 위해 차에서 내렸다.

"처처 씨죠?"

남자가 내 앞으로 다가오며 손을 내밀어 악수를 청했다.

"당신이 브래드 캠벨 씨군요."

그의 내민 손을 잡았다.

"만나 뵙게 되어 반갑습니다. 옛날 생각 많이 나시죠?"

남자는 무심결에 집을 힐끔 쳐다보더니 내게 물었다. 나는 못 들은 척했다.

"차 안에 계신 분이 부인이신가요?"

표정을 보니 약간 당황한 모양이다.

"네. 제 아내 캐시입니다. 죄송해요, 하도 따라오고 싶어 해서요. 작가님을 얼마나 뵙고 싶어 하던지."

"괜찮아요. 나오라고 하세요."

브래드가 몸을 돌려 차를 향해 손을 흔들자 그의 아내가 마치 몸에 스프링이라도 달린 듯 조수석에서 튕겨 나왔다. 그녀는 커다란 쇼핑백을 끌다시피 하며 걸어왔는데 경외감과 호기심이 동시에 느껴지는 표정으로 나를 바라보았다.

"안녕하세요, 캐시."

캐시 캠벨이 꽁꽁 언 바닥에 책 보따리를 내려놓고는 내게 손을 내밀었다.

"처처 씨, 작가님을 이렇게 코앞에서 보게 되다니 지금 제가 얼마나 들떠있는지 상상도 못 하실 거예요."

뭐, 딱 보니까 알겠는걸. 운동화도 짝짝이인걸 보니. 그 차림이 유타에서 최첨단 패션이 아니라면 말이다.

"고마워요. 저도 당신을 만나게 되어 기쁩니다."

"어머, 빈말이라도 정말 좋네요. 저기, 아마 이런 일에는 이골이 나셨겠지만, 제 책 몇 권에 사인 좀 해주시겠어요?"

정말이지 까딱하다간 기절할 태세였다.

"아, 그럼요."

"제가 펜을 가져왔어요."

그녀가 내게 사인펜을 하나 건네준 다음 가방에서 책 한 뭉치를 꺼냈다. 총 다섯 권이었다.

"이거 말고도 작가님이 쓰신 다른 책도 여러 권 가지고 있답니다. 그렇지만 작가님께 부담을 드리고 싶지 않아서 제가 제일 좋아하는 것만 가져왔어요."

"책을 차로 가져가죠."

그녀에게서 책 뭉치를 받아 들고 메르세데스 트렁크 위에 올려놓고 한 권씩 사인했다. 다 끝내자 그녀가 말했다.

"정말 감사합니다. 함께 사진을 찍어도 될까요?"

"물론이죠."

그녀가 휴대폰을 들어 올렸다.

"브래드, 얼른 와서 우리 사진 좀 찍어줘요."

남자가 다소 부끄러운 표정을 지으며 걸어왔다. 브래드는 휴대폰을 받아 들고 우리 쪽으로 카메라 렌즈를 맞췄다.

"더 높이 들어 올려요. 더 높이. 내가 늘 말하잖아요, 턱을 가린다고."

"알아, 알아, 여보. 총 3장 찍었어."

캐시가 한 발 뒤로 물러났다.

"정말 감사합니다, 처처 씨. 제 친구들이 부러워서 엄청나게 질투할 거예요."

그녀는 책을 가방에 다시 집어넣은 뒤 마지막으로 한번 나를 힐끔 쳐다보고 나서 차로 돌아갔다.

"정말 미안합니다. 제 아내가 진짜 작가님 열혈 팬이거든요. 자, 이제 시작해볼까요?"

브래드는 오른쪽 바지 주머니에서 열 개 남짓한 열쇠가 달린 열쇠꾸러미를 꺼내 열쇠 하나를 빼서 나에게 건넸다.

"제가 함께 가도 될까요? 저도 집안의 상태를 확인하고 싶어서요."

"네, 좋습니다."

나는 돌아서서 현관으로 이어지는 쩍쩍 갈라진 콘크리트 진입로를 따라 걸어 올라갔다.

"조심하세요. 바닥이 미끄러워요. 다치면 큰일이죠. 저를 고소하지만 말아 주세요."

"그럴 리가요. 행여 제가 작가님을 고소했다간 아내가 당장 저와 이혼할걸요."

밖에서 봤을 때 벽돌집은 낡고 오래돼 보였지만 - 딱 지금의 나처럼 - 떠날 때와 비교했을 때 크게 달라진 건 없었다. 그러나 집안은 완전히 딴 세상이었다. 나는 눈앞에 펼쳐진 광경에 충격을 받았다.

블라인드가 전부 내려져있어 어둑어둑했지만 집 안이 온갖 잡동사니들로 꽉 차 있는 게 보였다. 사실 꽉 차 있다는 표현으로는 한참 모자랐다. 흡사 쓰레기 매립장을 방불케 했다. 어디를 봐도 물건 더미가 탑처럼 높이 솟아올라 있었다. 나는 브래드를 쳐다봤다. "저희 어머니가 호더(hoader : 저장강박증을 앓고 있는 사람을 가리키는 용어로 이들에게는 낡고 필요 없는 물건이나 쓰레기를 집 안에 가득 쌓아놓는 특징이 있다 - 옮긴이주)였나요?"

"그런 것 같네요. 처처 씨가 여기 살 때는 안 그랬나요?"

브래드가 호기심 가득한 눈으로 나를 유심히 쳐다보았다.

"아니, 거의 그 반대였어요."

전등 스위치를 찾아 불을 켜자 불룩한 검은색 비닐봉지는 말할 것도 없거니와 여기저기에 상자와 신문지가 켜켜이 쌓여있었다. 도대체 그 안에 뭐가 들었는지 알 길이 없었다. 간혹 뚜껑이 열린 상자 안으로 옷가지며 할리퀸 로맨스 시리즈 같은 문고관 도서와 비디오테이프가 보였다. 내가 비디오테이프 하나를 집어 올렸다.

"세상에, 비디오테이프라니. 언젠가 이런 걸 볼 날이 올 줄 알았을까요?"

"모든 것을 쌓아놓는 건 정말 흥미로운 행위죠."

브래드의 말에 나는 그를 바라보았다.

"'흥미로운'이라는 말은 기괴하다는 뜻인가요?"

"그건 강박이에요. 모든 강박은 기괴하죠."

"이 쓰레기 좀 봐요. 미치지 않고서야 이럴 수는 없을 거예요."

"한 번은 호더와 관련된 소송을 맡은 적이 있습니다. 한 여성이 다니던 교회를 상대로 소송을 제기했죠. 여자가 인공 관절 수술을 받고 병원에서 회복 중일 때 릴리프 소사이어티(Relief Society)회원들이 그녀의 집을 청소해줬어요. 여자는 모든 것을 보관하고 있었죠. 심지어 거실에 도자기 변기까지 가지고 있었답니다. 단체 회원들과 다른 교회 자원봉사자들까지 모두 모여서 17입방미터가 넘는 쓰레기통 두 개를 가득 채웠죠. 모든 작업을 마친 후 카펫에 스팀 청소를 해주고 심지어 페인트칠까지 해줬어요. 여자가 퇴원하는 날 그녀의 놀라는 모습을 기대하며 회원들이 다 함께 집에 모였죠. 여자는 깜짝 놀랐습니다. 물론, 다른 의미에서요. 여자는 충격을 받아 그 자리에서 쓰러졌고 신경 쇠약에 걸려 한 달을 정신병원에서 보내야 했어요. 결국 여자는 교회를 상대로 3백만 달러 소송을 제기했어요."

"릴리프 소사이어티가 뭐죠?"

내가 물었다.

"모르몬교에 속한 여성 구호 단체입니다. 이 사건의 경우 단체 이름이 참 아이러니하죠? 그 여자에게 릴리프(안도감)를 가져다주지 못했으니까요."

"당신이 그 여성을 변호했나요?"

"저는 교회 편이었습니다."

"그래서 이겼나요?"

브래드가 매우 진지한 눈빛으로 나를 쳐다봤다.

"저는 언제나 승소합니다."

나는 쓰레기 더미를 비집고 더 안쪽으로 들어갔다. 추웠다.

"가스회사가 난방을 끊었을까요?"

"아닐 겁니다. 유타주에서 한겨울에 그런 일은 절대 용납하지 않을 테니까요. 저기 온도 조절기가 있네요."

브래드가 가까이에 있는 벽을 가리켰다. 브래드의 말대로 벽에 달린 온도 조절기를 확인했다. 설정 온도가 섭씨 12도였다.

"12도라. 왜 추운지 알겠네요."

나는 온도를 23도에 맞췄다. 난방기 돌아가는 소리가 들렸다.

어머니는 집 전체를 휘감은 쓰레기 더미 사이로 용케 길을 냈다. 내가 미로 속에서 길을 찾으면 브래드가 내 뒤를 따라왔다. 마치 미지의 세계를 탐험하는 탐사대 같았다. 손에 횃불을 들고 다닌데도 전혀 이상해 보이지 않을 거다. 물론 내 손에 횃불이 있었다면 그냥 방 한가운데에 툭 던져놓고 그대로 뛰쳐나왔을지도 모른다.

"여기 냄새가 너무 역한데요. 마스크든 뭐든 써야 할 것 같아요."

"아마도 그러는 게 좋을 겁니다. 쓸모없는 물건을 집 안 가득 축적하는 행위는 건강을 해치는 모든 종류의 위험을 유발하거든요. 제가 호더인 여성을 상대로 소송에서 이길 때 사용했던 논리도 바로 그 점이었어요. 그녀가 화재의 위험성은 물론 공공에 생물학적 위험을 노출했다는 사실을 부각하면서 교회 사람들이 집을 청소해준 일은 마약 실험실을 폐쇄한 것과 전혀 다르지 않다는 주장을 폈어요. 그녀는 자신과 이웃을 위험에 빠뜨리고 있었습니다."

"배심원들에게도 통했나요?"

"네. 다행히 그녀는 누구에게도 절대 동정을 살만한 사람이 아니었어요. 배심원들을 '멍청한 인간'이라고 부르질 않나, 자기 집을 청소해준 고마운 사람들을 감옥에 보내야 한다고 씩씩댔거든요."

방에서 멀찌감치 떨어져 거실 가장자리에 섰다. 사실, 거실(living room)이라는 이름이 아이러니했다. 곰팡이 말고는 살고 있는 게 아무것도 없으니 말이다.

어릴 적 기억을 더듬다 몇 가지가 생각났다. 모세 할머니(Grandma Moses : 본명은 안나 메리 로버트슨 모세(Anna Mary Robertson Moses)로 78세의 나이에 그림을 그리기 시작하여 미국의 국민 화가로 명성을 떨친 민속예술가 - 옮긴이주) 그림이 그려진 퀼트와 로댕의 〈키스〉를 재현한 합성수지 복제품, 그리고 한때 벽난로 옆에 있던 피아노도 떠올랐다. 하지만 내 눈앞에 보이는 모습이라곤 산처럼 수북이 쌓인 상자가 전부였기에 피아노가 아직 그 자리에 있을지는 장담하기 힘들었다.

"저기 피아노가 있을 것 같기는 한데. 스타인웨이(Steinway : 독일 태생의 미국인 피아노 장인이 설립한 고급 수제 피아노 브랜드 - 옮긴이주)사의 그랜드 피아노죠. 어머니의 삼촌이 어머니한테 물려주신 거예요."

"1914년 스타인웨이 모델 O, 현재 시가로 4만 달러 정도 가치가 있습니다."

"어떻게 아셨죠?"

"유언장에 있었어요. 지난 20여 년간 단 한 번도 연주된 적은 없었죠. 여기 이 쓰레기 산을 헤집다 보면 또 다른 보물을 찾을 수 있을지도 모릅니다."

"아니면 제가 거기에 불을 붙일 수도 있고요."

브래드가 허리에 손을 얹으며 말했다.

"저기, 호더 청소를 전문적으로 하는 업체들이 있습니다. 업체에서 알아서 다 치워줄 거예요. 제가 한 군데 추천해 드릴까요?"

나는 집 안의 쓰레기 산을 죽 훑어보았다.

"네, 아마도요. 하지만 지금 당장은 말고요. 쓰레기들을 먼저 좀 살펴보고 싶네요."

"그럼, 덤프스터(Dumpster : 금속제의 대형 이동식 쓰레기 수거통 상표명 - 옮긴이주) 렌털을 추천해드릴게요."

"그건 꼭 필요할 것 같네요."

"업체 번호는 801-555-4589입니다. 문자로 번호를 보낼게요."

나는 그를 의아하게 바라보았다.

"어쩌다 번호까지 외우고 계신 거죠?"

"호더 소송 건으로 재판할 때 업체 사람들이 증인으로 법정에 섰거든요. 그리고 저는 숫자를 잘 기억해요."

"혹시, 부인께서 아직 차 안에 계신 건 기억하나요?"

"네, 제 아내는 괜찮아요. 지금 작가님 책을 다시 읽고 있을 테니까요. 아내가 좋아하는 작가가 그다지 많지 않아서, 눈에 띄는 신작이 없으면 언제나 작가님 책을 다시 읽는답니다. 재미있는 건, 아내는 항상 결말을 잊어버려서 늘 처음 읽는 것처럼 재미있게 읽을 수 있다는 거죠. 확신하건대 지금쯤 깜짝 파티를 계획하고 있을 거예요."

내가 환하게 웃었다.

"덤프스터라면 정말 고마울 것 같네요."

"제가 전화 한 번 넣어 볼게요. 그 업체가 저한테 신세 진 게 있거든요. 오늘은 늦었고 내일은 일요일이니까 월요일 아침에 제일 먼저 수거해줄 수 있는지 확인해 볼게요."

"고마워요."

"집 상태가 더 안 좋아질 수도 있어요."

"어떻게 더 나빠질 수가 있죠?"

"어머니께서 고양이를 키웠을 수도 있어요. 필요한 게 있으면 언제든 알려주세요."

"서류에 서명할 게 있나요?"

"네, 하지만 아직은 아닙니다. 유언장이 아직 검증 단계거든요. 어머니께서 돌아가신 다음 날 제출했으니 앞으로 3~4주는 더 걸릴 겁니다."

"그럼, 아직은 제집이 아니군요."

"그렇지만 다른 관리인이 없으니까 장차 집의 소유자가 될 분께 미리 연락해 먼저 장소를 관리할 수 있도록 하는 게 회사 정책입니다. 그 정책이 도입되기 전에는 우리가 명의를 이전하기도 전에 집 두 채가 불에 타버렸죠."

"아, 무슨 얘긴지 알겠네요. 감사합니다."

"아니, 제가 더 감사하죠. 덕분에 아내가 오늘 하루 정말 행복하게 보낼 수 있었잖아요. 뭐, 일 년 내내 그럴지도 모르죠."

그가 몸을 돌리다가 실수로 상자 더미를 하나 넘어뜨렸다.

"미안합니다."

남자가 재빨리 밖으로 걸어 나가 현관문을 닫았고 나는 어머니의 쓰레기 무덤에 혼자 덩그러니 남겨졌다.

5

그나마 양호해 보이는 상자 더미를 하나 찾아 그 위에 코트를 내려 놓고 원래 피아노가 있었던 자리로 보이는 곳부터 시작해 상자를 멀찌감치 옮기기 시작했다. 거실 주위로 상자를 옮기는 건 마치 납작한 조각판을 한 번에 하나씩 움직여 전체 그림을 맞추는 슬라이딩 퍼즐과 비슷했다. 상자 한 무더기를 다 옮기고 나자 문득 호기심이 일었다. 맨 위에 있는 상자 하나를 열어보았다. 너덜너덜해진 내셔널지오그래픽 잡지가 빼곡히 들어차있었다.

산더미 같은 잡동사니 속으로 다시 파고들었다. 수북이 쌓인 쓰레기 더미를 한 번 더 옮기자 피아노 의자 다리가 나타났다. 의자 위뿐만 아니라 아래에도 상자들이 그득했다. 상자들을 다 옮기고 피아노를 말끔히 정리했다. 어머니는 하다하다 못해 피아노 건반 위까지도 상자와 서류를 올려놓았다. 물건을 치우고 건반을 눌렀다. 그랜드 피아노 리드가 닫혀있고 그 위에 상자들이 잔뜩 올려져 있는데도 피아노 소리가 거실에 아름답게 울려 퍼졌다.

이번에는 부엌으로 향했다. 거실보다 나을 게 하나도 없을뿐더러 더 역한 냄새가 났다. 조리대에 세척액이 담긴 병들이 가득한 걸 보고 아이러니하다는 생각이 들었다. 같은 종류의 기름때 제거제, 세척용 패드, 설거지 비누 등이 두세 개씩은 있었다. 스프레이 소독약 한 통을 집어 분사해 보았더니 아무것도 나오지 않았다. 어머니는 빈 깡통도 모으고 있었던 모양이다. 환기를 위해 창문을 조금 열었다.

작은 포마이카(formica : 가구에 칠하는 열에 강한 합성수지 도료 - 옮긴이주) 상판의 식탁은 접시와 그릇뿐만 아니라 온갖 타파웨어 용기와 빈 코티지치즈 통으로 뒤덮여있었다. 당혹스러웠다. 어머니는 혼자 살았고 내가 아는 한 집에 찾아오는 사람은 아무도 없었다. 손님 접대용 식기는 왜 필요했던 걸까?

싱크대 밑에서 뜯지도 않은 쓰레기 봉지가 가득 담긴 상자를 발견했다. 봉지 하나를 꺼내 휘핑크림 뚜껑이며 수북이 쌓인 배달용 케첩과 머스터드, 일회용품들을 모아 한가득 담았다.

부엌을 절반가량 청소하는 데 무려 다섯 시간이나 걸렸다. 쓰레기 봉지가 뒷문 밖에 한 무더기 쌓였다. 온몸에 먼지와 기름때를 뒤집어썼다.

부엌이 반쯤 모습을 드러내자 찬장 서랍 한쪽에 길게 긁힌 자국이 눈에 들어왔다. 내가 한 짓이다. 그때 나는 겨우 여덟 살이었다. 썰매처럼 서랍을 타고 내려가려다가 망가트렸던 것이다. 사실 서랍보다 내가 더 다쳤다. 팔이 부러졌으니까. 고통에 찬 비명부터

지르지 않았다면 어머니는 틀림없이 나를 두들겨 팼을 거다.

　마치 오래된 퇴적층을 파헤쳐 과거를 알아내는 고고학자가 된 기분이 들었다. 하지만 이건 다른 이들의 과거가 아닌 바로 나 자신의 과거다. 그래서 청소할 사람을 따로 고용하거나 성냥을 그어 불을 붙이지 못한 것일 수도 있다. 찾던 것을 알아내기만 하면 그렇게 하고 말 거다. 내가 찾는 게 무엇인지 아직 완전히 확신할 수 없지만 틀림없이 무언가 있다.

　그날 하루 청소를 다 끝냈을 무렵 밖을 보니 날은 이미 어두워졌고 그제야 종일 아무것도 먹지 않았단 사실을 깨달았다. 집에는 음식이 하나도 없었다. 아니, 먹어도 되는 게 아무것도 없었다. 냉장고 문을 열기가 무섭게 닫았는데도 액체와 고체로 분리된 우유 썩은 냄새와 곰팡이 핀 타파웨어 용기에서 나는 냄새는 참을 수 있는 수준을 훨씬 넘어선 것이었다.

　얼른 싱크대에서 팔꿈치까지 깨끗하게 손을 씻고 뒷문을 잠그고 마지막으로 주변을 한번 휙 둘러본 후 불을 끄고 현관을 나왔다. 호텔로 돌아가는 길에 초밥을 먹으러 일식집에 들렀다. 유타를 떠날 때까지만 해도 초밥이 뭔지 몰랐지. 그때도 일식집이 있었을까 모르겠다.

＊＊＊

　그날 밤 검은 머리의 젊은 여자가 다시 꿈에 나타났다. 이번만큼은 의식이 또렷했다. 지금껏 그녀에 대해 꾼 꿈 중에서 가장 명료했다. 여자는 우리 어머니 부엌에 있었다. 딱 우리 둘뿐이었고 여자는 싱크대 옆에 서있었다. 그런데 뭔가 잘못되었다. 여자는 싱크대 위로 몸을 숙이고 연신 토하고 있다. 나는 그녀가 아파서 죽을까 봐 두려웠다. 하지만 그녀는 나를 돌아보며 웃으면서 말했다.

"별일 아니야."

6

12월 11일

다음날 전화벨 소리에 잠을 깼다. 햇빛이 창문으로 들어오고 있었다. 침대에서 몸을 도르르 굴려 손을 뻗어 전화를 받았다. 로리였다.

"내가 깨운 건가요?"

"아니에요."

"거짓말. 얼마나 늦게 일어난 거예요?"

"몰라요. 그냥 잠을 제대로 못 잤어요."

"미안해요. 그냥 궁금해서 전화했어요. 집에 가봤어요?"

"어제 한 번 봤어요."

"어땠어요?"

"흥미롭더군요. 책으로 써도 되겠던데요."

"내 그럴 줄 알았다니까."

"우리 엄마가 호더였어요."

"네? 정리를 안 하고 살았다는 거예요, 아니면 리얼리티 쇼에 나오는 진짜 호더라는 거예요?"

"진짜 호더요. 모든 방이 쓰레기로 꽉 채워져있었어요."

"당신이 어렸을 때도 그랬어요?"

"아니요. 나도 생소했다니까요."

"어디서 읽었는데, 아무것도 못 버리고 집 안에 축적해 놓는 행위는 어떤 충격적인 사건으로 촉발된 일종의 대응기제라고 하더군요. 그게 그들에게 세상으로부터 완충제 역할을 해주고 통제감을 줘서 물건에 집착한대요."

"충격적인 사건. 이를테면 형의 죽음처럼?"

"맞아요. 하지만 형이 죽은 뒤에도 당신은 엄마와 함께 살았잖아요."

"그것도 십 년 넘게."

"그럼, 반응이 한참 뒤에 나타난 게 아닌 이상, 분명 다른 일이 일어났을 거예요. 정말 내가 안 가 봐도 돼요?"

"네, 내가 알아서 처리할게요."

"좋아요. 내가 있다는 거 잊지 말아요. 게다가 이번 주말엔 청소밖에 할 일도 없어요."

"진짜 집 청소 제대로 한 사진 몇 장 찍어서 보내 줄게요."

"정말이지 그거 한 번 꼭 보고 싶네요. 행운을 빌어요. 그리고 어떤 일에도 엮여선 안 돼요. 참, 아직도 그랜드 아메리카 호텔에 있나요?"

"네."

"에그 베네딕트 꼭 먹어봐요. 진짜 둘이 먹다가 하나가 죽어도 모를 정도로 끝내주게 맛있거든요."

"여기서 묵은 적 있어요?"

"유타에 갈 때마다요. 내가 관리하는 작가 중에 거기 사는 작가가 두 명 있어요."

"그걸 왜 여태 말 안한 거죠?"

"그건 마치 존 매케인에게 베트남으로 휴가 갈 거라고 말하는 것과 똑같으니까요."

"냉정하네. 하여간 청소하면서 주말 잘 보내요."

"당신도요. 내일 얘기해요."

전화를 끊고 룸서비스로 에그 베네딕트와 신선한 오렌지 주스를 곁들인 사과 페이스트리를 주문했다. 샤워를 마치고 막 욕실에서 걸어 나오는데 문을 두드리는 소리가 났다. 서둘러 호텔 가운을 걸치고 문을 열자 한 여자가 새하얀 리넨으로 덮인 식탁 옆에 서있었다.

"좋은 아침이에요, 처처 씨. 들어가도 될까요?"

"그럼요."

한 걸음 뒤로 물러서면서 말했다. 그녀는 내 방 안쪽으로 탁자를 밀었다.

"어디서 드시겠습니까?"

"저기 소파 옆에요."

"오늘 하루 별일 없으시죠?"

"아, 네. 방금 일어났어요."

그녀는 식탁에 아침 식사를 내려놓고 오렌지주스 잔과 에그 베네딕트를 덮고 있던 셀로판과 금속 뚜껑을 제거했다. 수표에 서명하자 그녀가 방을 나갔다.

로리가 옳았다. 에그 베네딕트는 천상의 맛이었다. 아침을 다 먹어 치운 뒤 옷을 갈아입고 곧장 아수라장 같은 어머니의 집을 향해 출발했다.

7

밝고 청명한 아침이었다. 거대한 워새치산맥이 육지에 둘러싸인 거대한 빙산처럼 솟아있었다. 그 산맥이 얼마나 큰지 까맣게 잊고 있었다. 또 눈길 닿는 곳이면 언제 어디서나 볼 수 있다는 사실도. 동쪽으로는 워새치산맥이, 서쪽으로는 오쿼러산맥이 성벽처럼 도시를 에워싸고 있었다.

솔트레이크시티가 워낙 종교적인 도시인데다 안식일이어서인지 도로에는 교통량이 많지 않았다. 스미스 푸드 킹에 들러 생수, 고무장갑, 양동이, 대걸레, 청소용 손걸레, 소독제 몇 상자를 샀다. 그런 다음 스타벅스에 들러 벤티 사이즈 카페 모카를 사 들고 집을 향해 다시 차를 몰았다.

집 안으로 걸어 들어가는데 따뜻한 공기가 몸을 감쌌다. 그나마 어제보다는 온기가 느껴졌다. 하지만 산처럼 쌓여있는 쓰레기 더미를 다시 보고 있으려니 어쩐지 기억했던 것보다 더 심각하게 느껴졌다. 커피와 청소용품을 들고 부엌으로 가서 일을 시작했다.

찬장 안에는 십 대 돌연변이 닌자 거북이 시리얼과 퀘이커 스위트 크런치 상자가 들어있었다. 둘 다 거의 나만큼 오래된 시리얼이다. 안에 뭐가 들었는지는 몰라도 솔직히 시리얼에 대한 향수가 느껴졌다. 나도 어머니의 저장강박증을 물려받았는지 차마 그것들은 버릴 수가 없었다. 조리대를 다 씻어 내고 커피를 한 모금 들이켜는데 누군가의 목소리가 들렸다.

"실례합니다."

몸을 휙 돌리다가 하마터면 커피를 쏟을 뻔했다.

한 노부인이 부엌 입구에 서있었다. 희끄무레한 회색 머리에 체격이 다소 작은 편이었지만 허리가 구부정하지는 않았다. 눈이 맑고 상냥했다.

"이런, 미안하게 됐네. 노크라도 할걸. 60년 동안 그냥 드나들어 버릇해서 생각도 못 했지 뭐겠나."

노부인은 약간 웃음기를 머금은 표정으로 부엌을 둘러보았다.

"청소하고 있었군. 이 일이 자네 엄마를 아주 골치 아프게 했었지. 자네가 제이콥이지?"

"누구시죠?"

"나 모르겠어? 엘리즈 포스터라고 하네. 여기서 두 집 더 내려가면 우리 집이야. 어머니 친구였다네."

어머니와 친구 사이라는 말에 나는 적잖이 당황했다. 내 적의 친구는 내 적이던가? 도대체 어떤 사람이기에 어머니와 친구가 될 수 있는 거지?

"어머니한테 친구가 있는지 몰랐네요."

"많지는 않았지. 자네 몇 살쯤 됐나, 서른넷? 서른다섯?"

"서른넷이요."

"찰스가 살아있었다면 서른여덟 살이었겠구나."

형의 이름까지 알고 있다니 나는 또 한 번 충격을 받았다.

"제 형을 아세요?"

"알다마다. 너희 둘 다 내 자식이나 다름없었는걸. 정말 아무 기억도 안 나는구나, 그렇지?"

노부인이 낙담하는 표정을 지었다.

"네, 전혀요."

노부인이 내 앞으로 더 다가왔다.

"나는 늘 자네가 여자들을 호리고 다닐 거라고 말했어. 정말 미소년이었거든. 그 커다란 눈망울에 곱슬곱슬한 더벅머리 하며…… 어찌나 사랑스럽던지. 지금도 여전하구나."

칭찬이 몹시 어색하게 느껴졌다.

"고맙습니다."

"자네 지금 책 쓰고 있지!"

나는 노부인이 물어본 말인지 그냥 한 말인지 헛갈렸다.

"네."

"그럴 줄 알았어. 넌 항상 상상력이 풍부했으니까. 그들이 떠나고 나니까 집이 예전 같지 않지?"

"누구 말인가요?"

"집은 사람이 사는 곳이란다. 마치 몸만 떠난 게 아니라 영혼까지 이 집을 빠져나간 것 같구나. 이렇게 오랜 시간이 흐른 뒤에 다시 돌아오기가 쉽지 않았을 거야."

"네, 쉽지 않았죠."

일순간 침묵이 두 사람을 휘감았다. 잠시 후 내가 숨을 들이마시고 나서 먼저 침묵을 갈랐다.

"음, 만나서 반가웠습니다. 저는 다시 일을 시작해야겠어요. 할 일이 산더미라서요."

노부인은 움직이지 않았다.

"나한테 그렇게 쌀쌀맞게 대하면 못써, 제이콥. 넌 지금 날 우연히 만난 게 아니야. 네가 아는 것보다 난 네 인생에서 더 큰 부분을 차지하고 있단다."

노부인의 직설적인 표현에 잠시 멈칫했다. 솔직히 그런 솔직함에 익숙하지 않았다. 일단 당신이 부유하고 유명해지면, 사람들은 그런 식으로 말하지 않는다. 적어도 그들이 당신에게 뭔가 바라는 게 있다면.

"궁금한 게 있다는 거 알아."

"그걸 어떻게 아시죠?"

"누구라도 너와 같은 처지에 있었다면 그럴 테니까."

노부인이 갑자기 목소리를 낮췄다.

"내가 널 기억하는 유일한 목격자일지도 몰라."

도무지 무슨 말을 해야 할지 몰라 그냥 가만히 서있었다.

이번에는 노부인이 침묵을 갈랐다.

"여긴 언제까지 있을 거니?"

"잘 모르겠어요. 한 며칠."

"여기서 지낼 거니?"

"아니요, 시내에 있는 그랜드 아메리카 호텔에 묵고 있어요."

"그랜드……. 보통은 리틀 아메리카나 유타 호텔에 묵곤 했는데. 이젠 그랜드 아메리카가 있구나. 나중에 다시 오마. 생각할 시간이 필요할 테니. 집에 돌아온 걸 환영한다, 제이콥. 다시 만나서 반가웠어. 네가 정말 집에 돌아오길 바라고 있었거든."

"여긴 제집이 아니에요."

"무슨 소리. 진심이 아닐 거라고 믿으마. 그럼, 잘 있거라."

노부인은 돌아서서 몇 걸음 떼다 말고 거실 한가운데 서서 다시 뒤돌아보았다.

"제이콥, 너도 진실에 대해 흔히들 하는 말을 들어봤을 거야."

"그게 뭐죠?"

"진실이 널 자유롭게 해줄 거야."

노부인이 다시 몸을 돌려 집 밖으로 걸어 나가 살며시 문을 닫았다.

다시 청소를 시작했다. 엘리즈의 말이 마음속을 파고들었다. 날 기억하는 유일한 목격자라고?

나는 두 시쯤 일을 잠시 멈추고 '북극권'이라는 햄버거 가게로 차를 몰았다. 어려서 자주 갔던 곳인데 무려 30센티미터가 넘는 핫도그와 브라운 토퍼, 즉 초콜릿에 적신 바닐라 아이스크림을 판다. '북극권'은 유타에 본사를 둔 햄버거 가맹점으로 케첩과 마요네즈를 놀라울 정도로 맛있게 혼합한 유타의 대표 소스인 '프라이 소스'의 창시자다. 어렸을 때 유타에는 '북극권'과 지금은 없어진 '디의 드라이브인'이라는 두 군데 독특한 햄버거 가맹점이 있었다. 스포캔으로 이사했을 때 그곳에 '북극권'이 있었지만 한 번도 가진 않았다. 이유는 잘 모르겠다. 아마도 유타를 생각나게 해서 그랬을 것이다.

점심식사를 마치고 다시 부엌으로 돌아와 저녁 일곱 시쯤 청소를 마치고 쓰레기로 꽉 찬 쓰레기 봉지 열댓 개를 모아서 다른 쓰레기들과 함께 뒷문 밖에 내다놓았다.

부엌 바닥을 닦고 조리대와 가전용품을 전부 다 소독하고 나서야 식탁에 앉아 부엌을 둘러볼 여유가 생겼다. 한때 이곳에도 삶이 존재했다. 형이 어머니한테 미키마우스 팬케이크를 만들어 달라고 조르고 어머니가 초콜릿 칩으로 눈을 만들어주던 기억이 떠오른다. 기억 속 한 장면에 불과했지만 그건 굉장히 의미심장했다. 나의 어머니가 웃고 있었다.

8

12월 12일 월요일

다음 날 아침 눈이 내리고 있었다. 집에 다시 와 보니 진입로에 금속재의 커다란 덤프스터가 놓여있었다. 사실상 쓰레기 수거통이 진입로를 거의 다 차지하다시피 했다. 새로 내리는 눈에도 트럭의 타이어 자국이 여전히 선명한 것으로 보아 막 배달하고 간 게 틀림없었다.

집 뒤쪽에 놔둔 쓰레기 봉지 열세 개를 들고 와 쓰레기통에 버렸다. 그런 다음 열쇠로 문을 열고 집 안으로 들어갔다.

이번에 청소하기로 마음먹은 곳은 내 침실이었다. 내 방은 부엌만큼 엉망은 아니었다. 집을 나오기 직전에 붙여 놓은 포스터 네 장이 여전히 벽에 붙어있었다. 영화 매트릭스와 래퍼 에미넘과 농구 포스터 두 장이었다. 그중 하나는 유타 재즈의 칼 말론, 다른 하나는 마이클 조던의 나는 덩크슛 장면이 담긴 것이었다.

아직도 벽에 고스란히 붙어있는 포스터들을 보면서 어안이 벙벙해졌다. 어머니가 나를 떠올리게 하는 건 뭐든 다 갖다 버렸을 줄 알았다. 비록 당시에는 수북이 쌓인 상자며 오래된 생수기, 장난감 솜사탕 기계, 혹은 50여 개에 이르는 빈 플라스틱 콜라병 같은 잡동사니들로 어지럽혀져 있진 않았지만 방은 전반적으로 내가 기억하던 모습 그대로였다.

오늘은 휴대폰으로 음악을 크게 틀어놓을 심산으로 블루투스 스피커를 가지고 온 터였다. 집을 떠날 무렵 크게 유행했던 레드 핫 칠리페퍼와 에미넴을 선곡했다.

어머니는 내 방을 마지막 모습 그대로 남겨 두었을 뿐만 아니라 심지어 침대를 정돈했고 내가 떠나던 날 잔디밭에 던져놓았던 옷가지들을 다시 다 가져와 서랍 안에 고이 넣어놓았다. 이건 정말 말도 안 된다. 왜 내 물건을 집에 다시 가져와 정리했던 걸까? 내가 돌아올 거라고 믿었던 건가?

한창 서랍을 뒤지고 있는데 초인종이 울렸다. 방에서 나와 현관문을 열었다. 브래드 캠벨이 현관 앞에 서있었다. 손에는 한겨울 찬 공기에 김을 내뿜고 있는 커다란 스티로폼 컵이 들려있었다.

"브래드, 들어와요."

"고마워요."

바깥의 찬 공기에 그의 뜨거운 입김이 금방 식었다. 그가 안으로 들어왔다.

"업체에서 덤프스터를 갖다놓았는지 궁금해서 들렀습니다."

"집에 도착했을 때 이미 집 앞에 놓여있더군요. 당신 친구들이 일을 일찍 시작하나 봐요."

"보통 아침 다섯 시쯤이면 움직이죠. 그래야 도로가 한산하거든요. 페퍼민트 핫초코를 가져왔어요."

브래드가 나에게 컵을 건네주었다.

"고마워요."

브래드가 부엌 쪽을 바라보았다.

"진전이 있는 것 같네요."

"느리긴 해도 잘 돼 가고 있어요. 어제는 종일 부엌에 있었죠."

브래드가 고개를 끄덕였다.

"이제야 부엌 같네요. 그럼, 하던 일 계속하시고 필요한 게 있으면 언제든 전화 주세요."

"아직은 뭐가 필요할지 잘 모르겠지만, 아무튼 감사드려요."

"별말씀을요."

브래드는 고개를 약간 끄덕여 보이고 난 뒤 돌아서서 걸어 내려 갔다. 나는 쓰레기 봉지를 덤프스터로 옮기고 안으로 들어와 손을 씻고 다시 북극권까지 운전했다. 가게에서 가장 유명한 버거와 라즈베리 세이크를 주문해 먹은 후 다시 집에 돌아왔다.

***

내 방 밖에 상자들이 높이 쌓여있었다. 다른 방처럼 어수선하고 잡동사니로 넘쳐나긴 매한가지였지만 자주 드나드는 복도라서 그런지 상대적으로 정리를 해놓은 듯한 모습이었다.

상자를 살펴보기 시작했다. 한 상자 안에서 유치원부터 7학년까지의 학교 과제물을 발견했다. 어머니가 이런 것까지 챙겼다는 게 좀처럼 믿어지지 않았다.

복도를 치우는 데 세 시간 남짓 걸렸다. 거의 모든 상자가 이런저런 종류의 문서와 종이로 가득 차 있었다. 지난 15년간 모든 재무 기록과 청구서를 보관해 놓은 것이었다. 지금껏 들고 나르던 상자보다 훨씬 더 무거웠고, 매일 유산소운동을 하는데도 복도에 있는 상자를 모조리 덤프스터에 내다 버리고 나자 숨이 차올랐다.

다음으로 복도 끝에 있는 화장실 청소를 시작했다. 작은 욕실에는 뜨다만 뜨개질감, 전등갓 두 개, 낡고 녹슨 자전거를 비롯해 온갖 쓰레기가 욕조를 가득 메우고 있었다. 여성용 자전거는 타이어 두 개 모두 바람이 빠진 상태였고 앉을 좌석조차 없었다. 집은 말할 것도 없이 도대체 욕조 안에서 자전거로 뭘 했는지 알 길이 없었지만 더 이상 이 엉망인 상태를 헤아려보려는 노력을 포기했다.

욕실에서 자전거를 꺼내고 있을 때 밖에서 누군가 문을 두드리는 소리가 들렸다. 멀리 문이 열리는 모습을 내다보았다. 엘리즈 포스터가 들어왔다. 손에 마분지 상자를 들고 있었는데 머리에 새하얀 눈을 이고서 눈발이 날리는 궂은 날씨에 노부인이 혼자 들고 오기에는 꽤 무거워 보였다.

"이 안에서 먹을 게 없을 것 같아서 내가 뜨거운 수프를 좀 가져왔어."

"제가 들을게요. 어서 안으로 들어오세요."

내가 얼른 자전거를 내려놓고 엘리즈에게서 상자를 받아들었다. 엘리즈는 거실 안쪽으로 더 걸어 들어왔다.

"내가 너한테 토마토수프를 만들어줬었어. 넌 항상 내 토마토수프를 좋아했었지. 그 안에 든 짭짤한 크래커 부수는 걸 무척 재미있어 했단다."

"요즘도 그래요. 가끔 뉴욕에 있는 고급 레스토랑에서 제 에이전트를 당황하게 만들곤 하죠. 오래된 습관인걸 어쩌겠어요."

엘리즈가 부엌 안까지 따라 들어왔고 나는 상자를 내려놓았다.

"그 안에 크래커를 넣었어. 버터 바른 롤하고 초콜릿케이크 한 조각도 들어있단다."

"이렇게 애쓰지 않으셔도 되는데."

"별거 아니야. 이제 앉아서 먹으렴. 정오부터 집에서 한 발자국도 안 움직였으니 얼마나 배가 고프겠니!"

그때 이후로 집에서 안 나간 건 어떻게 알았지? 찬장에서 그릇 두 개를 꺼냈다.

"여기 두 사람은 충분히 앉을 수 있어요."

"난 이미 먹었다. 말동무가 되어달라고 부담 주고 싶진 않구나."

나는 식탁으로 와서 보온병 뚜껑을 열고 수프를 그릇에 부었다.

"저한테 부담 주는 거 아무것도 없으세요. 어서 앉으세요."

"고맙구나. 벌써 집 안이 훨씬 좋아 보이는 거 같은데. 잘 돼가니?"

엘리즈는 내 맞은편에 앉아 돌돌 말아놓은 크래커 꾸러미를 풀고 내 앞에 갖다놓았다.

"일이 정말 많아요."

"그럴 거야. 이 많은 걸 축적하는 데 15년이 넘게 걸렸어. 이 벽에는 많은 고통이 있다."

주위를 빙 둘러보던 엘리즈의 표정이 더욱 침울해졌다.

"이 벽에는 많은 고통이 있다."

나는 가슴에 손을 얹으며 엘리즈의 말을 되뇌었다.

"나도 알아. 정말 미안하구나."

"어제 제 유일한 증인이라고 말씀하셨잖아요."

"그런데?"

"그게 무슨 뜻이죠?"

"변하기 전에 너를 아는 사람은 나뿐이라는 뜻이었어."

"변하기 전이요? 제가 유명해지기 전 말인가요?"

엘리즈가 고개를 내저었다.

"아니, 네 엄마가 변하기 전. 네 엄마가 항상 네가 기억하던 모습은 아니었어. 찰스가 죽은 후 변한 거란다."

"형이 죽었을 때 저는 겨우 네 살이었어요."

"알아. 그전의 네 엄마를 얼마나 많이 기억하고 있는지 모르겠구나."

엘리즈가 한 말을 곰곰이 생각해보았다.

"제가 궁금할 게 많을 거라고 말씀하셨잖아요."

"너와 비슷한 상황에 있는 사람이라면 누구든 그럴 테니까. 넌 내가 얼마나 오래 너를 걱정했는지 모를 거야. 네 엄마는 정말 아픈 사람이었어. 네가 잘 커서 정말 기뻐."

내가 눈살을 찌푸렸다.

"생각만큼 잘 큰 건 아니에요. 그래서 글을 쓰는 거니까요."

엘리즈가 천천히 고개를 끄덕였다.

"이해해. 네 책을 전부 다 읽어봤단다."

나는 깜짝 놀라 그녀를 쳐다보았다.

"정말이세요?"

"그렇게 해서 내가 너를 이해하게 된 거야. 나는 네가 책 속에 그린 여러 장소와 사람들을 알아볼 수 있어. 네가 아는지 모르겠지만 나도 네 책 속에 등장하더구나."

나는 그녀를 뚫어지게 바라보았다.

"저를 얼마나 잘 아시는 거예요?"

"정말 기억 못 하네."

그녀가 애석한 어조로 말했다.

"죄송해요, 저는 아무것도 생각이 안 나요."

"글쎄, 그게 아주 놀랍지만은 않구나. 마음은 고통스러웠던 시간을 가려놓거든. 너한테 브래치스 초콜릿 캔디를 주던 사람이 바로 나였어. 네가 거의 매일 와서 나한테 달라고 했었거든."

"기억나요. 그때 그분이 아주머니셨어요?"

"여러 해 동안 네 엄마가 편두통이 있을 때마다 내가 널 데려갔었어. 내 조카가 나와 함께 지낼 때였는데 한번 데리고 가면 며칠 간 너를 돌봐주곤 했지. 그 당시 너를 그 집에서 꺼내줄 수만 있다면 내가 할 수 있는 일은 뭐든 다 했었어."

갑자기 기억이 밀려왔다. 그래, 가끔 같이 뛰어놀던 남자애가 있었어. 우리 동네에 사는 아이는 아니었지만 이모와 함께 지냈었다. 우리는 때때로 뒷마당에서 탐험가나 해적 놀이를 하면서 모험을 떠나곤 했어. 그렇지 않은 날에는 그 아이의 이모네 집에서 게임을 하거나. 우리만 뛰어노는 것 같았지만 모두 다 함께 있었던 거야. 하지만 내가 일곱 살에서 여덟 살쯤 되었을 무렵부터는 오지 않았어.

"그 아이 이름이 닉이었어요."

"이제야 생각나는 모양이구나."

"아주머니가 그 아이 이모셨군요."

엘리즈가 고개를 끄덕였다.

"닉은 네가 일곱 살이 될 때까지 여름마다 우리 집에 와서 함께 지냈었어. 그 애 아빠가 군에 있었는데 독일로 가게 되면서 우리 집에 안 오게 됐어. 그래서 잘 기억을 못 하는 걸 거야."

"저는 닉이 왜 오지 않았는지 항상 궁금했어요."

"그 이후로는 네 엄마가 거의 집 밖으로 나오질 않았어. 그때부터 널 보기가 매우 힘들어졌단다."

"그럼, 제 아버지에 대해서도 알고 계시겠군요……."

"알다마다. 스콧을 잘 알아."

누군가 아버지를 이름으로 부르는 걸 들으니 기분이 묘했다.

"제가 아버지에 대해 아는 거라곤 그분이 저를 버렸다는 것뿐입니다."

엘리즈가 한 번 더 낙담한 표정을 지으며 고개를 내저었다.

"아니. 그건 사실이 아니야. 적어도 완전히 그런 건 아니야."

"완전히 그렇지 않다는 건 무슨 뜻이죠?"

"아빠가 널 떠난 건 맞지만 어쩔 수 없는 선택이었어. 찰스가 죽은 후 네 엄마는 거의 1년을 침대에 누워 지내다시피 했거든. 모든 사람을 피했지. 네 아빠 역시 첫째 아들의 죽음에 대해 죄책감을 느꼈고 그래서 절대로 엄마를 이길 수 없었던 거야."

"왜 아버지가 죄책감을 느껴야 했던 거죠?"

"내가 아는 바로는 그 일이 일어났을 때 아버지가 형과 함께 있어야 했는데 그러질 않았던 모양이야. 그래서 찰스의 죽음이 네 아버지 탓이라며 비난했던 거야. 나는 스콧 역시 슬픔에 짓눌려 자기 자신을 책망했다고 생각해. 네 엄마는 더 이상 남편을 사랑하지 않았어. 한 2년쯤 지났을까, 결국 자네 아버지도 더는 견딜 수가 없어서 이혼하게 되었지."

엘리즈가 나를 침울하게 바라보았다.

"아버지 역시 견디기 힘들었다는 걸 이해해야만 해. 아버지도 아들을 잃었어. 그런데 죄책감은 오직 아버지의 몫이었지. 핑계가 아니라 그게 이유야."

"저는 그 이후로 한 번도 아버지를 보지 못했어요."

"최근까지는 나도 그랬어. 다신 돌아오지 않았거든."

"그때 아버지는 저를 버린 거예요."

엘리즈가 고개를 끄덕였다. 연민이 가득한 얼굴이었다.

"어떤 면에서는."

엘리즈의 말에 나는 부아가 치밀어 올랐다.

"어떤 면에서는요? 아버지는 다시 돌아오지 않았단 말이에요."

엘리즈가 다소 숙연한 눈빛으로 내 눈을 바라보았다.

"모든 걸 흑백논리로 보고 싶다면야 그렇게 하렴. 하지만 인생은 그보다 더 복잡하단다. 중요한 건 동기야. 그건 아버지가 원한 게 아니었어. 아버지의 생각이 아니었다고. 제이콥, 살면서 스스로 믿음을 잃고 절대 해선 안 된다고 믿었던 일을 저지른 적은 없었니?"

"애초에 제겐 저 자신에 대한 믿음 같은 건 없었어요."

"그렇지 않을 거야. 틀림없이 너에게도 스스로에 대한 믿음이 있을 거야. 비난에 대한 얘길 해볼까? 우리 오빠는 36년 전에 자살했어. 오빠는 매우 똑똑했고 성공한 산부인과 의사였지. 어느 날 아기를 받다가 일이 잘못되고 말았어. 아기와 산모 모두 죽었지. 당시 오빠가 할 수 있는 일은 아무것도 없었어. 그럼에도 불구하고 죽은 산모의 남편은 오빠를 상대로 의료과실 소송을 제기했지. 그 과정에서 오빠가 무죄 판결을 받고 모든 동료가 오빠를 지지해준 건 전혀 중요하지 않았어."

그녀가 내 눈을 들여다보았다.

"어떤 집단의 사람들이 자살할 가능성이 가장 큰지 알고 있니?"

그녀의 물음이 단순한 대화의 기법인지 아니면 진짜 대답을 기대하는 것인지 확신할 수 없었다. 잠시 후 내가 조심스럽게 대답을 시도했다.

"십 대 소년?"

"의료과실 소송을 당한 의사 집단. 이유는 가장 중요한 정체성에 의문이 제기되었기 때문이야. 유죄든 무죄든 그들에게 그건 중요하지 않아. 이 점에서 우린 접점을 찾을 수 있을 거야. 어떻게 보면 그게 네 아버지였다고 볼 수도 있어. 그가 실은 도움이 절실한 누군가를 돕기 위해 애쓰던 중이었다는 건 중요하지 않아. 네 형의 죽음이 설령 아빠가 집에 있었더라도 얼마든지 일어날 수 있는 사고였다는 건 전혀 중요하지 않았던 거야. 네 아버지에게는 자신이 그 현장에 없었고 큰아들이 죽었다는 사실 하나만 중요했던 거지. 그런 생각은 사람을 망칠 수 있어."

엘리즈는 천천히, 그리고 길게 숨을 내쉬었다.

"내가 너무 말이 많았네. 게다가 자네는 수프를 입에 대지도 않았어. 어쩌지 다 식었겠네."

"제가 전자레인지에 데울게요. 얘기 들려주셔서 감사합니다."

노부인의 눈을 들여다봤다. 꽤 지쳐보였다.

"대화의 주제로 보면 썩 즐거웠다고는 말 못 하겠네. 하지만 이렇게 많은 세월이 흐른 후에 너와 얘기하게 돼서 정말 좋았어. 참 걱정 많이 했었거든. 네가 이렇게 좋은 사람이 되어서 정말 기뻐."

엘리즈가 자리에서 일어났다.

"왜 제가 좋은 사람이 되었다고 생각하는 거죠?"

내가 다소 삐딱하게 물었다. 엘리즈는 대답하지 않았다.

"보온병은 내가 나중에 가지러 올게. 잘 있게나."

엘리즈가 천천히 난장판을 지나 현관 앞으로 걸어갔다.

전자레인지에 그릇을 넣고 버튼을 눌렀다. 전자레인지는 전혀 작동하지 않았다. 수프를 도로 꺼내어 차갑게 식은 수프에 부서진 크래커를 곁들여 먹었다. 가만히 앉아 식사를 들면서 조금 전 대화를 떠올려 보았다. 기억하는 한 처음으로, 아버지를 만나보고 싶어졌다.

* * *

수프를 다 먹고 다시 욕실로 돌아가 청소를 마저 끝낸 다음 쓰레기봉투를 전부 다 덤프스터에 버렸다. 집을 나설 때까지도 여전히 눈이 내리고 있었다. 함박눈도 아니고 그저 여기저기에 눈송이가 날리는 정도였지만 예뻐 보였다.

호텔로 가는 길에 식료품점에 들러 생수 몇 병과 쓰레기봉투를 더 사서 시내로 갔다. 방에 들어갔을 때 전화기에서 메시지를 알리는 불빛이 깜박거렸다. 프런트 데스크에서 숙박 기간을 연장할 것인지 알려달라는 내용이었다. 이미 계획보다 더 오래 투숙 중이었다. 어쩐지 기간이 더 길어질 수도 있겠다는 기분이 들기 시작했다.

9

12월 13일

막 눈을 떴을 때 평소와는 다른 기운이 감지됐다. 방안에 이상한 고요함이 감돌았다. 얼른 시계를 확인했다. 여덟 시였지만 밖은 어두웠다. 바로 침대에서 내려와 커튼을 확 열어젖혔다. 창밖은 휘몰아치는 눈보라로 앞을 분간하기 힘들었다.

그나마 내가 있는 곳이 11층이라 비교적 좋은 위치에서 I-15로 향하는 주요 간선 도로가 훤히 내려다보였는데 도로가 눈에 완전히 파묻혀있었다. 그야말로 용감한 운전자 몇 명이 좌우로 미끄러지면서 시속 10~20킬로미터 속도로 엉금엉금 기어가다시피 하고 있었다. 경찰차 불빛이 깜빡이고 있는 동쪽 블록 쪽으로 교차로에서 충돌한 차 두 대가 눈에 들어왔다.

창가에서 한참 밖을 내다보고 있는데 갑자기 휴대폰이 울렸다. 로리였다.

"전화 안 했더군요."

"언제요?"

"일요일 아침에요. 엊그제 전화한다고 했잖아요."

"미안해요. 바빴어요. 어쩐 일이죠?"

"거기 날씨는 어때요?"

"눈보라가 치네요."

"날씨 앱에서 봤어요. 청소는 다 했나요?"

"아니, 시간이 좀 더 걸릴 것 같아요."

"얼마나 더요?"

"모르겠어요."

"그럼, 제발 그것부터 알아내요. 우린 할 일이 많아요."

"알아내면 전화할게요."

전화기 너머로 한숨 소리가 들렸다.

"알았어요. 몸조심하고 잘 있어요."

다시 창가로 걸어가 밖을 내다보았다. 얼어붙은 도시를 자주 볼 수 있는 건 아니다. 얼른 옷을 갈아입고 피트니스 센터로 내려가 몇 시간 정도 운동에 집중했다. 헬스장은 벅적벅적했다. 놀랍지도 않았다. 모든 사람이 날씨의 포로가 되어 갇혀버렸으니 말이다.

다시 호텔 방으로 돌아왔을 때는 눈발이 비교적 약해져있었다. 주황색 불빛이 번쩍거리는 노란색 제설차가 발밑에서 꼭 통카 트럭처럼 보였다. 트럭이 대거 도로에 나와 쌓인 눈을 옆으로 밀치며 나아갔고 그 뒤로 소금 뿌리는 기계가 마치 결혼식 때 뒤에서 쌀을 뿌리듯이 소금을 뿌리며 따라갔다.

어느새 도로에 차가 많아졌다. 솔트레이크에 사는 사람들은 눈에 익숙하다. 플로리다 사람이라면 밖에 나갈 엄두도 못 내는 날씨일 때 워새치 프론트 근방에서는 거의 스웨터 한 장도 필요 없는 날씨로 여겨진다. 추운 지역에 사는 사람들이 으레 그렇듯 유타에 사는 사람들도 그 사실에 대해 알게 모르게 자부심이 있었다.

샤워를 마치고 룸서비스를 시켰다. 샤워하기 전에 주문했어야 했다. 호텔 밖으로 식사하러 나가는 투숙객들이 많지 않은 터라 주문이 몰렸을 게 뻔했다. 음식이 올 때까지 한 시간 정도는 족히 기다려야 할 판이었다.

노트북을 켜고 현재 작업 중인 파일을 열었지만 집중이 되지 않았다. 겨우 몇 백 자 입력했을 때 룸서비스가 문을 두드렸다. 쟁반을 밀며 안으로 들어오는 여자의 모습이 다급해보였다.

"바쁘시죠?"

"평소보다 조금 많이 바쁘네요. 눈보라 때문에 모두 안에 갇혔잖아요."

계산서에 서명하자 여자는 도망치듯 서둘러 방을 나섰다.

*　*　*

아침을 다 먹었을 무렵 시간은 어느덧 정오를 향해가고 있었다. 다시 창밖을 내다보니 눈이 완전히 그쳤다. 통상 고속도로와 시내

거리에 쌓인 눈이 교외 지역보다 먼저 치워질 테니 당장 집에 갈 필요는 없어 보였다. 문득 다른 생각이 떠올랐다. 코트를 집어 들고 호텔 로비로 내려갔다.

"택시 좀 불러주시겠어요?"

컨시어지 카운터의 젊은 여성이 영국식 억양으로 대답했다.

"나가서 한 대 잡으시면 됩니다. 앞쪽에 택시들이 줄을 서서 기다리고 있으니까요."

"감사합니다."

금박을 입힌 회전문을 통해 밖으로 나갔다. 황록색 재킷에 모자를 쓴 청년이 나를 향해 고개를 끄덕였다.

"무엇을 도와드릴까요, 손님."

"택시를 한 대 잡고 싶습니다."

"네, 알겠습니다."

청년이 호루라기를 불자 연한 적갈색 택시가 앞에 멈췄다. 청년이 뒷문을 열어주었다. 나는 청년에게 5달러짜리 지폐를 쥐어 주고 차에 올라탔다.

"어디로 모실까요?"

"솔트레이크 묘지로 가주세요."

운전사는 호텔의 커다란 원형 진입로에서 빠져나와 세컨드 웨스트에 진입했다. 아직 시내 거리는 한산했다.

"오늘 아침에 눈보라가 굉장했었죠. 한동안 발이 묶여있었다니까요."

운전사가 말했다.

"모든 게 중단되었다가 그토록 빨리 일상이 재개되다니 정말 놀랍던데요."

"솔트레이크 날씨가 그렇답니다. 호수 효과죠. 썩 마음에 안 드시겠지만."

운전사가 거울에 비친 나를 힐끔 돌아다보았다.

"묘지 주변 도로가 깨끗하게 치워졌을지 장담은 못 드리겠네요."

"그럼 운에 맡겨야겠군요."

약 10분 후 우리는 낡은 공동묘지의 대각선 방향에 난 정문 앞에 차를 세웠다. 도로가 새로 깔린 것을 알 수 있었다.

"정확히 목적지가 어디죠? 여긴 아주 큰 공동묘지예요. 사소한 정보 하나 드리자면 이곳은 우리나라에서 가장 큰 시립 공동묘지랍니다."

"혹시 레스터 와이어가 어디에 묻혔는지 아세요?"

"레스터 와이어요?"

"교통 신호등을 처음 발명한 사람이에요."

"음, 아뇨, 하지만 휴대폰에서 찾아볼 수는 있어요. 레스터 판스워스 와이어. 전기 신호등 발명가. 여기 보니까 그가 크리스마스 때라서 빨간색과 녹색을 골랐는데 당시 수중에 있는 게 크리스마스 전등뿐이라서 그랬다고 쓰여있네요. 그는 북동쪽에 잠들어 있어요. 이제 신호에 연달아 세 번 걸리면 누굴 욕해야 할지 알겠군요. 친척인가요?"

"아니요. 제 형이 그 사람 근처에 잠들어있어요."

"그렇군요."

우리는 공동묘지의 미로 같은 길을 따라가다가 세로로 기다란 콘크리트 기념비에 다다랐고 택시가 그 앞에 멈췄다.

레스터 판스워스 와이어

1887년 9월 3일 – 1958년 4월 14일

발명가

전기 교통 신호등

"여기 당신이 찾고 있던 남자가 있네요. 아니면 적어도 그의 무덤이거나."

"몇 분이면 됩니다."

택시에서 내렸다. 호텔에서 차로 불과 10분 남짓한 거리였지만 고도가 높아서인지 기온이 뚝 떨어졌다. 몸이 떨려와 코트를 더 세게 여몄다.

형은 꼭대기에 둥근 시멘트공이 달린 3미터가 넘는 오벨리스크에서 오른쪽으로 스무 걸음 더 간 곳에 묻혀있었다. 묘비가 땅과

평평한 높이라서 눈 속에 푹 파묻혀있었다. 무덤을 향해 걷다가 신발 한쪽 끝이 비석에 닿는 느낌이 들었을 때 바로 무릎을 꿇고 화강암 대리석 위의 눈을 손으로 치웠다.

나는 내가 기억하는 것보다 더 많이 이곳에 왔었다. 수년이 지난 후에도 눈 덮인 묘비를 용케 잘 찾아낼 만큼. 아버지와 어머니가 찰스의 생일에 불을 밝히고 그것을 땅에 꽂아 두던 기억이 어렴풋이 남아있는 걸로 봐서 그 전통은 아주 일찍 시작되었던 것 같다. 부모님이 이혼하고 난 뒤부터는 어머니와 나 단둘이서만 왔다. 1년에 세 번, 형 생일, 크리스마스, 그리고 8월 형의 기일이었다.

어느새 17년이 흘러버렸네. 일어나서 비석을 내려다보았다.

"그때 그렇게 가는 게 아니었어, 형. 어디로 갔든 나보다 더 좋은 시간을 보냈으면 좋겠어."

몇 분 동안 물끄러미 무덤을 바라보다가 문득 어머니가 형 옆에 묻힌 건 아닌지 궁금해졌다. 형 묘비에서 동쪽으로 대여섯 걸음 더 걸어갔고 발끝에 또 다른 비석이 닿았다. 발로 눈을 치우자 또 하나의 묘비가 모습을 드러냈다.

루스 캐롤 처처

고이 잠들다

긴 한숨이 흘러나왔다. 이윽고 택시가 있는 곳으로 다시 돌아와 차에 올라탔다.

"호텔로 돌아가주세요."

돌아오는 길 내내 운전사가 입을 꾹 다물고 있었던 걸로 봐서 내가 처음 왔을 때와 많이 다르게 보였던 모양이다.

* * *

호텔 방으로 돌아가지 않았다. 택시에서 내려 바로 주차장으로 향했다. 차에 올라타 따뜻해질 때까지 몇 분 기다렸다가 어머니 집을 향해 차를 몰았다.

솔트레이크 밸리 남쪽 끝에는 시내보다 더 많은 눈이 내렸었는지 어머니 집 근처 동네는 자그마치 70센티미터가 넘는 눈에 덮여 있었다. 동네 전체가 얼음 마을처럼 보였다. 자동차들은 마치 이글루 같았다.

제설차가 지나간 길 양쪽에 150센티미터 남짓한 눈더미가 우뚝 솟아있었는데 밤새 길가에 차를 세워두었던 불쌍한 영혼들은 운전석 옆으로 자동차 지붕 높이만 한 눈더미에 아연실색했다.

어머니 집 앞에 차를 댔다. 마당 안으로 들어가는데 엄청난 높이의 눈더미가 길을 가로막고 있어서 힘들게 넘어가야 했다.

집 앞에 도착했을 때는 이미 해질녘이었던 터라 집의 형체가 뚜렷하지 않았다. 진입로에 이르러서야 현관 입구까지 이어진 발자국이 눈에 띄었다. 아직까지 선명한 것으로 보아 다녀간 지 얼마

안 된 것 같았다. 작고 아담한 여성의 발 크기였다. 처음엔 엘리즈였나 싶었지만 사실 그럴 가능성은 매우 낮았다. 내 차가 여기 없는 것을 분명히 확인했을 테니까. 게다가 나이 든 여성이 눈이 얼어붙어 바닥이 미끄러운 날에 엉덩이가 부러질 각오를 하지 않고서야 집을 나서기가 쉽겠는가. 그렇다면 이런 궂은 날씨에 도대체 누가 왔던 것일까?

현관문을 열고 안으로 들어가자마자 불을 켜고 온도 조절기에서 온도를 23도로 올린 다음 휴대폰으로 음악을 틀었다. 그리고 가장 두려운 공간이었던 거실을 마주했다.

청소하는 동안 형의 기일에 어머니와 함께 공동묘지에 갔던 순간들이 파노라마처럼 펼쳐졌다. 무덤 앞에서 어머니의 반응은 종잡을 수 없었다. 무릎을 꿇고 통곡하던 날도 있었고, 화가 난 것처럼 땅바닥을 뚫어지게 쳐다보던 날도 있었다. 나는 그 모든 순간이 두려웠다. 형을 기념하는 날마다 무슨 일이 일어날지 전혀 알 수 없었으니까.

열 시가 조금 넘어서야 일을 중단했다. 다섯 시간째 꼬박 일만 했다. 나는 가까스로 그랜드 피아노 리드를 열고 온전한 자태를 드러내는 데 성공했다. 그날 저녁 내가 목표로 했던 일이었다. 젖은 천으로 피아노 의자를 닦고 장갑을 벗고 자리에 앉았다. 피아노 건반을 눌러보았다. 음정이 완전히 들어맞지는 않았지만 못 들어줄 정도는 아니었다. 사이먼 앤 가펑클의 '사운드 오브 사일런스'를 연주하기 시작했다. 어느 날 밤 어머니가 거실에 나와 내 연주를 들던 기억이 났다. 곡을 다 치자 어머니가 부드럽게 말했었다.

"다시 한 번 쳐보렴."

마지막으로 배운 노래라서 아직도 기억이 났을지 모른다. 아니면 이 노래가 현존하는 가장 슬픈 곡 중 하나라서였을 수도 있고.

노래를 다 불렀을 때 뜨거운 눈물이 두 뺨을 타고 흘러내렸다. 어머니가 돌아가셨다는 소식을 들은 후 처음으로 상실감이 느껴졌다. 건반 키를 쾅쾅 두들기고 머리를 건반 덮개에 대고 흐느꼈다. 도대체 무엇을 잃어버린 걸까? 어머니……. 내가 한 번도 가져보지 못한 어머니라는 존재에 대한 상실감인가? 아니, 잃어버린 내 어린 시절일지도 모르지. 어쩌면 전부 다이거나.

의자에 멍하니 앉아있는데 뭔가 불현듯 뇌리를 스치고 지나갔다. 바닥에 엎드려 의자 밑으로 머리를 쑥 들이밀었다. 그대로였다. 형 찰스가 검은색 매직펜으로 크게 써놓았던 글귀.

찰스 서서의 피아노

5년 뒤 내가 그 밑에 썼다.

형이 가져도 돼

다시 몸을 일으켜 세우고 피아노 뚜껑을 닫고 집 문을 잠그고 호텔로 돌아갔다.

10

12월 14일

다음 날 아침 눈을 떠보니 오전 아홉 시였다. 호텔로 돌아오던 길에 나는 피아노를 가져가기로 마음먹고 인터넷 검색으로 피아노를 옮겨줄 운송업체 몇 곳을 알아냈다. 처음 두 업체는 내가 코들레인까지 배달을 부탁하자 뜸을 들였다. 다행히 마지막 세 번째 업체가 내 의뢰를 받아들이고 나서야 마음이 놓였다.

일찍 호텔을 나왔다. 하늘이 타히티의 석호처럼 푸르렀다. 스타벅스 드라이브스루에 들러 벤티 사이즈 커피와 블루베리 스콘을 사서 집으로 차를 몰았다.

솔트레이크에 온 이후 처음으로 예전 동네가 활기차 보였다. 사람들이 밖에 나와 길가에 쌓인 눈을 삽으로 퍼내거나 기계에서 새하얀 눈이 아치 모양을 그리며 뿜어져 나오는 분사식 제설기를 밀고 있었다. 어떤 남자는 긴 자루가 달린 빗자루로 차에 쌓인 눈을

90

털어냈다.

전날 진입로에 있던 발자국은 이제 얼음이 되어 마치 겨울 화석 같았다. 집 안으로 들어가 거실에서부터 다시 일을 시작했다. 카펫이 군데군데 제 모습을 찾기 시작했다.

내가 태어나기 전부터 이미 구식이었던 아보카도 그린 색상의 털이 거친 카펫이었다. 오래 기다리면 모든 것이 다시 유행처럼 돌아온다고 하는데 아보카도 사랑에 다시 불이 붙으려면 아마 몇 세기는 더 기다려야 할지도 모르겠다.

청소를 시작한 지 두세 시간 지났을까. 어렸을 적 마법처럼 느껴지던 크리스마스 장식품이 한가득 든 상자 여러 개를 우연히 발견했다. 상자에는 여전히 마법이 깃들어있었다. 덤프스터에 던져버리기 전에 나는 보물 하나하나를 조심스럽게 풀어 열어보았다. 한 상자 안에는 오래된 홀리데이 기념 레코드판이 가득했는데 홀리데이 시즌만큼이나 다방면에 걸친 음악으로 꽉 채워졌다. 빈스 과랄디의 '찰리 브라운 크리스마스', 케니 지의 '미라클', 빙 크로스비의 '화이트 크리스마스', 카펜터스의 '크리스마스 포트레이트', '프레쉬 에어 크리스마스', 냇 킹 콜의 '크리스마스 송', 페리 코모의 '크리스마스 앨범', 허브 알퍼트의 '크리스마스 앨범'.

어머니의 전축을 찾을 때까지 정신없이 잡동사니를 뒤졌다. 전축을 처박아둔 지가 수십 년은 족히 되었을 것이다. 예전에 책 사인회를 열었던 서점에서 오래된 레코드판이 다시 유행하는 걸 본 적이 있다. 그때 앨범 몇 장을 사고 싶은 유혹을 느꼈지만 그냥 생각만 하다가 말았다.

전축에 소복이 쌓인 먼지를 툭툭 털어내고 벽에 콘센트를 꽂았다. 황갈색 부직포로 덮인 턴테이블이 빙빙 돌기 시작했다. 속도가 33알피엠으로 설정되어 있는지 확인했다. 어떻게 그걸 다 기억하고 있는지 그저 놀라울 따름이었다. '찰리 브라운 크리스마스' 앨범을 꺼내 전축에 걸었다. 레코드판의 홈을 기준으로 노래를 세면서 '라이너스 앤 루시'라는 제목의 노래가 있는 4번 트랙에 부드럽게 바늘을 내려놓았다. 귀에 익은 곡조가 시작되자 얼굴에 미소가 번졌다. 최악의 상황에서조차 크리스마스 음악에는 항상 마음을 치유해주는 뭔가가 있었다.

***

그날 오후 늦게 휴대폰이 울렸다. 로리였다. 전축 소리를 줄이고 전화를 받았다.

"무슨 일이에요?"

"당신이 4위예요."

"뭐가 4위요?"

로리가 잠시 말을 멈췄다.

"지금 농담하는 거죠, 그렇죠? 당신 책 얘기잖아요, 바보."

베스트셀러 순위에 대해 까맣게 잊고 있었다.

"우와, 벌써 수요일이군요."

"네, 수요일이에요. 새 순위가 나왔고 당신이 4위라고요."

"잘됐네요."

"무슨 일 있어요?"

"청소하던 중이었어요."

"청소한다는 거야 잘 알죠. 도대체 내 작가가 어쩌다 이 지경이 된 거죠? 지난주에는 3위라고 하니까 막 열을 내더니. 4위로 밀려 났다는 말을 차마 입에 올릴 용기가 안 생겨서 반나절씩이나 시간 을 끌었단 말이에요. 이제 서서히 내려올 때가 됐다고 구슬리려던 참이었는데. 그리고 그 이유는 다니엘 스틸을 포함해 무려 세 권의 신간이 나왔기 때문이라고 말할 참이었단 말이에요."

"걱정 말아요."

"와, 진짜 사람을 들었다 놨다 한다니까. 잠깐, 지금 내 귀에 크 리스마스 음악이 들리는 거 같은데……?"

"맞아요."

"그럼, 일 다 끝난 거예요?"

"거의요."

"거의라니 무슨 뜻이죠?"

"거의라는 말은 이런 뜻이죠. 대략, 대강, 줄잡아……."

"그걸 누가 몰라서 물어요! 지금 당신 상황이 워낙 특수하니까 구체적으로 어느 정도의 시간을 말하는 건지 알고 싶은 거잖아요."

"거실만 청소하면 다 끝나요. 그리고 금요일에 운반업체에서 피 아노를 가지러 올 거예요."

"갖기로 했군요."

"네. 스타인웨이잖아요."

"주변에 피아노 치는 사람 있어요?"

"나요."

"또 다른 비밀이 숨어있었군요. 그럼 금요일에 운반업자들을 만나고 바로 비행기를 탈 건가요?"

"집까지 운전할 거예요."

로리의 입에서 볼멘소리가 터져 나왔다.

"참, 차 가지고 갔었지. 지금 출판사에서 다음 계약 건 때문에 나를 들들 볶고 있다고요. 집에 돌아가기 전에 비행기로 뉴욕에 먼저 와달라고 얘기할 참이었는데 안 되겠네요."

"스포캔에서 비행기 탈게요. 한 며칠 마음을 가다듬을 시간만 줘요."

"그럼 출판사에는 다음 주쯤이라고 얘기해 두죠. 그나저나 어떻게 지내요?"

"좋아요."

"흥미로운 거라도 뭐 좀 발견했나요?"

"아주 많이요."

"당신이 찾고 있던 건요?"

"내가 찾고 있는 게 도대체 뭔지 알기라도 했으면 좋겠네요. 진짜 모르겠어요. 아마 없을지도 모르죠."

"알겠어요. 내 말 잊지 말아요."

"기억할게요. 차오."

"차오."

피아노 의자에 휴대폰을 내려놓고 다시 볼륨을 높였다. 크리스마스 앨범 전체를 듣기 시작했다. 카렌 카펜터가 부르는 '크리스마스 송'이 흘러나왔을 무렵 밖에서 문 두드리는 소리가 들렸다. 얼른 음악 볼륨을 낮추고 현관 앞으로 걸어갔다.

엘리즈인 줄 알고 문을 열었는데 뜻밖에 젊은 여성이 문 앞에 서있었다. 내 또래거나 아니면 나보다 몇 살 더 어려 보이는 여자였다. 예뻤다. 아몬드 모양의 눈에 암갈색 머리칼이 검붉은 색상의 니트 모자 밑으로 부드럽게 흘러내렸다. 여자는 모자에 어울리는 긴 스카프를 두르고 손에는 벙어리장갑을 끼고 있었다. 어디서 본 듯한 인상인데 어디서 봤더라?

"귀찮게 해서 죄송합니다만. 여기가 처처 씨 댁 맞나요?"

여자가 불안한 목소리로 말했다.

"네, 무슨 일이죠?"

젊은 여자가 근심 가득한 얼굴로 나를 쳐다본다. 몸을 바르르 떨고 있는데 긴장한 탓인지 추위 때문인지 도통 모르겠다. 예전에 책 사인회 때 비슷한 증상을 보이던 여자가 있었다. 알고 보니 내 팬이었다. 나는 여자가 여길 어떻게 알았는지 궁금했다.

"당신이 제이콥 처처 씨인가요?"

내 팬 맞구나.

"네."

"루스 캐롤 처처 씨가 어머니 되시죠?"

"네."

"좋아요. 제 이름은 레이첼 가너라고 합니다. 제가……."

여자가 머뭇거렸다.

"미안해요, 좀 당황스러워서요. 여기 사는 분 좀 만나보려고 정말 노력했었는데 진짜 누가 대답할 줄은 꿈에도 몰랐어요."

나는 레이첼을 의아하게 쳐다봤다.

"누굴 찾으세요?"

"제 어머니를 찾고 있어요. 당신 가족이 이 집에서 한 30년 사셨죠?"

"35년 넘었어요. 저는 여기서 태어났고요."

레이첼이 고개를 끄덕였다.

"30년 전에 어떤 젊은 여자가 이 집에 살았는지 알 수 있을까요? 임신했었는데?"

"임산부요? 아니요."

그녀가 고개를 떨어트렸다. 기분이 상한 것 같았다.

"당신이 기억하지 못할 가능성이 있을까요?"

"30년 전이면 아마 제가 네 살 때였겠네요. 그 정도면 제가 기억할 수 있었을 거 같은데."

그녀는 더욱 기분이 안 좋아 보였다. 마음이 아파 보였다는 편이 맞겠다.

"추운데 잠깐 안으로 들어와요."

"고마워요."

레이첼이 집 안으로 들어가자 내가 등 뒤에서 문을 닫았다. 그녀의 표정에서 놀라 할 말을 잃었음을 알 수 있었다.

"집이 아주 난장판이죠. 저도 어머니가 호더였는지 몰랐어요. 실은 제가 지금 뒤처리 중이라서요. 앉으라고 말하고 싶지만……."

나는 손짓으로 상자에 파묻힌 소파를 가리켰다.

"앉을 자리가 저렇게 돼서."

"괜찮아요. 서있어도 상관없어요. 저한테 얘기해주셔서 감사드려요. 정말 힘드시겠어요."

"힘드냐고요?"

레이첼이 이맛살을 찌푸렸다.

"죄송합니다만, 어머니께서 얼마 전에 돌아가시지 않으셨나요?"

"네. 맞아요."

보통 부모를 잃은 자식의 모습이 아니라서 나 역시도 당혹스러웠다.

"죄송합니다."

그녀가 재차 말했다.

"저기, 어머니와 저는 가깝지 않았어요."

"그렇다면 더더욱 죄송하네요. 솔트레이크가 이렇게 추운지 몰랐어요."

"이 근방에 사는 분이 아닌가 봐요?"

"네. 세인트조지에 살아요. 당신은요? 여기 살아요?"

"여기서 태어났죠. 지금은 코들레인에서 살고 있습니다."

레이첼의 표정은 한없이 슬퍼 보였다.

"코트 벗어 놓을래요?"

"네, 감사합니다."

레이첼이 코트를 벗는 것을 도와주었고 코트를 받아 피아노 의자에 걸쳐놓았다. 거실에서 몇 안 되는 깨끗한 자리였다.

"혹시 어제 여기에 왔었나요?"

문득 어제 본 발자국이 생각났다. 레이첼이 고개를 끄덕였다.

"오후에요. 눈보라가 지나간 후에 다시 와봐야겠다고 생각했어요."

"저희 어머니가 돌아가셨는지는 어떻게 아셨죠?"

"몇 주 전 신문 부고란을 보고 알았어요. 누군가 여기에 와있을 수도 있고, 그럼 내가 알고 싶은 대답을 듣게 될지도 모른다고 생각했어요."

레이첼의 얘기가 내 관심을 끌었다. 그냥 여자의 연약한 모습이 내 보호 본능을 자극했을 수도 있고 단순히 미모에 이끌린 것일지도 모른다.

"주방은 청소했어요. 거기에 가서 앉아요. 레이첼이라고 했죠?"

그녀를 부엌으로 안내한 뒤 식탁에 있는 의자를 하나 꺼내 자리에 앉히고 맞은편에 앉았다.

"네."

"왜 어머니가 여기에 사셨다고 생각하는 거죠?"

"제가 태어났을 때 어머니가 여기서 살고 계셨다는 얘길 들었거든요."

"이 집이 확실해요?"

"네, 틀림없어요. 스캇과 루스 처처 씨 댁 맞죠?"

"제 부모님 이름이에요."

"어머니, 그러니까 제 생모가 그들과 함께 살았던 것 같아요. 저는 아기였을 때 입양되었어요. 몇 년 전에 생모에 대해 알게 된 후부터 찾아보려고 백방으로 수소문했죠. 제 입양 기록은 열람이 금지되어 있었어요. 기관에서 제 생모에게 나를 만나볼 의향이 있는지 알아보려고 편지를 보냈는데 답장이 없었대요. 제 생모가 아직 살아있는 게 맞는지, 아니면 그냥 저를 만나고 싶어 하지 않는 건지 전혀 알 수가 없었죠. 그 이후, 약 4년 전, 한 친구가 자기의 새 남자친구를 소개해줬어요. 주 정부의 기록 관리부서에서 일하는 공무원이었죠. 저는 그에게 도움을 받을 방법이 있는지 물어보았고 그가 알아보겠다고 했어요. 며칠 후 전화가 왔는데 이미 제가 다 알고 있는 내용이더군요. 제 기록이 열람 금지라서 볼 수 없다는 얘기요. 그러면서 자기가 만약 그 입양 정보를 주게 되면 까딱하다간 직장도 잃고 민사소송에 휘말릴 수도 있다고 말했어요. 그냥 운이 없다고 생각하고 접으려던 차에 그 사람이 제가 모르던 사실을 하나 알려주었어요. 제 생모가 저를 출산할 당시 열일곱 살밖에 안 된 미혼모였다는 거예요. 기록에 의하면 제 생모가 처처라는 성을 가진 가족과 함께 살게 되었다고 말해주었어요. 아마도 그녀의 가족이 십 대 딸이 임신한 사실을 알고 그녀를 잠시 멀리에 있는 다른 가정에 보냈을지도 모른다는 생각이 들어요."

나는 레이첼을 신기하게 바라보았다.

"그게 몇 년도 일이죠?"

"저는 1986년에 태어났습니다."

나는 잠시 생각에 잠겼다가 입을 열었다.

"제가 겨우 서너 살 때 일이었겠군요. 아마 제가 잊어버렸을 수도 있겠네요. 그때 매우 충격적인 사건이 있었거든요. 제 형이 죽은 해였죠."

"맙소사, 정말 미안해요."

"생모 이름은 알아요?"

레이첼이 얼굴을 찡그렸다.

"아니요."

"나 좀 봐, 당연히 모르겠지. 어머니라면 알았을 텐데. 어머니가 돌아가시기 전에 여기에 왔으면 좋았을 걸, 아쉽네요."

"사실은 왔었어요. 적어도 한 열두 번은 여기 와서 초인종을 눌렀을 거예요. 하지만 아무도 대답이 없었죠. 누가 안에 있는 것 같긴 했는데……."

레이첼이 기나긴 한숨을 내려놓았다.

"전화번호까지 알아내서 전화를 걸었지만 아무도 받지 않았어요."

레이첼의 말이 전혀 놀랍지 않았다. 내가 함께 살 때도 어머니는 거의 전화를 받지 않았었다. 말년에 상태가 더 나빠지면 나빠졌지 좋아졌을 리 만무할 테니.

"당신 어머니의 부고를 우연히 발견했을 때 만약 가족이 있다면 그들이 여기에 와있을지도 모른다는 생각이 들었어요."

"그러면 누군가 생모에 대해 알고 있는 사람이 있을지도 모르고."

"그럴 수 있기를 바랐어요."

나는 숨을 길게 들이마셨다.

"정말 유감이네요. 당신을 도울 수 있다면 참 좋을 텐데."

레이첼의 눈에 눈물이 가득 고였다. 그녀는 잠시 시선을 바닥으로 떨구었다가 다시 물었다.

"혹시 다른 형제자매나 아는 친척이라도 있을까요?"

"형밖에 없었어요. 어머니는 외동딸이었고요."

"아버지는요?"

"어쩌죠, 또다시 막다른 골목이네요. 아버지와는 연락을 안 하고 살아요. 어디 사는지조차 모른답니다."

눈물이 그녀의 한쪽 뺨을 타고 흘러내렸다.

"죄송해요."

나는 그녀가 점점 더 감정적으로 변해가는 모양새를 볼 수 있었다. 눈가가 여전히 눈물로 축축하게 젖어있었다. 갑자기 그녀가 자리에서 일어섰다.

"제가 당신 시간을 너무 많이 뺏었네요. 바쁜데 성가시게 해서 죄송합니다."

갑자기 생각이 떠올랐다.

"잠깐만요. 나를 찾아왔던 아주머니 한 분이 계셨어요. 돌아가신 엄마의 가장 친한 친구였다고 말씀하셨는데 나보다 이 동네에서 더 오래 사신 분이죠. 어쩌면 그 아주머니가 알고 있을지 몰라요. 여기서 겨우 몇 집 건너에 사세요."

레이첼의 얼굴에 금방 화색이 돌았다.

"그분께 물어봐주시겠어요?"

"지금 바로 가서 물어보죠, 뭐."

"고마워요."

나는 레이첼이 다시 코트 입는 것을 도와주고 나도 외투를 걸치고 함께 밖으로 나왔다.

"발 조심해요. 바닥이 꽤 미끄러워요."

"알아요. 어제 눈더미를 넘어가려다 넘어졌거든요. 아무도 안 봐서 다행이었지 정말 창피할 뻔했어요."

우리는 진입로를 따라 걸어 내려갔다. 내가 레이첼이 눈더미를 잘 넘어갈 수 있도록 도와주었고 길 건너 엘리즈의 집 현관까지 함께 걸어갔다. 초인종을 눌렀다. 안에서 벨소리가 들렸지만 아무도 나오지 않았다. 이번에는 레이첼이 장갑 낀 손으로 문을 두드렸다.

나는 그녀를 보고 웃었다.

"새끼 고양이가 베개 위로 살포시 떨어질 때 나는 소리만 하네요."

"비유가 남다르신데요."

"그게 제가 하는 일이죠. 저는 작가예요."

나는 다시 초인종을 누르고 문을 쾅쾅 두드렸다. 역시 아무런 반응이 없었다.

"어떤 작가예요?"

"책을 쓰죠. 대체로."

"와, 멋있다. 그걸로 먹고 살 수 있어요?"

나는 웃었다.

"어떤 작가들은요. 그럭저럭 먹고 살죠."

"저는 꿈을 추구하기 위해 과감하게 행동하는 사람들이 정말로 존경스러워요."

"매일 시도해 보세요."

레이첼이 내가 누구인지 잘 몰라서 즐거웠다.

"이것 보세요. 길에 타이어 자국이 있네요. 집을 나갔나 봐요."

레이첼은 우리가 당면한 문제로 바로 돌아왔다.

"추리력이 남다르네요. 돌아가죠."

우리는 다시 집으로 돌아왔다. 내가 코트를 벗으며 말했다.

"있잖아요, 저한테 전화번호를 알려주면 제가 아주머니와 통화하고 나서 연락할게요."

"고마워요. 뭐 좀 적을 데 있어요?"

"제가 휴대폰에 입력할게요."

내가 레이첼의 번호를 다 입력하고 나서 말했다.

"여기 오래 안 있을 거라고 했죠……."

레이첼이 얼굴을 찡긋했다.

"네. 토요일까지는 세인트조지로 돌아가야 해요."

"직장이 거기예요?"

"아니요. 지금은 잠시 일을 쉬고 있어요."

"직업이 뭐예요?"

"원래 치위생사였는데 제 상사분이 얼마 전에 은퇴하셨어요. 다시 직장을 구하는 데 별 어려움은 없지만 이참에 한 번 찾아 나서고 싶었어요. 그런데 그게 제 약혼자를 괴롭히고 있네요. 그는 제가 제정신이 아니라고 생각하고 있거든요."

레이첼에게 약혼자가 있다는 말에 어쩐 일인지 마음이 쓰였다.

"약혼자가 있어요?"

"네, 브랜든이라고 해요. 내년 4월로 결혼 날짜를 잡았는데 제가 지금 딴 데 신경 쓰느라 일을 소홀히 하고 있어서 저축을 못 하고 있다고 불안해하죠."

나는 그냥 고개를 끄덕였다.

"사실 제 약혼자는 이 모든 게 시간 낭비라고 생각하고 있어요."

"뭐가 말인가요?"

"제 생모를 찾는 일이요. 그는 이렇게 말하죠. '자, 생모를 찾았다고 쳐봐. 그럼 뭐가 달라져? 네가 바꿀 수 있는 건 아무것도 없어. 만나서 무슨 말을 하려는 거야? 네가 생모가 버린 바로 그 아기라고 말하고 싶은 거야?' 대충 이런 식이죠. 브랜든은 무척 현실적인 남자예요."

현실적이란 말은 내 마음속에서 떠오른 단어가 아니었다.

"그럼 생모에게 무슨 말을 할 거 같아요?"

"잘 모르겠어요. 일단 만나 봐야 알 것 같아요."

레이첼의 눈이 내 눈과 마주쳤다. 나는 그녀가 얼마나 아름다운지 깨달았다.

"바보 같은 소리로 들리겠죠."

"아니, 그렇지 않아요. 왜 생모를 찾고 싶은지 이해합니다. 그건 수백만 인구가 족보를 만드는 이유와 같다고 생각해요. 자신들이 누구인지 그 단서를 찾고 있는 겁니다. 제가 지금 어머니 집을 청소하는 것과 같은 이유죠."

레이첼의 표정이 편안해졌다.

"이해해줘서 고마워요. 점점 저도 제가 제정신이 아니라는 생각이 들기 시작하던 참이었거든요."

"약혼자가 그런 생각을 하게 만들다니 거참 유감이군요. 그건 옳지 않아요. 그럼, 저는 이제 다시 청소를 시작해야겠네요."

레이첼의 눈이 거실을 따라 한 바퀴 빙 돌았다.

"도와줄까요?"

나는 깜짝 놀라 그녀를 쳐다보았다.

"이 쓰레기들을 함께 치워주겠다고요?"

레이첼이 어깨를 으쓱했다.

"저는 상관없어요. 지금 당장은 가야 하지만 어차피 내일은 아무 일도 없거든요. 그리고 혹시라도 당신 이웃이 집에 돌아오면 우리가 그분과 얘기해 볼 수도 있잖아요."

레이첼이 왜 그런 제안을 했는지 정확한 이유야 알 수 없었지만 함께 있을 수 있다는 생각에 마음이 설레었다.

"그런 좋은 제안을 그냥 넘기면 제가 어리석은 거겠죠."

레이첼이 웃었다.

"내일 몇 시에 시작할까요?"

"저는 보통 아침 10시쯤 여기에 도착합니다."

"그럼, 그때까지 올게요. 이만 가볼게요."

레이첼의 입가에 다시 미소가 번졌다. 그녀를 따라 현관 앞으로 가서 문을 열어주었다. 그녀가 내 눈을 바라보았다. 특유의 연약해 보이는 눈빛을 빛냈다.

"신경 써주셔서 정말 감사드려요. 제게 마음을 써주신 이유를 다 알지는 못하더라도 진심으로 감사드립니다."

"제가 다 좋아서 한 일인데요, 뭐. 내일 뵙게 되길 고대하고 있겠습니다."

"네, 저도요."

레이첼은 눈 덮인 길을 조심조심 걸어가다가 눈더미가 나오자 어설프게 넘어갔다. 문간에서 그녀가 차에 오르는 모습을 지켜보았다. 차 안으로 들어가기 전에 한 번 더 뒤돌아 미소 띤 얼굴로 나에게 손을 흔들었다. 나도 손을 흔들어 답례했다. 레이첼에게는 내가 지금껏 만나본 여자들과는 다른 특별한 구석이 있었다. 함께 있으면 마치 집에 온 듯한 느낌이 들었다.

11

어머니가 보관하고 있던 물건들은 하나같이 설명이 불가능했다. 오래된 접시며 냄비며 뜨다만 뜨개질감에 온갖 잡지와 종이책, 물론 그중 내 책은 단 한 권도 없었지만, 8트랙 녹음테이프와 훌라 춤을 추는 도자기 인형까지 그야말로 벼룩시장을 방불케 했다.

나는 지금껏 몰랐던 어머니에 대해 많이 알게 되었다. 우선, 어머니는 내 기억과는 달리 트롤인형을 수집하고 있었다. 무려 상자를 세 개나 꽉 채웠다. 인형 상태도 너무 좋아서 버리기 아까울 정도였다. 결국 자선 단체에 기증하기로 마음먹고 복도에 상자들을 쌓아두었다.

점심을 거른 탓인지 허기가 져서 막 먹으러 나가려는데 또 문을 두드리는 소리가 들렸다. 이번에는 엘리즈였다. 손에 또 음식이 들려져있었다.

"저녁을 좀 가져왔다네."

"들어오세요."

내가 한 걸음 뒤로 물러서면서 말했다.

엘리즈는 곧장 부엌으로 가더니 식탁 위에 음식을 하나씩 꺼내 놓았다.

"방금 장례식장에 다녀오는 길이야. 내 나이가 되면 그게 주요 사회 활동이 되거든. 남은 가족들을 위해 저녁 준비를 거들었지. 여느 장례식에서 먹는 치킨에 장례식 감자, 갈아놓은 당근을 곁들인 황록색 젤로, 딸기 샐러드, 감자 롤이네. 감자 롤은 가게에서 막 나온 거야. 뭐 특별히 내세울 건 없네."

"장례식 감자요?"

"알아, 이름이 좀 무섭지? 관에서 뭘 먹고 있는 기분이 들겠지만 맛은 아주 기가 막혀."

"와 진짜 구미가 당기는걸요. 그게 다 뭐예요?"

"뭐 대단한 건 아니야. 모르몬교도들이 즐겨 먹는 음식이지. 기본적으로 해시브라운에 치즈와 콘플레이크를 얹은 치킨 수프 크림을 섞은 거야."

"콘플레이크를요?"

"맞아, 콘플레이크."

엘리즈는 방을 빙 둘러보더니 경탄스럽다는 듯이 말했다.

"나날이 발전하고 있구나."

"천천히요. 거실에 생각보다 쓰레기가 많더라고요."

"거실 쓰레기만으로도 덤프스터를 꽉 채우겠구나."

"오래된 전축과 엘피판도 여러 장 발견했어요."

엘리즈의 입가에 미소가 번졌다.

"거참 흥미롭구나. 오래된 음악을 발견하는 건 꼭 오래된 친구와 마주친 기분이야. 그렇지 않니?"

내가 고개를 끄덕였다.

"그거 진짜 먹고 싶네요. 제가 먹어도 괜찮죠?"

"당연하지. 자네 먹으라고 가져온 건데."

접시와 은식기를 꺼내 식탁으로 가져왔다.

"아주머니도 좀 드시겠어요?"

"아휴 난 됐어. 종일 주워 먹었는걸."

"챙겨주셔서 정말 감사드려요."

엘리즈는 내가 앉을 때까지 기다렸다가 말했다.

"잘 돼가니?"

"생각보다 오래 걸리네요."

"알아. 네가 겨우 며칠 있을 거라고 말했을 때 난 정말이지 일의 심각성을 알고나 있나 의심했다니까."

나는 포크를 콕 찍어 들어 올렸다.

"장례식 감자?"

"장례식 감자가 틀림없어."

그녀가 확인해주었다. 한 입 베어 물었다. 정말 맛있었다.

"적어도 마당은 그냥 내버려둬도 되니까 그나마 한시름 덜었죠."

"몇 년 전까지만 해도 네가 이 고생을 할 필요는 없었을 텐데. 그때만 해도 정원을 가꾸는 데 공을 많이 들였거든. 내 생각에 그게 일종의 치료였던 것 같아. 마당이 정말 아름다웠지. 집안에 딱 틀어박히기 전까지는 말이야. 그 이후로……."

엘리즈가 차마 말을 끝맺지 못했다.

"피라칸타 덤불이 통제 불능이 됐죠."

"그래도 빨간 열매는 흰 눈이 내리면 정말 예뻐 보이지 않니? 봄이 되면 새들이 그 열매에 취한단다."

"새들이 취한다고요?"

"새들이 꼭 주말에 특별 허가받고 나온 선원들처럼 나뒹군다니까. 보고 있으면 얼마나 웃기는지 몰라. 여름에 꽃이 마르면 열매는 꿀벌들 차지가 되고."

"어머니가 피라칸타 열매를 따오라고 시킨 적이 있어요. 젤리를 만들어 주겠다고. 의도한 건지는 모르겠지만 저한테 열매에 독성이 있다는 말은 하지 않았어요. 다행히 아무 맛도 느껴지지 않아서 한 입 먹다가 다 토해냈죠."

엘리즈가 얼굴을 찡그렸다.

"절대 고의가 아니었을 거라고 확신해. 나도 그 열매로 젤리를 만들어 본 적이 있거든. 설탕을 충분히 넣으면 사과 젤리 맛이 나고 독소는 익으면서 다 빠져. 물론, 뭐든지 설탕을 듬뿍 넣으면 맛있는 법이지만."

"마침 얘기가 나와서 말인데요, 이 음식 정말 맛있어요."

"입맛에 맞다니 정말 기분이 좋구나. 아까 깜빡하고 말 안 했는데 안에 애플파이도 있어. 포일에 싸여있을 거야. 너 주려고 한 조각 숨겨뒀었지. 안 그랬으면 사람들이 다 먹어 치웠을 거야. 장례식이 사람들을 배고프게 만드는 모양이야."

엘리즈의 배려에 정말 놀랐다.

"애플파이 진짜 좋아하는데. 이렇게 생각해줘서 정말 감사드려요."

"내가 즐겁지. 그나저나 아까 집에 왔었더구나."

나는 먹다 말고 그녀를 올려다보았다.

"그건 어떻게 아셨어요?"

"이 동네에는 가진 게 시간밖에 없는 이웃들이 많단다. 자네가 젊은 아가씨와 함께 있었다고 하던데."

"네, 그랬어요."

"나 같은 이웃이 있을 때는 감시 카메라 따위 필요 없어. 자네가 우리 집에 차를 몰고 왔다면 나한테 자동차등록번호를 주고 간 거나 진배없는 거야. 그나저나 왜 왔었는데?"

"여쭤볼 게 있어요. 혹시 제가 어렸을 때 임신한 젊은 여자가 우리 가족과 함께 살았었나요?"

엘리즈가 이마를 잔뜩 찌푸렸다.

"임산부? 아니. 내가 항상 틀릴 수도 있다는 건 알지만, 내 기억에는 너희 네 식구만 있었던 것 같아."

엘리즈의 대답에 마음이 슬퍼졌다.

"그런데 그건 왜 묻는 거니?"

"저와 함께 있던 젊은 여자가 오래전에 여기 살았던 자기 어머니를 기억하는 사람을 찾고 있어요. 그녀의 어머니가 자신을 임신했을 때 이 집에 살았다고 들었대요."

갑자기 엘리즈의 표정이 바뀌었다.

"가만있자, 지금 생각해보니 자네 가족과 잠시 함께 살았던 젊은 여자가 있었던 것 같아. 까만 머리에 예쁘게 생긴 여자였지. 형이 죽기 몇 달 전에 왔었어."

"왜 우리 집에 온 거죠?"

"그건 나도 잘 몰라. 아마도 그 여자 집안이 신앙심이 깊어서 결혼하지 않은 딸이 임신한 걸 몹시 부끄럽게 여겼을 테지. 그 시대에는 종종 그런 일이 있었어. 아무튼 젊은 여자는 출산할 때까지만 여기서 지냈어. 그 후 아기를 두고 떠났지. 그리고 돌아오지 않았어. 찰스의 죽음이 너무나도 힘들었다는 점을 제외하면 내가 어떻게 그걸 잊고 있었는지 모르겠구나."

"젊은 여자의 이름을 기억하세요?"

엘리즈의 이마가 다시 찡긋댔다.

"아니. 너무 오래전 일이야. 실제로 많이 본 적도 없어. 바깥출입을 거의 안 했을뿐더러 설령 외출한다고 해도 꼭 숨어 지내는 사람 마냥 어두워진 후에야 나왔지. 나는 문을 열어줄 때 잠깐 본 게 전부야. 여자는 집안일을 돕고 설거지와 요리를 했어. 자네를 돌봐줬지. 자네 아버지라면 알고 있을 텐데. 중요한 일이니?"

"제 친구한테는요."

"아버지께 전화 한 통만 드리면 될 텐데."

그 가능성을 생각해 보는 것 자체가 이상하게 느껴졌다. 어렸을 적 아버지는 마치 신화 속 인물 같았으니까.

"아버지가 집을 떠난 후로는 한 번도 얘기해 본 적이 없어요. 어디에 사는지도 몰라요."

"애리조나주 메사에 살고 있어. 피닉스 교외 지역이야."

"거기 여러 번 가봤는데. 북 투어 때요. 스코츠데일 근처에 '포이즌드 펜'이라는 유명한 서점이 있거든요."

나도 모르는 사이 아버지 집에서 얼마나 가까이 있었던 것일까?

"나한테 아버지 연락처가 있어. 어머니 장례식 때 잠깐 얘길 나눴었단다. 그때 내게 연락처를 남겼지. 너를 보게 되면 연락 달라고 부탁했었어."

아버지가 어머니의 장례식에 갔었다고? 또 나에 관해 물어봤다고? 더 놀랄 만한 일이 또 있을지 모르겠다.

"그래서 연락하셨어요?"

"아니, 아직 안 했어. 먼저 너와 얘길 나눠봐야겠다고 생각했지."

"그 번호 좀 알 수 있을까요?"

"물론이지. 지금은 내가 휴대폰을 두고 와서 없으니까 네 번호를 알려주면 집에 돌아가서 전화로 알려줄게. 새로 장만한 휴대폰에 저장해 놓았는데, 공유하는 방법이 있긴 하지만 내가 기능을 잘 몰라서 말이야. 문자로 보내줄게."

"번호를 적어드릴게요."

찬장으로 걸어가 펜을 하나 찾아서 내 핸드폰 번호를 적었다. 엘리즈가 내 번호를 건네받으며 웃었다.

"제이콥 처의 전화번호라……. 이베이에서 이걸 팔아볼까?"

내가 웃으며 대꾸했다.

"그걸로 뭐든 받아낼 수 있다면야 언제나 대환영이죠."

엘리즈도 함께 웃었다.

"넌 여전히 유쾌하구나. 음, 이제 돌아가는 게 좋겠다. 온종일 서 있었으니 다리를 좀 쉬게 해줘야겠어."

나는 그녀를 문앞까지 배웅했다.

"저녁 잘 먹었습니다. 그리고 좋은 정보도 알려주셔서 감사드려요."

"천만에. 제이콥, 사람들이 어떤 이유로 우리 삶에 들어오는지 궁금했던 적 없었니?"

"솔직히 있었다고는 말 못 하겠네요."

"그럼, 한번 생각해보렴."

엘리즈는 돌아서서 문밖으로 걸어 나갔다. 나는 그녀의 등 뒤로 문을 닫았다.

마음이 흔들렸다. 내가 어떻게 레이첼의 엄마를 기억하지 못했을까? 또 한편으로는, 그때 나는 어렸고 다른 걱정거리가 있었다는 사실이 떠올랐다. 문득 한 가지 생각이 뇌리를 스쳤다. 혹시 그녀가 내 꿈에 나오던 그 여자일까? 그래서 레이첼이 낯설지 않았던 걸까?

저녁을 다 먹고 설거지를 한 다음, 나는 다시 거실로 돌아가 쓰레기 더미와 씨름할지 오늘은 여기서 마무리할지 고민했다. 그때 엘리즈에게서 아버지의 정보가 담긴 문자가 왔다.

주소를 보니 갑자기 아버지를 보고 싶은 마음이 간절해졌다. 나는 호텔로 돌아가기로 하고 가는 내내 애리조나까지 차로 갈 궁리를 했다.

그날 밤 꿈에 또 그 여자가 나타났다. 이번 꿈은 그 어느 때보다 더 현실적이었다. 그녀의 부드러운 손이 내 얼굴에 닿는 것까지 생생하게 느낄 수 있었다. 내 뺨에 입을 맞추는 입술의 부드러운 감촉. 나는 울고 있었다. 왜 그랬는지 모르겠지만, 울고 있었다. 그녀가 나에게 다 괜찮을 거라고 부드럽게 속삭여주었다.

12

12월 15일

레이첼에게 몇 가지 소식을 전해줄 생각에 들떠 일찍 잠에서 깼다. 적어도 그 흥분된 감정을 나는 그렇게 받아들였다. 약혼 여부를 떠나 여자를 다시 만난다는 생각에 그렇게 마음이 들뜬 적이 언제였던가 싶을 정도로 설레었다.

나는 어머니 집에 다른 날보다 일찍 도착했다. 중간에 라떼를 사러 잠깐 들렀는데도 말이다. 막 차를 대려는데 레이첼의 빨간 혼다 어코드가 이미 우체통 앞에 여유롭게 세워져있었다. 레이첼은 나를 보자 바로 시동을 끄고 밖으로 나왔다. 역시 손에 커피를 들고 있었다. 그녀가 나를 보고 웃었다.

"오늘 카페인은 확실하겠는데요."

우리는 집으로 들어가 커피를 부엌에 내려놓았다.

"뭘 좋아할지 몰라서요."

레이첼이 코트를 벗으며 말했다. 데님 청바지에 작지만 곡선미를 돋보이게 하는 검은색 V넥 티셔츠를 입고 있었다.

"달달한 핫초코 라떼와 쓰고 진한 커피를 주문했어요. 먼저 고르세요. 저는 둘 다 괜찮으니까요."

"달달한 맛과 쓴맛이라……. 너무 쉬운 선택인걸요."

나는 커피를 집었다. 다시 그녀의 모습을 보니 내가 기억했던 것보다 더 근사해 보였다.

"난 호박 스파이스 라떼 두 잔 사왔는데."

"완벽하네요. 전부 다 마실 수 있어요. 그럼, 일이 훨씬 더 빨라질 거예요."

"시작하기 전에 먼저 할 얘기가 있어요. 잠깐 앉는 게 좋겠어요."

"이건 너무 뻔하잖아요. 나쁜 얘긴가요? 제가 뭘 잘못했나요?"

레이첼은 불안해 보였다. 이미 두 번째 질문에서 은연중 본심이 드러났다고 생각했다.

"아니요. 좋은 소식이 있어요. 전에 말한 옆집 아주머니가 당신 어머니를 기억하고 계세요."

레이첼이 소리를 질렀다. 그러더니 테이블을 빙 돌아 나한테 와서 와락 껴안았다. 그녀가 몸을 떼면서 내 눈을 바라보았다.

"뭐라고 하세요?"

"아주머니는 제 형이 죽기 몇 달 전에 우리 가족과 함께 지내러 온 젊은 임산부가 있었다고 말했어요."

"이름을 알고 계시던가요?"

"아니요. 미안해요."

레이첼의 얼굴에서 들뜬 표정이 사그라들었다.

"그렇다면 저는 아직 건진 게 없네요."

"하지만 제 아버지가 알고 계실 거라고 하셨어요."

"아버지는 막다른 길이라고 말했잖아요."

"그랬었는데 아주머니께서 아버지의 연락처를 알려줬어요. 지금 애리조나주 메사에 사신대요. 애리조나까지 차로 갈 생각이에요. 이제 아버지와 대면할 때가 된 것 같아요. 당신 어머니에 대해서도 아버지께 여쭤볼게요."

"고마워요."

그녀가 잠시 시선을 떨구고 바닥을 내려다보다가 불쑥 말했다.

"저도 가도 돼요?"

"나랑 애리조나에 함께 가고 싶다고요?"

"당신 아버지께 직접 듣고 싶어요."

"약혼자가 괜찮다고 할까요?"

그녀가 얼굴을 찡그렸다.

"어, 한번 얘기해볼래요. 달가워하진 않겠지만요."

"당신은 인생의 반을 생모를 찾는 데 쏟아부었어요. 왜 그는 달가워하지 않을까요?"

"오늘 안으로 돌아간다고 했거든요. 그는 즉흥적인 사람이 아니에요. 그리고 그가 다니는 직장에 제가 요리를 도와주길 바라는 친목회도 있고요. 저기요, 우리 할 일 많아요. 어서 움직여요."

그녀가 커피를 들고 거실로 걸어갔다. 아무튼 나를 거들어줄 사람이 옆에 있으니 거실이 덜 부담스러워 보이긴 했다. 일을 시작한 지 몇 분 지나지 않아 레이첼이 말했다.

"피아노가 정말 아름다워요. 진짜 스타인웨이예요?"

나는 고개를 끄덕였다.

"흙 속의 진주죠. 어머니의 삼촌이 돌아가실 때 남겨주신 거예요. 제가 정말 어렸을 때 물려받으셔서 여기 사는 동안에는 늘 피아노가 있었죠."

"연주할 수 있어요?"

"조금요. 예전에는 꽤 잘 쳤었어요."

"아무거나 연주해줘요."

"좋아요."

나는 흔쾌히 피아노 의자에 앉아 제임스 테일러의 '파이어 앤 레인'을 연주했다. 다 끝내고 돌아보며 물었다.

"어때요?"

"정말 아름다워요. 노래가 너무 좋은걸요."

"나도 아주 좋아하는 곡이에요. 이 노래에는 소울이 있거든요."

"당신처럼요."

레이첼이 나직이 말했다. 우리는 다시 하던 일을 계속했다.

피아노 악보로 꽉 채워진 상자 세 개를 발견했다. 대부분 내가 기억하던 것들이었다. 집에 가져가려고 먼지를 털어 피아노 옆에 쌓아두었다.

어려서 부모님이 듣곤 하시던 엘피판 몇 장을 더 찾았다. 영화
《남태평양》과 《카멜롯》의 사운드트랙, 허브 앨퍼트의 '휘핑크림
앤 아더 딜라이츠'. 앨범 표지에 실린 소녀의 사진은 나의 강렬한
10대 남성 호르몬을 파괴시켰다. 레이첼에게 보여주려고 허브 앨
퍼트의 앨범을 들어 올렸다.

"이 앨범 본 적 있어요? 표지가 굉장히 상징적이죠."

레이첼이 고개를 흔들었다.

"예쁘기만 한걸요. 들어봐도 돼요?"

"네, 그럼요."

앨범을 전축에 올려놓자 금관악기 소리가 거실을 가득 메웠다.

"정말 행복해지는 음악이네요."

그녀의 얼굴에 피어오른 소박한 기쁨을 바라보고 있자니 내 얼
굴에도 미소가 번졌다.

* * *

한 시쯤 레이첼이 점심을 사러 근처 식료품점인 델리에 다녀왔
다. 그녀가 돌아왔을 무렵 나는 쓰레기 봉지 세 개를 더 채웠다. 레
이첼이 문 앞에 나타나자 내가 얼른 문을 열어주었다.

"고마워요."

그녀가 들어오면서 말했다. 그녀가 음식을 식탁으로 옮겼다.

"오래 걸려서 미안해요. 줄이 엄청 길더라고요. 콜라도 두 잔 샀

어요."

그녀가 병을 하나 건네며 말했다. 우리는 식탁에 앉았다. 고개
를 들어 레이첼을 바라보았을 때 그녀는 기도 중이었다. 잠시 후
그녀가 나를 올려다보며 미소를 지어 보였다.

"항상 기도해요?"

"항상 감사를 드리죠."

마지막으로 기도했던 때가 언제였는지 가물가물했다.

둘 다 식사를 시작했다. 잠시 후 레이첼이 말을 꺼냈다.

"아까 델리에서 기다리는 동안 브랜든에게 전화했었어요."

"그래서요?"

"즐거워하지 않았어요. 사실, 그건 좀 순화한 표현이고, 불같이
화를 냈어요. 어떻게 해서든 나를 말려보려고 했죠."

"나 때문에요?"

"아뇨. 제가 거기에 가는 걸 원치 않았어요. 기름값 걱정도 많았
죠."

"기름값 걱정은 하면서 당신이 다른 남자와 함께 애리조나로 가
는 건 걱정 안 했단 말인가요?"

그녀가 나를 순한 양처럼 쳐다보았다.

"당신 얘기는 꺼내지도 않았어요."

"아, 그렇군요. 그럼 기름값 걱정은 하면서 당신이 혼자 다른 주
로 장거리 운전하는 건 걱정 안 했단 얘기네요."

"당연히 걱정하죠. 남자들은 표현을 잘 못하잖아요."

"그걸 남자들의 일로 덮어씌우면 안 돼요. 대부분의 남자들은 보호 본능이 강해요."

"만약 당신이었다면 화났을 것 같아요?"

"나였으면 당신과 함께 갔을 거예요."

"뭐, 어차피 우린 갈 거예요. 뒷감당은 제가 알아서 할게요. 차라리 전화하지 말걸 그랬나 봐요. 허락보다는 용서를 구하는 편이 더 쉬울 텐데. 중요한 건, 제가 워낙 죄책감을 많이 느끼는 편이라 그가 날 주무르기가 쉽다는 거예요. 난 모든 것에 죄책감을 느껴요. 그게 마치 날 짓누르고 있는 것 같아요. 죄책감 없이 마지막 남은 쿠키 하나도 못 가져가요. 브랜든은 죄책감을 별로 안 느껴요. 왜 나처럼 죄책감을 느끼지 않느냐고 물어봤더니 웃기만 하던 걸요."

"정말 가고 싶은 거 맞아요?"

"이번엔 꼭 그래야만 할 것 같아요. 그가 날 막을 순 없어요. 이번 기회를 놓치면 나 자신을 용서하지 못할 거 같거든요. 그리고 그를 용서하지 않을지도 몰라요. 평생 그를 원망하지 않으리란 보장도 없죠. 그럼, 우리 결혼 생활에도 악영향을 미칠 거고."

"그럼 안 되죠. 애리조나까지는 여기서 아홉 시간 정도는 걸릴 거예요. 정오에 출발하면 밤에는 도착할 수 있을 겁니다."

"더 일찍 출발해도 괜찮아요."

"그러면 좋은데, 피아노 운반업체가 올 때까지는 여기를 떠날 수가 없어서요. 그 후에 바로 출발할 수 있어요."

"좋아요. 바로 짐 쌀게요."

13

여섯 시쯤 우리는 거실의 반 이상을 치웠다.

　나와 레이첼은 어머니의 인형 컬렉션 앞에서 멈췄다. 여섯 개의 상자에 아메리칸 걸 인형과 액세서리가 한가득 담겨있었다. 어머니가 언제부터 저런 인형들을 사 모으기 시작했는지 알 길이야 없지만 어쨌든 자식은 나뿐이었으니까 그 컬렉션은 분명 엄마 자신을 위해 모아둔 게 틀림없었다. 레이첼은 인형을 버릴 생각이라면 자신이 가져가고 싶다고 했다.

　우리 둘 다 지치고 허기가 느껴졌다. 집을 나와 레이첼을 이탈리아 레스토랑에 데려갔다. 차로 몇 번 오가며 눈여겨보던 장소였는데 볼 때마다 주차장과 식당이 손님들로 붐볐다. 음식이 꽤 맛있을 거라고 짐작했다.

　여주인이 우리를 한쪽 구석에 촛불이 켜진 작은 테이블로 안내했다. 나는 레이첼을 위해 의자를 뒤로 빼주고 그녀 맞은편에 앉았다. 그녀는 약간 불안해 보였다.

"괜찮아요?"

"네, 괜찮아요."

메뉴를 보는데 표정이 더 혼란스러워 보였다.

"정말 괜찮아요?"

레이첼이 애매하게 고개를 끄덕였다.

"사람들 보는 눈이 많은 장소에서 저와 함께 있는 게 신경 쓰여
요?"

그녀는 메뉴판을 내려놓았다.

"아니요. 그랬다면 애초에 생판 모르는 남한테 동행하자는 제안
을 했을 리가 없겠죠."

"내가 생판 모르는 남은 아니죠."

그녀가 빙그레 웃었다.

"그런가요?"

"본격 토론으로 들어가 봅시다. 우리가 정말 어떤 사람을 진정
안다고 말할 수 있을까요?"

레이첼이 웃었다.

"이제 저에 대해 실존적으로 접근하시는군요. 당신과 나 사이에
는 공통의 역사가 없어요."

"하지만 우리는 수십 년의 역사를 함께 정리했죠."

"딱히 아니라고는 말 못하겠네요."

"그리고 우리 둘 다 제임스 테일러를 좋아하죠."

"이런, 비밀이 탄로가 났네."

"그럼 뭐가 걱정이에요?"

"그게, 이 레스토랑이 너무 비싼 거 같아서요. 다른 데 가도 괜찮아요."

"아니, 그대로 있어요. 괜찮아요."

"그럼, 제가 먹은 건 제가 낼게요."

"그 정도는 감당할 수 있어요."

"당신의 친절을 이용하고 싶지 않아요."

"이건 또 새로운 경험이로군."

"뭐가요?"

"나를 이용하고 싶지 않은 사람."

그녀가 잠시 침묵을 지켰다.

"당신 같은 사람들은 꽤 자주 이용당할 거 같아요."

"나 같은 사람들?"

"네, 친절한 사람들이요."

나는 크게 숨을 들이마셨다.

"아마 제가 생판 남이 맞나 봅니다."

레이첼이 웃고 나서 메뉴를 들여다보았다.

"혹시 이거 먹어봤어요? 발음이…… 그노치?"

"뇨끼라고 발음해요. 이탈리아말로 나무 매듭을 의미하죠."

"발음은 그렇다 치고, 맛은 어때요?"

"보통이에요. 미국 레스토랑에서 원래 맛을 제대로 잘 못 살리거든요."

"어디 한 번 운에 맡겨 보죠. 당신은 뭐 먹을 거예요?"

"봉골레 스파게티. 대합조개를 곁들인 파스타죠. 식사와 잘 어울릴 와인으로는 키안티를 추천할게요."

"저한테 잘 보이려는 거예요?"

나는 메뉴를 내려놓았다.

"네, 성공했나요?"

"정말 감동했어요. 제가 사는 동네에서는 세인트조지에 있는 '더 파스타 팩토리'라는 프랜차이즈 전문점이 최고로 좋은 이탈리아 레스토랑이거든요."

바로 그때 웨이터가 물과 빵을 들고 우리 테이블로 다가왔다. 주문을 마치고 내가 물었다.

"자, 당신 얘기 좀 해줘요."

"뭘 알고 싶은데요?"

"전부 다."

진심이었다. 이 여자에 대해 가능한 모든 것을 알고 싶었다.

"좋아요. 어디서부터 시작할까요?"

"서론, 본론, 그리고 결론 순으로요."

그녀가 웃었다.

"말했듯이 저는 이빈스에 있는 세인트조지에서 북서쪽으로 조금 떨어진 곳에 살고 있어요. 혹시 이빈스는 들어봤나요?"

"아니요."

"그냥 아주 작은 동네예요. 부모님께서 25년 전에 그곳으로 이

사 가셨대요. 지금은 붉은 바위와 스노우캐니언이 있는 아름다운 곳이지만, 우리가 이사 갔을 때만 해도 대부분 가난한 사람들과 농부들뿐이었대요. 물가가 싸고 외딴곳이었으니까요. 우리도 좀 가난했어요."

"어디든 다 변해요. 요즘은 지역에 많은 돈이 들어오면서 우리 집 주변도 개발 붐이 크게 일고 있어요. 원래 여기도 아무것도 없었어요. 지금은 큰 집들이 즐비하잖아요. 차고가 우리 집보다 커요. 원주민들이 밀려나고 새로운 사람들이 이사 오고 있어요."

"우리 아버지는 그런 움직임에 불만이 많았어요. 정말 아버지를 화나게 만든 건 그게 예술가들에게 일종의 은신처가 되고 있다는 거였어요. 아버지는 그들을 '교육받은 멍청이'라고 불렀어요. '나는 이빈스가 멋지기 전에 이빈스에 살았다'고 쓰인 범퍼 스티커를 사 드렸는데 차에 절대 안 붙이시더라고요."

내가 씨익 웃었다.

"형제자매는 있나요?"

"아니요, 저 혼자예요. 부모님은 연세가 꽤 있으세요. 불임부부였는데 40대가 되어서야 저를 입양하셨대요. 저는 태어나자마자 입양되었어요. 어쨌든 부모님은 비밀로 하시느라 입을 굳게 다물고 계셨고 저는 열여섯 살이 되어서야 입양된 사실을 알았어요. 그 전까지 의심은 했지만 특별히 물어보지는 않았어요."

"왜 의심했는데요?"

"부모님과 별로 닮지 않았어요. 특히 제 눈이……."

"정말 아름답죠."

레이첼이 수줍게 웃었다.

"고마워요. 사람을 당혹스럽게 만드는 재주가 있네요. 하지만 감사해요."

"천만에요."

그녀는 약간 당황한 것 같았다.

"제 말은, 제가 부모님과 많이 닮지 않았다는 거예요. 하지만 더 분명한 건 성격이었어요. 성격 형성에 타고난 것과 양육의 비율이 어느 정도인지는 잘 모르겠지만, 성격적으로 부모님과 완전히 딴판이었거든요. 저는 자유로운 영혼인 데 반해 부모님은 신앙심이 무척 깊으세요. 어머니는 수녀가 되었어도 전혀 이상하지 않을 정도였고 아버지는 사실상 금욕주의자래도 과언이 아니세요."

"자랄 때 힘들었겠군요."

"부모님을 많이 실망시켰어요. 그래서 죄책감이 드는 것 같아요. 심지어 내 이름도."

"레이첼은 예쁜 이름이에요."

"부모님은 성경에 나오는 이름이라서 레이첼이라고 한 거예요. 암양을 의미해요. 암컷 양. 제 이름을 동물에서 따온 거예요."

내가 웃었다.

"동물이든 아니든, 여전히 예쁜 이름인데요, 뭐."

"고마워요. 부모님 말로는 마태복음에서 하나님이 '양은 오른쪽에, 염소는 왼쪽에 둘지어다'라고 말씀하셔서 제 이름을 그렇게 지었대요."

"그럼 난 염소겠군요."

"글쎄요, 내가 양이라면 난 검은 양이에요. 열네 살 때 친구들과 세인트조지몰에 갔는데 어떤 남자가 저한테 명함을 주면서 잡지나 TV 광고 모델에 관심이 있냐고 물어봤어요. 제가 신이 나서 어머니한테 남자가 준 명함을 보여드리자 막 화를 내셨어요. 난 회개해야 하고 허영심은 악마의 것이며 모든 모델은 지옥에 갈 거라고 말씀하셨죠."

"아주 틀린 말은 아닌데……."

레이첼이 정색을 하고 나를 쳐다보았다.

"농담이었어요. 하지만 모델 몇 명과 데이트해본 느낌으로 는……."

그녀가 피식 웃었다.

"그럼 알겠군요."

내 입가에 희미한 미소가 번졌다.

"잘 알다마다요. 그건 그렇고, 입양됐다는 건 어떻게 알았어요?"

"열여섯 살 때 학교 친구가 저더러 입양될 때 나이가 몇 살이었냐고 묻더라고요. 그래서 제가 '난 입양된 거 아니야.'라고 말했죠. 그랬더니 친구가 저를 미친 사람 보듯이 쳐다보면서 '진짜?'라고 묻는 거예요. 그날 밤 부모님께 여쭤봤죠. 그런데 입을 꾹 다무시더라고요. 그때 두 분의 반응을 보고 알았죠. 왜 좀 더 일찍 알려주지 않았냐고 물었더니 어머니께서 내가 나이 들 때까지 기다렸다고 하셨어요. 제가 스스로 남들과 다르다고 느낀다거나 생모에게 버림받았다고 생각할까 봐 두려우셨던 거죠."

"그래서 생모와 생부를 찾기 시작한 건가요?"

"그런 건 아니에요. 부모님께 제 친부모에 관해 물어봤는데 비밀 입양이라 생모가 누군지 모른다고 말했어요. 생모는 미혼모였고 생부는 입양 과정에 아예 없었대요. 제 말은, 입양 과정에서 얼굴은 내밀었어야 했다는 뜻이에요. 제가 무원죄 잉태(성모 마리아가 잉태를 한 순간 원죄가 사해졌다는 기독교적 믿음 - 옮긴이주) 같은 건 아니잖아요."

"그럴 리가요. 왜 생모를 찾고 싶은 거죠?"

"물어보고 싶은 게 있어요. 이 느낌을 제대로 설명할 수 있을지 모르겠는데 뭐랄까, 내 정체성을 찾고 싶은 마음이랄까! 당신 어머니는 어때요? 가깝게 지내지 않았다고 했죠."

"네, 맞아요. 열여섯 살 때 어머니 집에서 나왔어요. 그 이후로는 처음이에요."

"돌아가시기 전에는 못 보셨어요?"

"네."

"한번 봤으면 했던 적은요?"

나는 질문을 곰곰이 생각해 보았다.

"모르겠어요. 한편으로는 보고 싶기도 했고, 또 한편으로는 만나서 사과를 받아내고 싶기도 했어요. 하지만 십중팔구는 실망했을 겁니다. 아마 나한테 누구냐고 물었을 거예요."

"미안해요."

나는 한숨을 쉬었다.

"별거 아니에요. 이제 다 지난 얘기라는 뜻이에요."

"그럼 왜 고통뿐인 집을 뒤지고 있는 거죠?"

"아직 단서를 찾고 있어요."

"무슨 단서요?"

나는 생각에 잠겨 레이첼을 바라보았다.

"내가 얘기 안 한 게 있어요. 지난 몇 년간 어린 시절의 나를 안아주고 사랑해주던 어떤 여자가 꿈에 자꾸 나타나요. 도대체 그녀가 누구인지, 혹시 실제로 존재하는 사람인지 궁금했어요. 지금 나는 그게 당신 어머니가 아닐까 싶어요."

바로 그때 웨이터가 쟁반을 들고 테이블 앞으로 걸어왔다.

"세이지 버터를 곁들인 뇨끼입니다."

웨이터가 접시를 레이첼 앞에 내려놓았다.

"그리고 여기 스파게티 봉골레입니다."

웨이터는 내 앞에 다른 접시를 놓았다. 그리고 레이첼을 향해 돌아섰다.

"파마산치즈 좀 뿌려드릴까요?"

"네, 부탁합니다."

웨이터는 뇨끼 위에 치즈를 갈아서 뿌렸다.

"자, 됐습니다. 뭐 또 필요한 거 있으세요?"

"키안티 한 잔 가져다주시겠습니까?"

"물론이죠."

웨이터가 테이블을 떠났다.

"부온 아뻬띠또."

우리는 잠시 말없이 식사에 집중했다. 레이첼이 먼저 말했다.

"이거 정말 맛있어요. 먹어볼래요?"

"조금만요."

그녀는 덤플링 두 개를 포크로 찍어서 내 앞에 내밀었다. 내가 포크에서 바로 한입 물어 먹었다.

"맛있네요. 제 것 좀 드셔보시겠어요?"

레이첼이 잠시 내 파스타를 내려다보고 나서 말했다.

"저는 굴을 별로 안 좋아해요."

"굴이 아니라 대합조개예요."

"그게 그거죠."

"그럼 조개(Shellfish)는 저 혼자만 먹을게요. 이기적으로(selfishly)요."

그녀가 웃었다.

"정말 끔찍한 말장난이었어요."

"그게 말장난의 본질이죠. 끔찍할수록 더 성공한 거예요. 적당히 나빠야 좋은 겁니다."

"한 건 하셨네요. 당신이 왜 작가인지 이제야 알겠어요."

웨이터가 와인잔을 테이블 위에 놓았다.

"고마워요."

웨이터가 테이블을 떠났다. 나는 한 모금 들이켜고 나서 잔을 내려놓았다.

"와인 좋아해요?"

"입에 대본 적도 없어요."

"와인을 한 번도 마셔본 적이 없다고요?"

"네. 말했잖아요, 우리 부모님은…… 엄격했다고요. 술은 무조건 금지였어요."

"하지만 기회가 있었을 거 아녜요. 이를테면 부모님이 안 계실 때라던가?"

"고등학교 졸업 파티 때 맥주는 마셔봤어요."

"저런, 지옥에 가겠군요."

레이첼이 웃었다.

"지옥 같은 맛이긴 했죠. 난 별로 안 당기더라고요."

"그건 후천적으로 습득된 맛이니까요…… 대합조개처럼."

"그리고 굴처럼요."

"그리고 굴처럼요. 이런 말이 있죠, 처음 굴을 먹어본 사람은 용감한 남자였다고."

"용감한 여자가 아니었다는 건 어떻게 알죠?"

"여자들에게는 분별력이 있으니까요."

나는 파스타를 한 입 더 입에 가져가며 말을 이어갔다.

"브레이던에 대해 한 번 얘기해 봐요."

"브랜던이에요."

"미안해요. 부모님께서 브랜던을 허락하셨나요?"

"허락? 저보다 더 좋아하는 것 같은걸요."

"왜요?"

"우리 부모님과 성향이 비슷하거든요. 브랜던도 좀…… 엄격해요. 제가 말을 잘못한 것 같네요. 그는 좋은 남자예요."

"무슨 일하는 남자예요?"

"스포츠용품 회사에서 일해요."

"운동광이에요?"

레이첼의 웃음보가 터졌다.

"아니요, 회계 장부 담당자예요. 몸무게가 거의 저랑 똑같아요. 안타깝게도 급여가 적어서 제가 일을 쉬고 있는 걸 못마땅하게 생각하는 거죠. 하지만 언젠가는 직접 매장을 하나 열려고 해요."

"스포츠 매장?"

"아니요, 비디오 게임 가게요. 비디오 게임광이거든요. 그게 그의 유일한 스트레스 해소 방법이에요."

"당신은 어때요?"

"저는 비디오 게임 안 좋아해요."

내가 웃었다.

"내 말은, 당신 일은 마음에 드는지 물어본 거예요."

"치위생사인 건 마음에 들어요. 그리고 언젠가는 엄마가 되고 싶어요. 제 꿈이 너무 소박한가요?"

"이 세상엔 더 좋은 어머니들이 필요합니다."

"당신은 어때요?"

"저라면 끔찍한 엄마가 되겠죠."

레이첼이 웃었다.

"당신 일에 관해 물어본 거예요. 당신이 작가라는 건 알아요. 그 걸로 어떻게 생계를 유지하는지, 아니면 따로 부업이라도 있으세 요?"

나는 미소를 감췄다.

"글쎄요, 예전에는 의료 서비스 회사에서 소식지와 보도자료를 썼죠. 하지만 지금은 책을 팔아서 집을 살 만큼 충분히 벌어요."

레이첼이 고개를 끄덕였다.

"저도 뭔가 창의적인 일로 먹고살 수 있다면 정말 좋겠네요! 그 러나 우선 창의력이 있어야겠죠. 집에 돌아가기 전에 크리스마스 쇼핑을 해야 하는데 여기 솔트레이크에 정말 멋진 가게들이 많더 군요. 당신은 어때요? 크리스마스 쇼핑은 끝내셨나요?"

"아직 시작도 안 했는걸요. 뉴욕에 돌아가면 그때 좀 하려고요."

"뉴욕에는 무슨 일로 가세요?"

"내 에이……."

잠깐 말을 끊었다.

"내 친구를 만나려고요."

레이첼이 나를 유심히 바라보았다.

"여자 친구요?"

목소리에서 약간의 질투심이 느껴진다. 그냥 내 희망 사항일 수 도 있고.

"그렇다고도 볼 수 있죠."

잠깐 어색한 침묵이 흘렀다.

"뉴욕시는 못 가봤어요."

"멋진 도시죠. 특히 크리스마스 시즌에는요. 사람들로 엄청나게 북적거리지만 그 어느 곳에서도 찾아볼 수 없는 에너지가 있어요."

"네, 맞아요. 저도 항상 뉴욕에 가보고 싶었어요. 아마 길을 잃고 헤맬지도 모르죠."

"좋은 가이드만 있으면 문제없어요."

"당신 같은?"

내가 미소를 지었다.

"딱 나 같은 사람."

* * *

우리는 열 시쯤 저녁 식사를 마쳤다. 레스토랑이 문 닫을 준비를 해서였다. 우리가 어서 떠나길 간절히 바라는 눈치였다. 특히 우리 테이블 옆 바닥을 대걸레로 밀기 시작했을 때는 거의 노골적이었다. 결국 레스토랑을 나와 집으로 돌아왔다. 레이첼 차 뒤에 내 차를 대고 시동을 껐다. 그녀가 내게 돌아서며 말했다.

"정말 근사한 레스토랑이었어요. 뭐, 우릴 쫓아내려고 대놓고 눈치를 주긴 했지만."

"말벗도 나쁘진 않았죠."

레이첼이 미소 지었다

"오늘 물심양면으로 도와줘서 정말 고마워요."

"제가 좋아서 한 일인걸요."

"집에 내려오기로 했을 때 말벗이 생길 줄은 꿈에도 몰랐어요. 당신…… 즐거웠습니다."

"즐거웠다고요?"

"오늘은 우울하지 않았어요."

"우울함과 즐거움은 하늘과 땅 차이죠."

"맞아요."

레이첼이 웃었다.

"내일 말인데요, 정말 제가 같이 가도 괜찮겠어요?"

"물론이죠. 말했듯이 당신과 얘기하는 게 즐거워요. 다시 생각해보고 싶어요?"

"아니요. 저는 그저 브랜던에게 솔직해지고 싶을 뿐이에요. 그가 그렇게 화만 내지 않는다면요. 당신은요? 아버지를 만나는 게 걱정돼요?"

"약간은요. 정말 모르겠어요. 곧 알게 되겠죠."

"피아노 운반업체는 언제 와요?"

"11시에 방문하기로 했어요. 하지만 저는 좀 더 일찍 가보려고요. 사람들이 도착하기 전에 좀 더 치워놓고 싶거든요."

"시간을 말해 봐요."

"여덟 시는 너무 이른가요?"

"여덟 시 좋아요."

"커피 사서 갈게요. 머핀 좋아해요?"

"그럼요. 고마워요. 잘 자요."

"잘 자요."

레이첼이 내게 입을 맞추려는 듯 몸을 앞으로 숙이려다 말았다. 희미한 불빛 속에서도 그녀의 볼이 붉어지는 게 보였다.

"미안해요. 왜 그랬는지 모르겠네요."

"그냥 습관이 들어서 그런 거예요. 걱정 말아요."

"미안해요. 여덟 시에 봐요."

레이첼이 내 차에서 내려 자기 차로 잠깐 걸어가는 동안 얼굴에 당황한 표정이 그대로 드러났다. 그녀는 차 안으로 들어가기 전에 나를 돌아보며 미소를 지었다. 나는 가볍게 손을 흔들어 주었다. 레이첼은 시동을 걸고 유턴을 한 다음 떠났다.

그녀의 떠나는 모습을 지켜보면서 마음속에서 어떤 감정이 이는 것을 느꼈다. 잘못된 일이었든 아니든 우리가 키스를 했다면 얼마나 좋았을까.

14

12월 16일

나는 일찍 잠에서 깼다. 5시가 되려면 아직도 15분이나 더 남은 이른 아침 시간이다. 밤새워 뒤척였다. 내 마음은 마치 룰렛 바퀴처럼 빙빙 돌고 있었고 생각이 여기저기로 떨어졌다. 아버지에서부터 어머니, 집, 레이첼의 어머니, 그리고 레이첼에 이르기까지.

30분 남짓 지나 나는 잠을 포기하고 피트니스 센터로 내려갔다. 한 시간 동안 러닝머신 위를 달리고 나서 방으로 돌아와 짐을 꾸리기 시작했고 한 시간 뒤 차에 올랐다.

스타벅스에 들러 커피와 블루베리 머핀을 사들고 집으로 향했다. 20분이나 일찍 도착했는데도 레이첼이 먼저 와있었다. 그녀의 차 배기관에서 연기가 모락모락 피어오르고 있었다. 커피와 머핀을 들고 걸어가자 레이첼이 미소를 건넸다.

"좋은 아침이에요. 잠은 잘 잤어요?"

"끔찍했죠. 밤새 이상한 꿈에 시달렸거든요."

"무슨 꿈이었는데요?"

"뭐 이것저것이요."

레이첼에게 커피를 건네주었고 그녀가 한 모금 마셨다.

"나도 이상한 꿈을 꿨어요. 하지만 내 꿈은 좋았어요."

"무슨 꿈이었는데요?"

"뭐 이것저것이요."

레이첼의 얼굴에 호기심 가득한 미소가 떠올랐다. 그녀가 먼저 눈더미를 넘어 현관을 향해 걸어가기 시작했다. 나는 문 앞에 이르러 레이첼에게 잠시 내 컵을 맡기고 주머니에서 집 열쇠를 꺼내 문을 열었다. 나는 그녀를 따라 집 안으로 들어갔다.

거실은 따뜻했고 난방기 돌아가는 소리가 들렸다.

나는 불을 켠 다음 거실을 가로질러 블라인드를 올렸다.

"어제처럼 냄새가 심하지는 않네요."

레이첼이 내 뒤에서 말했다.

"소독제의 마법이죠."

"운송업자들이 오기 전까지 세 시간 남았어요. 잘만 하면 다 끝낼 수도 있겠는데요. 음, 어제 저녁 먹고 호텔에 가서 아마존에서 당신이 쓴 책을 찾아봤어요."

레이첼이 깨끗이 치워진 작은 테이블에 커피를 내려놓았다.

"그래서요?"

"당신 책 중에 한 다섯 권 정도가 주요 베스트셀러 목록에 올라

있고 당신은 수천 명의 팬을 거느리고 있더군요. 그러고 나서 당신 페이스북 페이지도 찾아봤는데 팔로워가 수백만은 되더군요. 어찌나 얼굴이 화끈거리던지."

"왜요?"

"계속 생계는 어떻게 꾸려나가는지 물어봤잖아요. 당신이 저한테 유명 작가고 수백만 권의 책을 팔았다는 말은 안 했으니까요."

"당신이라도 자기 입으로 사람들한테 유명하다는 말은 못 할걸요."

레이첼이 웃었다.

"적어도 저한테는 말해줄 수 있었잖아요."

"왜요? 그럼 다르게 행동했을 건가요?"

"아니요. 그냥 그게 당신이니까요."

"아니, 그건 진짜 내가 아니에요. 이미지일 뿐이죠. 당신은 제 독자들이 알고 있을 내 모습보다 이 쓰레기들을 헤집고 다니는 내 모습에 더 익숙하잖아요."

그녀가 고개를 끄덕였다.

"그건 맞아요."

"작가 제이콥 처처가 아닌 그냥 제이콥인 나 자신으로 존재하는 게 정말 좋아요."

"이해해요. 어쩌죠, 제가 괜히 망친 건 아닌지 모르겠어요."

"우린 괜찮을 거예요. 기본적으로 깔아놓은 바탕이 있으니까요."

"당신이 유명인이라는 사실을 알기 전에 제가 당신을 좋아했다는 뜻인가요?"

아주 마음에 드는 견해로군.

"이를테면 그런 거죠."

"그럼, 이건 어때요? 설령 당신이 유명한 사람이라고 해도 저는 여전히 당신을 좋아할 거예요."

"바로 그겁니다."

레이첼이 웃었다.

"넵, 바로 그거죠. 자, 15분 동안의 유명인 제이콥 처처는 보내드리죠. 이제 다시 일을 시작할까요?"

나는 싱긋 웃었다.

"꼭 내 에이전트처럼 말하는군요."

피아노 의자 앞에 앉아 크리스마스 장식 상자를 뒤지고 있는데 레이첼이 말했다.

"여기에 당신이 보고 싶어 할 만한 게 있네요."

레이첼이 열려있는 상자 하나를 들고 있었다.

"그게 뭐죠?"

그녀가 상자를 건네주었다.

"다이어리예요."

그녀에게서 상자를 받아들었다. 상자 안에는 딱 내 페이퍼백 소설 크기의 가죽 다이어리가 들어있었다. '다이어리'라는 글자가 가죽 표지에 금색으로 양각되어 있었다. 나는 다이어리를 펼쳤다. 줄 처진 오래된 종이가 우아하고 여성스러운 글씨로 덮여있었다.

대부분은 붉은 잉크로 쓰여있었다. 다이어리를 읽기 시작했다.

1986년 6월 11일

다이어리에게

나는 새로 막 다이어리를 쓰기 시작했어. 곧 새로운 삶을 시작하기 때문이야. 오늘 이후로 모든 게 달라질 거라는 말을 하기가 겁이 나. 내일 아침 집을 떠나. 언제 돌아올지, 아니면 나를 다시 받아줄지 아무것도 모르겠어. 부모님은 나를 솔트레이크시티로 보낸대. 거기서 내가 아이를 출산할 수 있도록 말이야. 내 거처를 마련해준 여성분이 말하길, 나와 함께 살게 될 사람들은 내가 다 처음 보는 사람들일 거래. 부모님은 내가 겨우 임신 11주째인데도 표가 나기 시작한다면서 억지로 몰아붙이고 계셔. 어제 저녁 식사 때는 부모님이 사람들한테 내가 이모 집에 갔다고 말할지 특수학교를 갔다고 말할지를 놓고 언쟁을 벌이셨어. 결국 후자를 선택했어. 다른 가족이 알게 될지도 모르니까. 그게 내가 꼭 비밀로 지켜야 할 얘기야. 부모님은 나를 부끄럽게 여겨. 그리고 곧 내가 세상에 태어나게 할 아기도. 정말 미안해 아가야. 피터에게서는 아직도 소식이 없어. 피터가 보고 싶어.

노엘

"노엘. 당신 어머니 이름이 노엘인가 봐요. 이건 어머니 다이어리인 것 같아요."

레이첼이 벌떡 일어섰다.

"우리 엄마요?"

그녀가 내 곁으로 한걸음에 달려왔다.

"제 생모 이름이 노엘이라고요?"

다이어리 안에는 세 장의 사진이 들어있었다. 사진들을 들어 올렸다. 첫 번째는 우리 가족사진이었다. 엄마, 아빠, 형 찰스, 그리고 나.

"내가 한 네 살쯤 되어 보이네요. 시기적으로 형이 사고를 당할 무렵인 것 같아요."

우리 부모님은 정말 젊어 보였다. 엄마 무릎 위에는 내가 앉아 있었다. 사진 속 모습은 그동안의 내 기억과는 사뭇 달랐다. 눈에 띄게 젊다는 사실 외에도 눈빛이 무척 밝았다. 부모님이 웃고 계셨다. 낯설었다.

다음은 한 젊은이의 사진이었다. 열아홉이나 스무 살 정도 됐을까? 오토바이에 앉아있었다. 길고 검은 머리칼에 가죽 항공 재킷을 입고 있었는데 자신감으로 눈빛이 반짝거렸다.

"이 남자는 누군지 궁금하네."

다음 사진을 들어 올리다가 나는 그만 얼어버렸다. 그 여자였다. 내가 꿈속에서 본 여자. 진짜였다. 그녀가 지금 총천연색으로 내 눈앞에 있다. 아버지와 함께였다. 아버지는 부엌에 서서 생일

케이크의 촛불을 끄려는 참이었고 그 옆에 배가 약간 튀어나온 젊은 여자가 앉아있었다. 무릎 위에 내가 앉아있었다.

레이첼은 숨이 거의 넘어갈 지경이었다.

"저 여자예요. 우리 엄마······."

나는 그녀에게 사진을 건네주었다.

"오, 세상에······."

레이첼의 눈에 눈물이 차올랐다. 그녀는 손으로 입을 막았다. 그리고 울기 시작했다.

잠시 그녀가 울도록 내버려두었다가 두 팔로 안아주었다.

"괜찮아요?"

"마침내 엄마를 보게 되다니 믿을 수 없어요. 내가 엄마를 닮았어요."

그녀는 사진을 마치 거울처럼 자기 얼굴 앞에 들고 있었다. 감동한 표정이었다.

"얼굴도 거의 똑같아요. 믿어지지가 않아요."

레이첼은 눈물을 더 닦았다. 급기야 내 어깨에 얼굴을 기대고 흐느꼈다. 나는 그녀를 두 팔로 감싸고 부드럽게 등을 쓰다듬어주었다. 그녀는 몇 번이고 되뇌었다.

"진짜 우리 엄마예요. 진짜 우리 엄마."

나는 서둘러 아까 본 두 번째 사진을 다시 살펴보았다.

"어쩐지 이 사람이 당신 아버지 같군요."

레이첼이 사진을 거의 낚아채듯이 가져갔다. 그러고 나서 사진

을 뒤집었다. 다이어리와 똑같은 필체로 뒷면에 휘갈겨 쓴 글씨는
한 단어였다.

피터

사진을 들고 레이첼을 바라보았다.

"닮은 구석이 있네요."

그녀의 눈에 눈물이 더 고였다. 약간 진정되자 그녀가 말했다.

"생모를 만나야겠어요. 궁금한 게 너무 많아요."

나는 숨을 깊이 들이마셨다.

"이제야 당신을 처음 만났을 때 왜 그렇게 낯이 익었는지 알겠
어요. 당신 엄마가 내 꿈속의 여자였어요."

15

꿈속의 여자는 실존 인물이었다. 어떻게 보면 레이첼과 나는 같은 경험을 하고 있었다. 둘 다 평생 한 여자에 대해 궁금증을 품고 살아왔는데 한순간 오래된 사진 속에서 그녀가 실체를 드러낸 것이다. 마치 빅풋이나 네스호의 괴물 사진을 본 것처럼 초현실적인 느낌이었다.

나는 노엘의 다이어리를 소리 내어 읽기 시작했다.

1986년 6월 18일
다이어리에게

나는 처처라는 성을 가진 가족의 집에 보내졌어. 작지만 편안해. 그들은 착해. 스콧이라는 남자가 사회복지사라서 내가 여기로 오게 된 거야. 그는 친절해. 루스라는 이름의 그의 아내는 내게 공손하긴 하지만 말이 거의 없는 편이야. 정말 내

가 이 집에 있는 게 괜찮은지 모르겠어. 부부에게는 두 명의
어린 아들이 있어. 찰스라는 이름을 가진 여덟 살짜리 활발
한 남자아이와 작고 상냥한 네 살배기 꼬마 제이콥이야. 그
아이의 중간 이름은 크리스천이야. 크리스천 처처. 정말 귀엽
고 사랑스러운 아이야. 처음부터 나를 잘 따랐어. 우린 좋은
친구가 될 것 같아. 여전히 피터에게서는 소식이 없어. 도대체
어디에 있는 걸까?

노엘

레이첼을 올려다보았다. 분명히 더 듣고 싶어서 넋을 잃고 앉아
있는 레이첼을 바라보았다. 페이지를 더 넘겼다.

1986년 6월 25일
다이어리에게

피터가 사라졌어. 친구 다이앤에게 전화를 걸었는데 그가
다른 여자와 있는 걸 봤대. 여자 이름은 레베카야. 마치 뻥소
니 차에 치인 기분이야. 어떻게 이럴 수 있지? 피터는 날 사랑
한다고 말했어. 물론, 그는 나를 사랑했어. 나를 원했었어.
이제 막 임신 3개월이 지났어. 시간이 매우 천천히 흐르고
있어. 요즘 자꾸만 이상한 욕망이 꿈틀대. 요전 날에는 창틀
위 먼지가 먹고 싶어지더라고. 점점 제정신이 아닌 것 같아. 그

렇다고 모든 게 다 나쁜 건 아니야. 내가 방에서 울고 있는데 꼬마 제이콥이 내 앞으로 걸어오더니 자기 이마를 내 이마에 갖다 댔어. 내가 상처받고 있다는 걸 아는 듯이 말이야. 꼬마는 그저 거기에 가만히 서있었어. 내가 끌어안자 꼬마가 내 품에 꼭 안겼어. 모성애의 잠재적 기쁨을 보여주기 위해 바로 이 순간에 내 앞에 나타난 것만 같아.

노엘

작가로서 다른 사람의 이야기에 나오는 등장인물처럼 3인칭 시점으로 나에 대해 읽고 있는 순간이 얼마나 초현실적인지 알게 되었다. 그럼에도 진실은 엷은 베일에 가려져있던 기억처럼 서서히 그 모습을 드러냈다.

밖에서 문 두드리는 소리가 났다. 창밖을 내다보니 피아노 건반 사진이 붙은 커다란 흰색 트럭이 보였다. 나는 노엘의 다이어리를 레이첼에게 건넸다.

"피아노 운반업자들이 도착한 것 같군요."

일어나 현관 쪽으로 걸어가서 문을 열었다. 어깨가 딱 벌어진 폴리네시아 남자가 현관 앞에 서있었다. 그는 검은 비니에 후드티 차림으로 가죽장갑을 끼고 있었다. 그의 입김이 찬 공기에 금방 얼어붙었다.

"피아노 운반하러 왔습니다."

"이 안에 있어요. 어서 들어오세요."

남자가 한 걸음 집 안으로 발을 들여놓았다.

"피아노가 꽤 크군요. 스타인웨이. 멋진데요."

그는 문밖으로 한 걸음 물러나서 트럭을 향해 손을 흔들었다. 트럭 운전사가 차를 앞으로 빼 길옆으로 빠져나와 진입로 끝까지 후진했다. 그런 다음 약간 속도를 올려 높이 쌓인 눈더미를 밟고 넘어와 덤프스터에서 약 3미터 떨어진 지점에 트럭을 세웠다.

"삽 챙겨."

운전사가 트럭 문을 열고 내리자 현관 앞에 있던 남자가 소리쳤다.

"미안해요. 미리 눈을 좀 치웠어야 했는데 삽이 없어서요. 제가 여기 안 살거든요. 저희도 그냥 집을 치우는 중이랍니다."

"별일 아닌데요, 뭐."

피아노 운반업자가 피아노를 셀로판과 패딩으로 감싸고 바퀴 달린 들것에 옮겨 집 밖으로 운반해 트럭에 싣는 데 약 한 시간이 걸렸다. 그들에게 집 주소와 가정부인 릴리아의 전화번호를 알려주었다. 그러고 나서 바로 가정부에게 전화를 걸어 거실에 피아노 놓을 자리를 마련하고 피아노 운반업자들이 도착하면 집안으로 들여보내달라고 요청했다.

그들이 떠난 후 나는 레이첼에게 말했다.

"이제 갈 준비 됐나요?"

그녀는 다이어리에서 눈을 떼지 못했다.

"이거 가져가도 돼요?"

"그럼요."

그녀는 조심스럽게 다이어리를 겨드랑이에 끼웠다. 부엌의 전등을 끄고 뒷문을 잠근 다음 난방기 온도를 낮췄다. 다시 거실로 돌아왔을 때 누군가 문 두드리는 소리가 들렸다. 문을 열자 엘리즈가 추운 날씨에 밖에 서있었다. 엘리즈는 길고 빨간 양털 코트에 부츠를 신고 있었다.

"떠나기 전에 너를 만나서 다행이야. 이삿짐 트럭을 봤거든."

"막 피아노를 실었어요. 집으로 배달시키려고요."

엘리즈가 멈춰서서 레이첼을 바라보았다.

"초면인 것 같은데."

"레이첼 가너라고 합니다."

엘리즈가 손을 내밀었다.

"나는 엘리즈 포스터라고 해요. 여기서 동쪽으로 두 집 건너에 살고 있죠. 그런데 혹시 우리 집에 왔다 갔었나요?"

"네, 아주머니."

"아가씨 어머니도 참 예뻤던 걸로 기억해요."

"우리 엄마 기억하세요?"

"조금. 여기 오래 있지 않았던 데다 아주 오래전 일이라서."

"들어오세요."

내가 말했다.

"고맙네."

소파 쪽으로 걸어가는 동안 엘리즈의 얼굴에 약간 미소가 번졌다.

"내가 정말 좋아했던 소파로군. 이삿짐 트럭을 보고 혹시 오늘 떠날까 봐 걱정했어."

"실은, 오늘 떠나요."

엘리즈의 고개가 떨어졌다.

"자네 집으로 돌아가는 건가?"

"아니요. 아버지 만나러 피닉스에 갈 거예요."

"아, 너를 보면 매우 기뻐할 거야."

엘리즈는 생각에 잠긴 듯이 보였다.

"그러길 바라요."

"틀림없이 그럴 거야."

"그걸 어떻게 아세요?"

"아버지는 네가 어머니 장례식에 참석하지 않아서 대단히 실망했다고 했어. 아버지한테 무슨 말을 할지는 생각해 봤니?"

"아직은 모르겠어요. 운전하면서 생각해 보려고요. 적어도 어떻게 레이첼의 어머니를 알게 됐는지 여쭤볼 거라는 건 확실하죠."

"자네 아버지가 알지도 몰라."

엘리즈가 레이첼을 흘끗 쳐다보며 말했다.

"조언 좀 해주실 수 있어요? 아버지에게 어떻게 다가가는 게 좋을까요?"

엘리즈는 잠시 생각에 잠겼다가 입을 열었다.

"은혜롭게."

나는 그녀를 의아한 눈빛으로 바라보았다.

"제 아버지가 그럴 자격이 있다고 생각하세요?"

"마땅히 받을 자격이 있다면, 지금에 와서 은혜가 필요할까? 무슨 일이든 벌어지고 난 후에야 상황이 어땠어야 하는지 쉽게 보이는 법이지. 네 아버지는 엄마가 어떤 상태였는지 전혀 몰랐어. 네 아버지가 떠나고 몇 년이 지나도록 엄마는 자기 방식을 고집했어. 만약 알았더라면 절대 그렇게 내버려 두지는 않았을 거야."

"정말 그렇게 믿으세요?"

"나는 네 아버지를 잘 알아. 너희 형제를 정말 잘 보살폈어. 그래서 찰스의 죽음이 네 아버지를 그렇게 무너뜨린 거야."

그녀의 입에서 긴 한숨이 흘러나왔다.

"자, 이제 널 보내줘야겠구나. 혹시 집에 돌아가기 전에 여기에 다시 들를 계획이니?"

"네, 아직 법적인 절차가 좀 남아있거든요."

"잘됐구나. 그럼 들러서 어떻게 됐는지 알려줘. 모든 일이 다 잘 풀리고 자네가 구하고 있는 것도 찾게 되길 기도할게."

"고맙습니다."

엘리즈의 시선이 나를 지나쳐 레이첼에게 향했다.

"행운을 빌어요, 아가씨. 그리고 즐거운 성탄절 보내요."

"고마워요. 아주머니도 즐거운 성탄절 보내세요!"

엘리즈가 돌아서서 문밖으로 걸어 나갔다. 나는 그녀가 계단을 내려가는 동안 부축해주고 나서 다시 레이첼이 소파에 앉아있는 거실로 돌아왔다.

"어떻게 생각해요?"

"좋은 분 같아요. 아주머니께서 우리 엄마를 봤다고 생각하니까 기분이 좀 묘하네요. 마치 임사체험 후 돌아와 하나님을 봤다고 말하는 사람들처럼요."

"당신의 어머니가 신이 아니라는 건 내가 확신합니다."

"당연히 그건 아니지만 그들에게는 공통점이 있어요."

"그게 뭔데요?"

"둘 다 본 적이 없다는 거죠."

16

1986년 7월 2일

다이어리에게

요즘 약간씩 입덧을 하고 있어. 사실, 자주 먹은 걸 다 토해내기도 해. 3주가 지났는데 부모님한테서는 소식이 없어. 내가 망친 건 알겠는데 그렇다고 왜 나한테 말도 안 하는 거지? 그런데 또 한편으로는 지난번 대화를 바탕으로 생각해 볼 때 어쩌면 잘 된 일일지도 몰라.

노엘

레이첼의 여행 가방을 내 차로 옮겨 실었다. 그러고 나서 우리는 그랜드 아메리카까지 따로따로 차를 몰았다. 우리는 차를 바꿔 타고 왔다. 내가 그녀의 차를 호텔 지하 주차장에 댈 수 있도록 하기 위해서였다. 차를 대고 다시 레이첼을 만나러 엘리베이터에 올라탔다.

그녀는 거대한 규모의 꽃들이 위용을 뽐내는 널찍한 로비 한가운데 서서 크리스마스 장식을 감상하고 있었다. 로비 뒤편으로 한 젊은 여성이 하프로 '그린슬리브스'를 연주하고 있었다.

"호텔이 정말 근사하네요. 항상 여기에 묵어요?"

"10대 이후로 유타에 와본 적이 없어요. 게다가 그 당시에는 호텔이 존재하지도 않았었죠."

"크리스마스 장식이 정말 아름다워요."

"저 홀 아래 상점 진열장에 전시된 상품과 생강 쿠키 하우스가 있어요. 나중에 돌아와서 구경해 봐요."

그녀가 미소를 지었다.

"그게 좋겠네요."

"그건 데이트예요. 으흠, 데이트는 아니고, 일정이라고 해두죠."

"일정은 좀 차갑게 들리네요. 약속은 어때요?"

나는 싱긋 웃었다.

"아니요, 이미 날짜를 정한 (결혼) '약속'이 하나 있는 걸로 아는데. 그냥 데이트라고 하죠. 정신적인 관계로요."

"정말 능변가세요."

"떠나기 전에 점심을 먹을까요, 아니면 가는 길에 뭐라도 좀 사 갈까요?"

"가는 길에 사요. 되도록 어두워지기 전에 도착하는 게 좋잖아요."

우리는 밖으로 걸어 나갔고 주차 요원이 내 차 열쇠를 건네주었다.

"그럼, 여기서 나가죠."

* * *

남쪽으로 가는 15번 고속도로는 호텔에서 불과 몇 블록 밖에 떨어져 있지 않았다. 우리는 솔트레이크 계곡을 지나 프로보를 거쳐 유타 카운티로 향했다. 주유가 필요해서 니파이 마을에 잠시 들를 생각이었다. 레이첼은 차 안에서 노엘의 다이어리를 읽느라 여념이 없었다. 그녀를 방해하고 싶지 않았기에 차에서 얘기를 많이 나누지는 못했다.

차에 기름을 가득 채우고 마트에 들어가 에너지 음료 두 개와 견과류를 사서 차로 돌아왔다.

"2시가 넘었어요. 점심이나 먹죠. 뭐가 좋을까요?"

"아무거나 괜찮아요."

주유소 주변은 패스트푸드점 천지였다. 그런데 딱 하나 프랜차이즈가 아닌 레스토랑이 눈에 띄었다.

"저기 어때요? J.C. 미켈슨?"

"주차장에 차들이 많은 걸로 봐서 괜찮을 것 같네요."

"레스토랑 이름에 당신이랑 똑같은 이니셜이 있어요. 틀림없이 좋은 징조일 거예요."

지방색이 가득한 식당 안에는 선로를 따라 달리는 모형 열차들이 있었다.

나는 구운 감자가 들어간 프렌치 딥 샌드위치를 시키고 함께 마실 아놀드 파머를 주문했다. 레이첼은 수프와 샐러드에 허니 버터를 곁들인 홈메이드 스콘을 주문했다. 우리는 곧 스콘의 진정한 정의를 놓고 불꽃 튀는 대화를 시작했다. 유타주에서 스콘이라고 불리는 빵은 남부에서는 코끼리 귀라고 부르는 바짝 튀긴 빵 반죽이거나 다른 지역에서는 튀긴 빵, 프라이팬 빵, 이스트 반죽의 페이스트리라고 불리는 정도다. 뭐라고 부르든 간에 두 명이 레이첼의 수프와 주문한 식사를 들고 왔고, 우린 그걸 나눠 먹었다.

다시 길을 나섰을 때는 어느덧 시계가 세 시 십오 분을 가리키고 있었다. 우리는 비버라는 도시를 지나 약 12마일까지 I-15에서 남쪽으로, I-20에서 동쪽으로 베어 밸리를 지나 I-89로, 브라이스 캐니언 국립공원과 자이온 국립공원의 분기점을 지나 남쪽으로 내려가서 캐나브를 지나 동쪽으로 주 경계선을 넘고 애리조나주 페이지에서 한 번 더 주유를 하기 위해 잠시 멈췄다. 여덟 시가 넘은 시간이라 우리는 저녁을 먹었다. 사실 주 경계를 넘어 한 시간을 벌었으니 엄밀히 말하면 일곱 시였다.

우리는 작은 멕시코 식당에 들러 밥을 먹었고, 나바호 인디언 보호구역에서 플래그스태프까지 남쪽으로 89번 도로를 타고 계속 달렸다.

플래그스태프는 피닉스 외곽에서 불과 두 시간 남짓 떨어진 도시였지만 이대로 계속 운전하기에는 무리라고 판단했다. 벌써 새벽 한 시였고 레이첼은 여러 번 잠이 들었다 깨기를 반복했다. 게다가 에너지 음료의 펌프질도 이제 그 힘을 잃었다.

나는 맨 처음 눈에 들어온 홀리데이 인 앞에 차를 세웠다. 호텔의 불 켜진 입구에 차가 멈추자마자 레이첼이 잠에서 깨어났다. 약간 헝클어진 머리에 반쯤 감긴 눈이 무척이나 귀엽게 느껴졌다.

"다 온 거예요?"

"여긴 플래그스태프예요. 너무 피곤해서 더는 운전을 못 하겠어요."

나는 차 문을 열었다.

"여기서 하루 묵어요. 방이 있는지 확인해 볼게요."

차에서 내려 호텔 안으로 걸어 들어갔다. 프런트가 비어있어서 호출용 벨을 눌러야 했다. 그 즉시 피곤해 보이는 점원이 나를 맞이하러 걸어 나왔다. 눈이 충혈된 걸로 보아 내가 그를 막 잠에서 깨운 것 같았다.

"어떻게 도와드릴까요?"

"방 두 개를 구할 수 있나요?"

"네, 물론이죠. 침대 사이즈는 킹이나 퀸 중에 어느 게 좋으세요?"

"아무거나 상관없어요. 그냥 조용하기만 하면 됩니다."

"방은 다 조용합니다."

신용카드와 신분증을 건넸고 점원이 플라스틱 열쇠 두 개를 줬다. 나는 밖으로 걸어 나와 차로 돌아왔다.

"방이 있어요."

차를 주차하고 뒷좌석에서 여행 가방 두 개를 꺼냈다. 레이첼은 거의 반쯤 조는 상태로 걸어 나왔다. 걷는 모습이 마치 술 한 잔 걸친 사람처럼 비틀거렸다.

"자, 힘내요."

나는 그녀를 엘리베이터까지 안내하고 함께 2층에서 내렸다. 방은 엘리베이터 바로 앞에 있었다. 211호. 내가 짐을 내려놓고 방문을 연 뒤 불을 켰다.

"바로 여기에요. 좀 쉬어요."

"당신은요?"

레이첼이 괴로운 얼굴로 물었다.

"바로 옆방이에요."

"같이 써도 될 텐데. 돈을 아낄 수도 있었잖아요."

"괜찮아요."

내가 그녀를 방으로 안내했다. 퀸 침대가 두 개 놓여있었다. 나는 그녀를 도와 문에서 더 먼 쪽으로 이끈 다음 무릎을 꿇고 신발을 벗겨주었다.

레이첼이 미소를 지었다.

"정말 다정하네요. 제가 다정한 분이라고 말했었나요?"

"방금 말했잖아요. 자, 됐어요."

"여기 함께 있으면 좋을 텐데."

내가 활짝 웃었다.

"당신이 술을 못 마셔서 참 다행이군요. 잘 자요."

나는 몸을 앞으로 숙여 그녀의 이마에 가볍게 입을 맞추었다. 그녀가 두 팔로 나를 감쌌다.

"고마워요."

레이첼이 내 볼에 키스하고는 내 팔을 감싸 안은 채 가만히 있었다.

"자, 이제 그만……. 잘 시간이에요."

나는 그녀의 팔을 가볍게 밀어냈다. 레이첼이 키득거렸다.

"양치 좀 해야겠어요."

"가방은 여기 있어요. 내 방은 바로 옆방이에요. 아침에 일어나면 전화 줘요. 잘 자요."

"잘 자요, 잘생긴 작가님."

"잘 자요."

방을 나서면서 나는 레이첼이 아무 말도 기억하지 않기를 바랐다. 나중에 알면 부끄러워하면서 죄책감을 느낄 게 분명하니까. 방으로 들어가자마자 신발을 벗고 바로 침대에 쓰러졌다. 이불 위에서 옷도 안 벗고 그대로 잠이 들었다.

17

12월 17일

1986년 7월 9일

다이어리에게

내 몸이 변하고 있어. 피부에 임신기 흑피증이라고 불리는 흑반이 생겼어. 정말이지 세수를 안 한 것처럼 보여. 젖꼭지와 배꼽 주변의 피부도 점차 갈색으로 변하고 있어. 나는 처처 부인을 도와 집안 청소를 하고 남자애들을 돌보느라 무척 바빠. 다행히 집도 작고 남자아이들도 좋아. 찰스는 매우 똑똑하고 생기가 넘치는 아이야. 내 임신에 대해 이것저것 물어보는데 어떤 질문은 대답하기 곤란할 정도로 짓궂어. 하지만 그 애 엄마한테는 말하지 않을 거야. 처처 부인은 친구들과 함께 집을 자주 비워. 처처 씨는 매우 친절해. 나는 지금 남자들 때문에 불안함을 느껴. 내가 아는 모든 남자에게서 버림 받았어. 마치 내가 레미제라블의 판틴처럼 느껴져. 하지만 처처 씨는 내가 아는 그 어떤 여자들보다 나에게 더 잘 대해줘.

노엘

또 이상한 꿈을 꾸었다. 아직도 머릿속에 생생하다. 나는 진짜가 아니길 바라며 눈을 떴다. 아니면 앞으로 닥칠 일의 전조일까? 다시 그녀가 꿈에 나타났는데 손을 뻗을 때마다 매번 아버지가 딱 그녀 앞에 서서 내 시야를 가렸다. 그녀도 나에게 손을 내밀고 있다.

다음 날 아침, 방으로 쏟아져 들어오는 햇살에 눈을 떴다. 잠시 눈을 깜빡이고 나서야 내가 어디에 있는지 비로소 깨달았다. 나는 일어나 눈을 비비고 하품을 하고 나서 창가로 걸어갔다. 애리조나임에도 불구하고 땅에 여전히 눈이 있었다. 여긴 애리조나에서도 유일하게 사계절이 뚜렷한 대도시 중 하나다.

예전에 플래그스태프를 조사한 적이 있어서 이 도시에 대해 잘 알고 있었다. 소설 속 캐릭터 중 한 명이 66번 국도를 운전했기 때문이다. 유명한 66번 국도가 바로 플래그스태프를 직통하는데, 여긴 일 년에 평균 2미터가 넘는 눈이 내릴 뿐만 아니라 66번 국도 중 가장 높은 지점에 위치한다.

시계를 보았다. 9시였다. 새삼 놀라운 일도 아니었다. 전날 새벽 5시에 일어나 새벽 1시 40분이 되어서야 잠자리에 들었으니 말이다. 그때 핸드폰이 울렸다. 로리였다. 나는 침대에 앉아 전화를 받왔다.

"집이에요?"

"아니, 애리조나에 있어요."

긴 침묵이 흘렀다.

"애리조나에서 뭐 해요?"

마침내 그녀가 입을 열었다.

"준비운동이요."

"그건 그냥 스웨터만 걸쳐도 될 텐데. 운전했구나, 맞죠?"

"물론 그랬죠."

"어쩌다가 애리조나까지 간 건지 물어봐도 돼요?"

"아버지를 찾고 있어요."

로리가 나직이 한숨을 내쉬었다.

"언제 나한테 얘기할 작정이었죠?"

"얘기할 짬이 날 때요."

"정말 골칫덩어리라니까."

"난 언제나 최선을 다해요. 그래서 내 책이 팔리는 거죠. 그게 내 유일한 빈틈인데, 골탕 먹이는 재미라도 있어야죠."

"골탕 먹이는 재미라도 있어야죠."

로리가 내 말을 따라했다. 그녀가 눈알을 굴리는 모습이 눈에 선했다.

"그러지 말고 내 부탁 하나만 들어줘요."

내가 말했다.

"뭔데요?"

"페니키아안 호텔에 방 두 개만 예약해줘요."

"크리스마스가 코앞인데 남는 방이 있을 리 없다는 건 당신도 잘 알 텐데요."

"알아요. 그러니까 이렇게 부탁하는 거잖아요. 당신은 마법을 부릴 수 있으니까."

로리가 한숨을 푹 내쉬었다.

"난 당신을 위해 마법까지 부려야 된다니까요."

"그러니 내가 어떻게 당신을 사랑하지 않을 수 있겠어요! 방 구하면 알려줘요."

로리가 앓는 소리를 냈다.

"차오."

"잘 있어요."

나는 전화를 끊고 레이첼 방으로 전화를 걸었다. 첫 번째 신호음이 울리기 무섭게 레이첼이 전화를 받았다.

"전화 받았어요."

밝은 목소리였다.

"먼저 전화하기로 했잖아요."

"알아요. 깨우고 싶지 않았어요. 푹 자야 하잖아요. 얼마나 잤어요?"

"방금 일어났습니다. 당신은요?"

"한 시간 정도 깨어있었어요. 지금 준비하는 중이에요."

"난 아직 샤워도 못 했는데. 30분 동안 재깍 준비해서 당신 방문을 두드릴게요."

"그때 봐요."

샤워를 하고 옷을 갈아입었다. 전날보다 더 가벼운 옷차림이었다. 반소매를 입을 정도의 날씨는 아니었지만 유타주와 비교하면 이 정도는 불볕더위였다. 문을 나서자 레이첼도 가방을 끌며 방에서 나왔다.

"좋은 아침이에요."

"좋은 아침이에요. 아래층에서 아침 식사가 무료로 제공된대요."

레이첼이 얼굴에서 머리카락을 떼어내면서 부드럽게 말했다.

"잘됐네요. 커피 한 잔 마셔야겠어요. 아니, 두 잔쯤."

나는 그녀의 가방을 움켜잡고 계단을 내려와 1층 로비에 섰다. 식사 공간은 로비 한쪽에 작게 마련되어 있었다. 나는 파슬리 가루와 크루톤, 그리고 스위스 치즈를 곁들인 스크램블드에그를 받았고, 레이첼은 그릇에 오트밀과 잉글리시 머핀을 담은 뒤 빵에 오렌지 마멀레이드를 두껍게 발랐다. CNN을 시청하는 노인을 제외하면 식당에는 사실상 그녀와 나, 단 둘이었다.

식사를 시작하면서 레이첼이 물었다.

"어젯밤에 몇 시에 들어왔죠?"

"1시 30분이 조금 지났을 때였어요."

그녀가 잠시 머뭇거리다가 오트밀을 다시 입에 가져갔다. 나는 숟가락으로 몇 입 떠먹는 모습을 바라보면서 물었다.

"괜찮아요?"

레이첼이 걱정스럽게 올려다보았다.

"제가 좀 황당하게 굴었었나요?"

"아니요."

"당신 말 못 믿겠어요."

"당신은…… 정이 많은 사람이더군요."

레이첼이 거의 신음했다.

"정말 죄송해요. 제가 밤에는 진짜 정신줄을 잘 놓거든요."

"정신줄 놓기 딱 좋은 시간이죠."

"제가 항상 그게 문제예요. 정말 졸리면 완전히 딴 사람으로 변해버린다니까요. 한 절반은 제가 무슨 말을 했는지 기억조차 못 해요. 아무한테도 얘기하지 말아 주세요."

내가 고개를 비스듬히 기울였다.

"정확히 누구한테요? 아, 잠깐만요. 약혼자한테 전화할 수도 있겠네요."

"그건 성공하기 힘들걸요."

"아니면 그냥 책에 넣을 수도 있겠죠."

"설마."

"제가 못 할 거 같아요?"

레이첼은 내 말이 진심인지 아닌지 갈팡질팡하면서 나를 쳐다보았다.

"안 그러실 거죠?"

"당연하죠. 그게 고소당하기 딱 좋은 방법이거든요."

나는 화제를 바꿨다.

"참, 어젯밤에 이상한 꿈을 꾸었어요. 당신 어머니가 또 내 꿈에 나타났는데 이번에는 아버지가 앞을 가로막고 서있었어요. 마치 내게서 당신 어머니를 보호하려는 것처럼요."

"당신 아버지가 우리를 그녀에게서 떼어놓으려 한다고 생각하는 건 아니죠?"

"나도 모르겠어요."

"엄마는 제쳐두고라도, 당신은 아버지와 얘기하고 싶은 게 많을 거예요."

"제가 유일하게 알고 싶은 건 왜 아버지가 나를 학대받는 가정에 남겨두고 다시는 돌아오지 않았느냐는 것뿐이에요."

"아버지 역시 학대받았을지도 모르죠."

나는 커피를 한 모금 들이켰다.

"어쩌면요. 기억나는 건 없지만 그럴지도 모르죠. 방치도 일종의 학대니까. 꼭 '수라는 이름의 소년' 같아요."

레이첼이 의아한 눈빛으로 나를 쳐다보았다.

"그게 뭐예요?"

"정말 들어본 적 없어요?"

그녀가 고개를 저었다.

"조니 캐쉬라는 컨트리가수의 오래된 노래예요. 아버지는 아들의 이름을 '수'라고 지어놓고 아무것도 남기지 않은 채 떠나요. 아들은 여자 이름으로 인생을 살아가느라 주변과 싸우면서 자신을 방어하는 법을 터득하게 되죠. 아들은 나이 들어 아버지를 찾으면 반드시 그를 죽이겠다고 결심해요. 그런데 아버지가 말해요. 자신이 곁에 없을 거라는 걸 알았기 때문에 강하게 크라는 뜻에서 그렇게 이름을 지었다고."

"그건 말이 안 돼요. 여자 이름을 지어주고 강하게 크길 바랐다고요?"

"네. 그래서 아들이 아버지를 발견했을 때, 그들은 크게 싸웠고 마침내 아들이 이겨요. 그때 아버지가 말하죠. '넌 내가 죽기 전에 나한테 감사해야 해. 내가 죽기 전에, 돌덩이처럼 단단해진 네 맷집과 모욕감에 대해.'"

"그냥 이름을 바꾸면 되지 않았을까요?"

나는 싱긋 웃었다.

"그럼 노래가 만들어지지 않았겠죠."

레이첼이 머핀을 한 입 베어 물면서 말했다.

"왜 우리는 항상 힘든 길을 택할까요?"

핸드폰이 울렸다. 내려다보자 로리의 문자가 왔다.

방이 하나밖에 없어요. 침대가 두 개인 스위트룸이에요.

당신 이름으로 예약했어요. 제게 큰 빚을 졌군요, 대작가님. *^^*

내가 다시 고개를 들었다.

"누구예요?"

"제 에이전트요. 방 좀 예약해달라고 부탁했거든요."

"정말요? 에이전트가 그런 부탁도 들어줘요?"

"그녀는 무슨 일이든 합니다."

"뭘 위해서요?"

"내 행복을 위해서요."

"참 좋겠어요."

나는 시계를 보았다.

"10시 30분 정도 됐네요. 지금 출발하면 1시쯤에는 스코츠데일에 도착할 수 있을 거예요."

"스코츠데일?"

"로리가 페니키아안 리조트에 방을 예약해놓았어요. 사실, 방하나예요. 스위트룸. 그녀가 아마 인맥을 총동원했을 거예요. 방을 같이 써도 괜찮겠죠. 아니면 다른 걸 찾아볼까요?"

"괜찮아요. 저는 당신을 믿어요."

내가 씩 웃었다.

"글쎄요, 어젯밤 일로 봐서는 내가 당신을 믿어도 될까요?"

그녀가 이마를 문질러댔다.

"정말 몸 둘 바를 모르겠네요. 제발 제가 좀 잊게 해주세요."

나는 웃었다.

"그 얘긴 다시는 안 꺼낼 게요."

"고마워요."

"그럼, 호텔에 체크인하고 거기서 점심 먹는 거로 하죠. 그렇게 되면 세 시쯤 될 겁니다."

"메사는 스코츠데일에서 얼마나 먼가요?"

"겨우 20분 거리예요. 제 생각에는 저녁까지 기다리는 게 나을 것 같아요. 그럼 시간이 약간 남죠."

"세도나에 들리는 건 어때요? 여기서 한 시간밖에 안 걸려요. 꼭 한번 가보고 싶었거든요. 좋은 기운을 듬뿍 받을 수 있대요."

"그 기운을 받아서 써야겠군요."

"에너지 음료처럼요?"

"아무리 좋은 기운이라도 그건 꼭 마실 거예요."

18

1986년 7월 16일

다이어리에게

오늘 제이콥이 나를 엄마라고 불렀어. 가끔 어린애들이 선
생님한테 엄마라고 부르기도 하니까 별일은 아닌데 하필 처처
부인이 앞에 있을 때였어. 그녀가 좀 언짢아하는 것 같더라.
어쨌든 배 속에 아기가 자라면서 내 몸도 점점 커지고 있어.
다음 주에 내 친구 다이앤이 로건에서 날 보러 올 거야. 난
외로워. 내 안에 한 생명이 자라나고 있다는 사실이 너무나
이상하게 느껴져. 그리고 아들일지 딸일지 정말 궁금해. 또
언젠가 우리가 친구가 될 수 있을지도. 나를 용서해 줄까?

노엘

호텔에서 체크아웃을 마치고 가방 두 개를 끌면서 밖으로 나왔

고, 우리는 차를 타고 마을을 떠났다. 플래그스태프에서 89번 주간 고속도로가 17번 주간 고속도로로 바뀌었고, 우리는 계속 남쪽으로 달렸다.

몇 마일 동안 말없이 편안한 휴식을 취하고 있던 레이첼이 내게 시선을 돌렸다.

"로맨스를 쓰는 게 어렵나요?"

"저는 로맨스는 잘 안 써요. 사랑 이야기를 쓰죠."

"뭐가 다른가요?"

"사랑 이야기가 더 보편적이죠."

"그게 무슨 뜻이에요?"

"그건 그냥 남자와 여자가 만나는 것 이상을 담고 있어요. 모든 사람과 관련이 있고, 모든 이가 공감할 수 있는 보편적인 주제들이죠."

"로맨스도 누구나 공감할 수 있잖아요."

나는 그녀를 쳐다보았다.

"그럴까요?"

레이첼이 입술을 꼭 깨물었다.

"아마 아닐 수도 있겠네요."

"또 다른 건, 사랑 이야기의 결말은 다양하다는 거죠. 영화《타이타닉》봤어요?"

"네."

"사랑 이야기죠. 로즈는 잭과 사랑에 빠져요. 부유한 여자와 가난한 남자가 만나는 전형적인 시나리오지만 결국 배가 가라앉고 잭은 익사해요."

"네, 정말 짜증나요."

나는 웃었다.

"로맨스는 더 공식에 가까워요. 남자가 여자를 만난다. 남자가 여자를 놓친다. 하지만 결국 남자와 여자는 다시 만난다. 신데렐라를 한번 생각해 보세요. 왕자는 무도회에서 신데렐라와 춤을 춰요. 하지만 신데렐라는 자정에 달아나죠. 왕자는 신데렐라가 남긴 유리 슬리퍼를 단서로 신데렐라를 찾아다녀요. 결국 신데렐라는 못생긴 의붓언니들을 버리고 왕자와 행복하게 살죠."

"그들은 항상 행복할까요?"

"로맨스 장르라면 그렇겠죠. 사랑 이야기라면 그때그때 다를 겁니다."

"뭐에 따라서요?"

나는 웃었다.

"속편이 있느냐 없느냐에 따라."

우리가 세도나를 알리는 첫 표지판을 지나쳤을 때, 레이첼이 물었다.

"'애리조나는 없다(There is no Arizona.)'라는 노래를 들어본 적이 있나요?"

"누구 노래죠?"

"제이미 오닐(Jamie O'Neal : 호주 시드니 태생의 컨트리가수 겸 작곡가 - 옮긴이주)."

"처음 듣는 이름인데요."

"정말요? 진짜 한 번도 들어본 적 없어요?"

"너무 뭐라고 하지 말아요. 당신도 '수라는 이름의 소년'을 들어 본 적이 없었잖아요. 그리고 내가 장담하는데 조니 캐시가 이 오닐이라는 여가수보다 훨씬 더 유명해요. 그래서 무슨 내용인데요?"

"한 여자의 남자가 애리조나에 가요. 그는 일이 정리되는 대로 그녀를 데리러 오겠다고 말하죠. 그리고 그녀에게 계속 엽서를 보내요. 하지만 전부 다 거짓말이었어요. 마지막에 여자는 애리조나는 없다고 결론을 내리죠."

"그래서 제목이 그 모양이군요. 거참 비극적이네요."

"아주 많이요. 로맨스는 절대 아니죠."

"그렇다고 사랑 이야기도 아닌 것 같은데요. 왜 그런 생각을 했어요?"

"후렴구에서 '애리조나도, 공허한 사막도, 세도나도 없다'고 계속 반복하거든요."

"오닐 씨가 틀렸네요. 내가 방금 표지판을 봤거든요."

* * *

우리가 세도나에 도착했을 때는 더 이상 겨울의 흔적을 찾을 수 없었다. 우리 앞에는 그루터기 모양의 소노라 사막 평원에서 삐죽 튀어나온 들쭉날쭉한 붉은 사암 구조물이 있었다.

여행 중 급조된 우리의 짧은 여행은 네 시간도 채 걸리지 않았다. 우리는 시내까지 운전했고 길가에 카페, 미술관, 보석상, 티셔츠, 그리고 세도나 기념품을 판매하는 관광 상점들로 꽉 들어찬 메인 스트리트 지구를 걸었다.

그 후 골짜기 너머로 내다보이는 홀리 크로스 성당으로 차를 몰고 올라갔다. 교회 안에 있는 사람들 대부분은 외국인이었다. 뉴에이지 메카라는 세도나의 명성에도 불구하고, 이곳은 사실 종교적인 마을이어서 자연적으로 형성된 캐드럴 록 국립 공원 주변으로 수많은 교회가 흩어져 있었다.

우리는 더 많은 시간을 관광이나 하면서 수월하게 보낼 수도 있었다. 하지만 나는 내가 뭔가를 피하고 있다는 기분이 들기 시작했다. 의심의 여지 없이. 나는 뭔가 편치 않을 때 주의를 딴 데 돌리는 데에는 도가 튼 사람이다. 글을 쓸 기분이 아닐 때 딴짓거리는 또 어찌나 많이 생기는지.

우리는 마침내 17번 주간 고속도로에 올라탔고 스코츠데일까지 운전하는 데만 꼬박 두 시간이 걸렸다. 30도를 맴도는 피닉스의 기온은 쾌적했다. 레이첼 역시 나 못지않게 추위에 익숙하지 않았다. 따라서 따뜻한 날씨에 쾌재를 불렀다. 그녀의 집에서 가까운 세인트 조지 역시 유타에서 가장 따뜻한 지역 중 하나로 추운 적이 거의 없다. 이곳은 솔트레이크에 사는 사람들이 겨울에 골프를 치러 가거나 솔트레이크의 빈번한 기온역전 현상으로 발생하는 회갈색 스모그를 피해 가는 곳이다.

페니키아안 리조트는 딱 캐멀백산의 먼지투성이 돌 무릎에 올려놓은 녹색 냅킨이었다. 야자나무가 늘어선 티 하나 없이 깔끔한 길과 관리가 잘된 녹음이 우거진 리조트를 보면서 레이첼의 눈이 휘둥그레졌다.

"여기 정말 근사해요. 엄청 비싸겠는걸요."

"저렴하지는 않죠. 일 년 중 특히 이맘때는."

"좀 더 저렴한 곳에 묵어도 상관없었을 텐데."

"그럴 수도 있었지만, 아직까지는 당신에게 잘 보이려고 노력하는 중이에요."

그녀가 미소 지었다.

"그렇다면 효과가 있군요."

우리는 호텔의 정문을 지나 호화로운 캐니언 스위트룸이 위치한 위쪽 부지로 차를 몰았다. 내가 조금, 아니 많이 으스대고 있는 건가? 황록색 반바지에 모자, 그리고 겉옷 같은 블라우스를 입은 두 젊은이가 현관 포르티코 아래에서 우리를 맞이했다. 한 명은 내 차를 가져갔고 다른 한 명은 짐을 카트에 싣고 좀 더 안쪽으로 이동했다.

레이첼과 나는 아름다운 대리석 바닥이 깔린 로비 안으로 들어갔고, 나이 든 매력적인 여자가 있는 프런트에서 체크인했다. 여자가 우리에게 방 열쇠를 건네주면서 말했다.

"캐니언에 오신 걸 환영합니다, 처처 씨. 외람되지만, 저는 작가님의 열렬한 팬이랍니다. 저희 리조트에서 아내와 함께 즐겁게 지내시길 바랍니다. 더 즐거운 시간을 위해 제가 할 수 있는 일이 있다면 어려워 마시고 언제든 연락주세요."

내가 우리 관계를 바로잡으려는데 레이첼이 선수를 쳤다.

"고마워요, 클레어. 우리도 신혼여행을 무척 고대하고 있었답니다."

"어머나, 이런! 죄송해요. 신혼여행이라는 말은 못 들었어요. 축하해요. 저희가 샴페인 한 병을 방으로 보내드릴게요."

"고맙습니다."

내가 말했다. 프런트를 떠나며 레이첼을 향해 살짝 눈을 치켜올렸다.

"우리 신혼여행?"

그녀가 웃었다.

"그냥 당신의 평판을 지켜주려는 것뿐이에요, 처처 씨. 팬들이 잘못된 인상을 받으면 안 되잖아요."

내가 고개를 끄덕였다.

"정말 사려가 깊으시군요. 게다가 공짜 샴페인도 챙겼네요."

우리는 짐을 얹은 선반을 밀면서 우리를 스위트룸까지 안내하는 객실 안내원을 따라 부드러운 카펫이 깔린 복도를 약 30미터 정도 걸어갔다. 내가 문을 열자 객실 안내원이 우리 여행 가방을 가지고 들어왔다.

스위트룸은 넓고 아름다웠다. 레이첼은 들어오자마자 놀라 눈을 크게 뜨고 골프 코스가 한눈에 내려다보이는 넓은 테라스와 연결된 이중유리문을 향해 걸어갔다. 창문 밖에는 알록달록한 선인장 정원이 있었다.

"경치가 정말 끝내주네요."

그녀는 스위트룸을 구석구석 구경했다. 객실 안내원이 떠나자 내가 에어컨을 틀었다.

"어때요?"

레이첼이 다시 안으로 걸어 들어왔다.

"나머지 2퍼센트는 이렇게 사는군요."

나는 소파에 등을 기대고 앉았다.

"원한다면 에어비앤비에서 다른 숙소를 찾아볼 수도 있어요."

"아니요. 여기가 정말 좋아요. 이렇게 큰 방은 태어나 처음 봐요."

"550평방미터예요. 우리 어머니 집보다 더 크죠. 물론, 보통은 저도 1인실을 쓰긴 하지만."

"전에도 여기 와 본 적이 있어요?"

"여러 번이요. 피닉스에 책 사인회를 열기 딱 좋은 유명서점이 몇 군데 있거든요. 템피에 체인징 핸드 서점(Changing Hands Bookstore)이 있고, 스코츠데일에는 포이즌 펜(Poisoned Pen)이라는 서점이 있어요."

"당신은 정말 경이로운 삶을 살고 있군요."

"경이로울 정도로 외로운 삶이죠. 언젠가 한여름에 여기에 왔을 때 섭씨 47도가 넘었던 적이 있어요."

"끔찍하게 들리네요."

"처음엔 저도 그렇게 생각했죠. 하지만 실제로는 꽤 좋았어요. 사람이 거의 없어서 나 혼자 수영장을 독차지하면서 양질의 서비스를 받았죠. 기왕 말이 나온 김에 수영장 옆에서 점심이나 먹어야겠어요."

"수영복을 입을까요?"

"수영하고 싶다면."

"곧 갈아입고 올게요."

몇 분 후 그녀가 선명한 빨간색 홀터 톱 탱키니 수영복을 입고 돌아왔다. 아름다운 몸을 얌전하게 가린 채, 마치 나의 승인을 기다리는 듯이 나를 바라보고 있었다. 나는 그저 할 말을 잃었다.

"어때요?"

"우와."

"우와?"

"아름다워요. 당신은 참 아름다워요."

레이첼은 약간 미심쩍은 눈빛으로 나를 바라보다가 자신의 수영복을 내려다보았다.

"너무…… 야하진 않죠?"

"아마도 1900년대쯤이었다면요."

"미안해요, 제가 남들 시선을 의식하는 편이라서요."

"당신 같은 몸매라면, 제가 데이트한 여자들 대부분은 여차하면 어디로 튀는 데 문제없을 만큼만 가렸을 거예요."

"글쎄요, 난 그 여자들이 아니니까요."

레이첼이 거울에 비친 자신의 모습을 흘끗 쳐다보았다.

"그저 그런 평범한 수영복 맵시인데 자꾸 비행기 띄우시네요."

"그건 마치 모나리자를 보면서 액자가 멋지다고 말하는 것과 비슷한 거예요."

레이첼이 웃었다.

"그만해요. 브랜든은 너무 야하다고 생각해요."

"그 수영복이요?"

레이첼이 고개를 끄덕였다.

"한 번 입었다가 그냥 서랍에 쑤셔 넣었죠. 가끔 나는 그이가 할 수만 있다면 저한테 부르카를 입힐 것 같다는 생각마저 든다니까요."

"그건 재능을 감추는 꼴이에요."

그녀가 다시 웃었다.

"수영복 입을 거예요?"

나는 솔직히 내 체격을 드러내고 싶지 않았다.

"네. 하지만 미리 경고하는데 제 몸은 딱 작가에 최적화된 몸이에요."

"체격 좋으시잖아요."

"이제부터 당신 말 안 믿을래요. 잠시만 기다려 주세요."

나는 화장실에 들어가서 검은색 토미 바하마 수영복과 그린 데이 티셔츠를 입고 돌아왔다.

"자, 우리 이제 나가요."

***

캐니언에는 고급스러운 목재 안락의자와 호박색의 카바나로 둘러싸인 야자나무가 늘어서있는 수영장이 있었다. 밖에는 수십 명의 사람이 있었지만 아이들이 없어서 수영장 주변은 조용했다. 우리는 수영장 근처 테이블에 앉았고 서빙하는 사람이 우리에게 다가왔다.

"좋은 오후입니다. 식사하시겠습니까?"

"네."

종업원은 우리에게 점심 메뉴를 건네주었다.

"음료를 가져다드릴까요?"

"저는 라임이 든 다이어트 콜라로 할게요, 그리고……"

나는 레이첼에게 눈길을 주었다. 레이첼이 종업원을 올려다보았다.

"저는 크랜베리 주스를 한 방울 섞은 파인애플주스로 주세요."

"보드카를 넣을까요?"

레이첼은 기습 질문에 놀란 것 같았다.

"아니, 괜찮습니다."

잠시 후 그가 음료를 가지고 돌아와 식사 주문을 받았다. 나는 지중해식 치킨 랩을, 레이첼은 치킨과 케일 시저 샐러드를 주문했다.

식사하면서 우리는 세인트조지에 있는 레이첼의 집과 비교해보면서 리조트와 애리조나의 기후에 관한 이런저런 얘기를 나누었다. 피닉스에 온 진짜 이유를 떠올리지 않으려는 이 같은 노력은 특히 그 이유를 생각할 때마다 내 마음을 불안감으로 가득 채웠으므로 나름 솔깃한 방법이었다.

너무 경솔했던 건 아닐까? 그냥 레이첼을 위해 여기에 온 건가? 아버지가 이 만남에 어떻게 반응할지 도무지 감을 잡을 수가 없었다. 사실, 내가 어떻게 반응할지조차도 확신할 수 없었다. 엘리즈는 아버지가 나를 보고 싶어 했다고 말했다. 하지만 왜일까? 지난날을 후회하고 늦게라도 바로잡고 싶어서? 아니면 자식이 성공하고 나니까 어디 콩고물이라도 없나 싶어서 돌아오는 부모들의 흔한 사례 중 하나일까? 만약 아버지가 나에게 돈을 요구한다면? 혹시 신장 이식이라도 부탁한다면? 자, 이제 내가 왜 여기에 온 진짜 이유를 생각하길 꺼리는지 짐작이 갈 것이다.

레이첼 역시 어쩐 일인지 그 얘기를 꺼내지는 않았다. 하지만 그녀는 내 마음을 간파하고 내가 먼저 말을 꺼내길 기다리고 있는 것인지도 몰랐다. 잠시 후 레이첼이 수영하러 갔다. 먼저 물에 발을 살짝 담갔다가 가장자리에서부터 천천히 미끄러져 들어갔다. 1미터가 조금 넘는 수영장 깊이는 그냥 서서 얘기하기에 충분했다.

"여기 완벽해요. 들어와요."

내가 그녀를 보고 웃었다.

"난 이대로 좋아요."

"당신이 좋은 건 나도 알아요. 그냥 들어와요."

"안 돼요. 방금 먹었어요. 식사하고 30분도 안 지나서 수영하는 건 몸에 안 좋아요."

"그건 그냥 근거 없는 믿음에 불과해요. 쥐가 나면 제가 구해줄게요. 약속할게요."

나는 싱긋 웃었다.

"좋아요. 뭐 이제 변명거리도 다 떨어졌네요. 하지만 내가 셔츠 벗는 동안 쳐다보지 마세요. 눈이 부셔서 당신 눈을 멀게 할지도 몰라요."

"네, 경고 받들겠습니다."

레이첼이 대답했다.

셔츠를 벗고 수영장에 들어갔다. 그녀의 말이 맞았다. 물의 느낌이 좋았다. 레이첼은 수영장 옆으로 몸을 기대고 가장자리에 돌출된 시멘트 부위에 양팔을 얹었다.

"오늘 아침에 식사하면서 우리가 무슨 얘길 나눴는지 기억나요?"

"가만있자……."

나는 다시 그 말을 할까 망설였다.

"어젯밤 당신이 한 행동?"

레이첼이 얼굴을 찡그렸다.

"다시는 그 얘긴 안 꺼낸다고 약속했잖아요."

"잠깐, 그 얘기 하려던 거 아니었어요?"

"난 절대로 그 얘긴 다시 안 꺼낼 거거든요."

"알겠어요, 그럼 우리가 무슨 얘길 했었죠?"

"'수라는 이름의 소년'이라는 노래에 관해 얘기했잖아요. 그리고 제가 '왜 우리는 항상 어려운 길을 택하는지' 물었죠."

"아, 기억나요."

"그래서 제가 곰곰이 생각해봤는데, 왜 그런지 알 것 같아요. 왜냐하면 우리는 스스로 행복할 가치가 있다고 믿지 않기 때문이에요. 혹은 사랑을 믿지 않거나."

그녀가 내 눈을 가만히 응시하며 덧붙였다.

"적어도, 제 생각에는 그런 것 같아요."

"무슨 말인지 알겠어요. 난 항상 우리가 스스로 자신이 원하는 삶을 선택하지 않는다고 믿었어요. 응당 살아야 한다고 생각하는 삶을 선택하죠. 우리 자신을 벌하기 위한 일종의 방법으로서 자기 태만을 하는 거예요."

"왜 우리는 자기 자신에게 벌을 줄까요? 세상이 우리를 충분히 벌하지 않나요?"

내가 이마를 찡그렸다.

"왜 아니겠어요? 우리는 항상 사랑을 위해 자신을 혹사하게 만드는 세상에 살고 있어요. 그건 원인과 결과죠. 그게 바로 내 어린 시절의 이야기예요. 그냥 나 자신만으로도 충분하다면 우리 엄마가 나를 사랑하지 않을 이유가 없었을 거예요. 문제는, 당신이 자기 자신만으로 충분하지 않다는 걸 깨닫게 되는 지점에 있어요. 당신이 감당하기 벅찬 순간이 오게 될 거예요. 그럼 있는 그대로의 나를 사랑하라거나, 아니면 내 삶에서 벗어나라고 소리치고 싶은 지점에 도달할 겁니다. 그래서 내가 종교에 관심이 없었던 것 같아요. 내가 종교에 대해 얘길 나눠본 사람은 하나같이 기본적으로 신의 사랑을 얻기 위해 각고의 노력을 해야 한다고 말했어요. 어머니의 사랑을 얻기 위해 거의 내 인생의 절반을 쏟아부었는데 전혀 효과가 없더군요. 어떤 사람은 우리가 신에게 돌아가는 길을 찾고 있는 거라고 설명해 주곤 했는데, 제가 보기에는 이래요. 당신이 어떤 아이를 중국 땅 한가운데에 데려다 놓고 '나는 이제 사라질 거야. 그러니까 내게 돌아오는 길을 찾는 게 이제부터 네가 할 일이야. 수천 명의 사람이 너에게 각기 다른 방향과 지도를 줄 테지만 넌 네 선택이 맞는지 결코 알 수는 없어. 하지만 망치면 절대로 집엔 못 돌아가.'라고 말하는 겁니다. 난 내가 사랑하는 사람들에게 버림받고서도 전혀 그 이유를 모르는 기분이 어떤지 잘 알아요. 그게 어머니의 전능한 버전인 신이라면, 난 그에게서 단 하나도 바라지 않아요."

레이첼이 생각에 잠겨 나를 바라보았다.

"우리 부모님이 정말 엄격하다고 말씀드렸잖아요. 부모님이 신에 대해 접근하는 방식은 매우 율법주의적이에요. 그들의 마음속에서 신은 우주의 교통경찰과 같아요. '모든 작용에는 크기가 같고 방향이 반대인 반작용이 존재한다.' 뉴턴의 운동 제3법칙. 실수를 하면 벌을 받아야 하는 거죠. 그래서 그들은 언제나 가혹한 처벌을 해요. 우리 부모님께서 나를 얼마나 많이 때렸는지 말로 다 못 해요. 더 나쁜 건 그들이 나를 때린 것 못지않게 내게 사랑을 표현해주곤 했다는 점이죠. 정말이지 엉망이었어요."

"부모님이 당신을 때렸어요?"

"자주요. 게다가 성스러운 의도로요. 때로는 매를 들면서 성경을 인용하기도 했죠. 잠언 13장 24장 : '매를 아끼는 자는 그의 자식을 미워함이라.' 잠언 23장 14절 : '네가 그를 채찍으로 때리면 그의 영혼을 지옥에서 구원하리라.' 부모님은 그걸 전부 다 글로 썼어요."

"거참 유감이네요."

"네, 저도 그래요. 하지만 중요한 것은, 저는 잠언이 단지 솔로몬 왕의 양육 방식이었다고 생각해요. 그게 현명하든 그렇지 않든, 그의 아들 르호보암은 모든 사람이 미워하고 자기 백성에게 죽임을 당할 뻔한 악랄하고 잔인한 지도자가 되었어요. 그러니까 솔로몬이 간접적으로 한 말은, '양육에 관한 내 조언은 고약하다. 만약 네가 나와 같은 아이를 원한다면, 내가 했던 것처럼 그를 키워라.'는 것이었다는 거예요."

내가 웃었다.

"어떻게 성경에 대해 그렇게 많이 알아요?"

"우리 가족은 매일 학교에 가기 전에 성경을 공부했어요."

"대단하네요."

"그런 말 말아요. 부모님이 시킨 거니까요. 그래서 처음에는 모든 것에 대해 부모님의 왜곡된 설명을 받아들였죠. 그러다 나이가 들면서 그 가르침들이 부모님의 해석과 성격을 반영한 것임을 깨달았어요. 그때부터 저는 단지 부모님을 기쁘게 하기 위해서가 아니라 성경에 담긴 진리를 알아내기 위해 파고들기 시작했어요. 그리고 질문을 하기 시작했죠."

"그래서 어떻게 됐나요?"

"부모님은 제 질문을 반항으로 여겼어요. 대부분의 사람들처럼 그들도 진리를 깨닫기보다는 신념을 지키는 데 더 급급했어요. 저는 제가 읽은 것과 그들이 믿고 있는 것에서 이러한 모순을 끊임없이 발견하게 되었죠. 열여섯 살 때, 부모님께 은혜가 무엇을 의미하느냐고 물었더니 아버지께서 말씀하시길, '그건 네가 할 수 있는 모든 일을 다 한 후에야 너를 구원해줄 신의 은총'이라고 했어요. 저는 절망감을 느꼈죠. 기본적으로 그건 불가능하다고 생각하거든요. 누구라도 자신이 할 수 있는 모든 일을 다 할 수는 없으니까요. 왜냐하면 당신은 1초 더 기도할 수도 있고, 가난한 사람들에게 1달러를 더 주거나 성경에서 단어 한 개를 더 읽을 수도 있으니까요. 당신은 항상 더 많은 걸 할 수 있어요. 게다가 모든 사람은 때때로 일을 그르치기도 하죠. 그렇지만 일을 그르쳤다고 해서 당신이 할 수 있는 모든 일을 다 하지 못한 건 아니잖아요."

그녀는 화가 났는지 숨이 거의 뿜어져 나왔다.

"저는 평생 영성에 매달리다가 지쳐버린 사람들을 많이 봤어요. 교통경찰로서의 신을 믿는 사람들은 결국 수치심으로 가득 차거나 망상적인 독선에 매몰되고 말죠. 나는 딱 그게 우리 부모님을 요약하는 말이라고 생각해요. 만약 우리 부모님에게 좋은 사람인지 물으면 분명히 아니라고 대답할 거예요. 하지만 그들에게 죄인이냐고 물으면 굉장히 기분이 상할 거예요. 어려운 부분은 그게 옳지 않다는 것을 알면서도 일단 그 사고방식이 머릿속에 콕 박히면 그걸 꺼내는 건 그저 행운에 맡겨야 한다는 거죠. 옳지 않다는 것을 알고 있더라도 옳은 일에 끊임없이 반항하는 것처럼 느껴지니까요."

그녀가 나를 향해 눈을 치켜떴다.

"제가 지금 헛소리 하는 건가요?"

나는 고개를 흔들었다.

"제가 오랫동안 들어왔던 어떤 말보다 더 설득력이 있는걸요. 게다가 당신이 날 버린 아버지를 점점 더 나아지게 만들고 있어요."

"더 낫다고 말할 순 없어요. 그건 그냥 다른 문제니까요. 마치 학대와 방치 중에 어느 것이 더 낫다고 말하는 것과 비슷해요. 당신 말대로, 그건 둘 다 일종의 학대예요. 다만 방치가 더 소극적인 형태일 뿐인 거죠."

나는 그녀의 말을 곰곰이 생각해 보았다. 그리고 시계를 내려다보았다.

"방치 얘기가 나와서 말인데 벌써 5시가 넘었어요. 이제 일어나는 게 좋겠어요."

우리는 수영장에서 나와 몸을 말리고 스위트룸으로 걸어갔다. 레이첼이 침실에서 옷을 갈아입는 동안 나는 욕실에서 다시 내 옷을 꺼내 입었다.

* * *

    아버지를 만나기 위해 준비하는 동안 나는 마치 '학교 첫날'을 앞둔 순간처럼 무엇을 입어야 할지 잠시 고민에 빠졌다. 하지만 결국 상관없다고 중얼거리면서 양말이 없는 티셔츠에 카키색 반바지를 받쳐 입고 맨발로 테니스화를 신고서 차를 가지러 나갔다. 만약 아버지가 티셔츠를 입은 내 모습이 싫다고 한다면, 아르마니 재킷을 입은 내 모습은 좋아할까?

    주차원이 내 차를 가지고 와서 열쇠를 건네주었다.

"즐거운 저녁 되세요."

"고마워요."

나는 레이첼을 위해 문을 열어주었고, 그녀가 내 옆에 올라탔다.

"준비됐어요?"

그녀가 물었다.

"아니요. 당신은요?"

"아니요. 그냥 가요."

나는 웃었다. 이 여자의 기백이 몹시 사랑스럽게 느껴졌다.

19

1986년 7월 23일

다이어리에게

    내일은 24일이야. 여기 유타에서는 개척자의 날이지. 우리
는 모두 솔트레이크 카운티 박람회와 로데오에 갈 거야. 모
처럼 신이 난다. 한동안 외출을 거의 못 했거든. 로건에 로데
오가 있어. 로데오는 정말 재미있어. 배가 자꾸 나오네. 다리
에 통증도 느껴져. 처처 씨 얘기로는 그건 내 좌골신경인데
별거 아니래. 곧 사라질 거라니 다행이지, 뭐. 출산은 정말 큰
헌신이 아닐 수 없어. 남자애가 옷을 벗길 때 생각할 수 있는
그런 게 아니야. 피터를 다시 볼 수 있을지, 또 보게 되면 무
슨 말을 할지 궁금해. 그런 일은 아마 절대 일어나지 않을 거
야. 괜찮아. 나한테도 남자친구가 있어. 이름은 제이콥이고,
그 어떤 꼬마보다도 나를 사랑해. 제이콥이 나에게 그렇게

말했어.

노엘

나는 아빠의 주소를 핸드폰에 입력하고 나서 레이첼과 함께 출발했다.

스코츠데일에서 메사까지는 차로 25분밖에 걸리지 않았다. 다행히 토요일이었다. 그렇지 않았다면 러시아워에 도로가 꽉 막혔을 것이다. 101번 도로를 타고 남쪽으로 US 60번 도로로 가서 동쪽으로 사우스 길버트 로드의 출구가 나올 때까지 달린 후, 길버트 북쪽에서 브로드웨이로 갔다. 거기서 동쪽으로 돌아 25번가로 가는 짧은 거리를 운전했고, 남쪽으로 칼립소 애비뉴와 아버지가 사는 동네까지 한 블록을 더 갔다.

작고 아담한 집들이 모여있는 소박한 중산층 교외 지역이었다. 나는 도로변에서 흑백으로 칠해진 주소를 발견했다. 2412번.

길가의 오래된 주택 중 하나로 두 개의 차고와 적갈색 기와를 올린 단조로운 랜치 하우스였다. 앞마당은 꾸밈없고 간결했으며 붉은 화산암에 선인장을 심어놓은 작은 정원이 마당 한가운데에 가꿔져 있었다. 집 현관 근처에는 커다란 점토 화분에 작은 레몬 나무가 있었는데 문에 걸어 놓은 크리스마스 화환과 약간 따로 노는 것처럼 보였다. 나는 차를 길가에 세웠다.

"저 집이에요."

"좋아 보이는데요. 꾸밈없고."

나는 그녀를 힐끗 쳐다보았다.

"어때요? 만날 준비 됐어요?"

"저는 같이 안 가는 게 더 나을 것 같아요. 당신이 원하면 따라가 줄 수는 있지만, 중요한 순간인데 제가 거기 있으면 더 혼란스러울 수도 있으니까요."

잠시 생각해 보고 나서 나는 결정을 내렸다.

"당신 말이 맞는 거 같군요. 대화가 잘 풀리면 데리러 올게요."

"행운을 빌어요. 당신을 위해 기도할게요."

나는 차에서 내려 현관 쪽으로 걸어가 누가 사는 게 맞나 확인 해 보았다. 현관 앞에 〈애리조나 리퍼블릭〉 신문지가 접힌 채 놓 여있었다.

내가 초인종을 누르자 집 안에 있던 개가 짖기 시작했다. 작은 개의 짖는 소리가 요란했다.

발소리가 들리고 문이 열렸다. 약간 희끗희끗한 머리에 키가 크 고 마른 여자가 문을 열었다. 눈빛이 서글서글해 보였다.

"무슨 일이죠?"

여자가 부드럽게 말했다.

"스콧 처처 씨를 만나러 왔습니다."

"지금 여기 없는데 뭘 도와줄까요?"

"언제 돌아오실지 아세요?"

여자가 잠시 나를 쳐다보더니 표정이 밝아졌다.

"당신이 제이콥이군요."

나는 여자를 물끄러미 바라보았다.

"저를 어떻게 아셨죠?"

"스콧을 꼭 빼닮았어요. 들어오겠어요?"

"고맙지만 같이 온 사람이 있어서요. 언제쯤 돌아올까요?"

"투싼에 있지만 내일 오후면 돌아올 거예요. 괜찮겠어요?"

"네, 괜찮습니다."

"당신이 집에 들렀었다고 스콧에게 전해줄게요. 내일 몇 시에
다시 올 거라고 얘기할까요?"

"몇 시에 돌아오시나요?"

"세 시쯤. 하지만 당신이 왔다는 걸 알면 더 일찍 돌아올 거예요."

"세 시가 좋겠네요. 그럼 다시 오겠습니다."

"전화번호를 남겨줄까요?"

"아니요."

"알겠어요. 내일 봐요."

막 돌아서려는데 여자가 내 이름을 불렀다.

"제이콥".

내가 돌아서다 말고 대답했다.

"네?"

"와줘서 고마워요. 그이가 당신을 보면 무척 기뻐할 거예요."

나는 고개를 약간 끄덕이고 나서 다시 차로 돌아갔다.

20

1986년 7월 30일

다이어리에게

나는 로데오에 못 갔어. 처처 씨 잘못은 아니야. 아버지가
전화해서 처처 씨 가족이 24일에 어디에 갈 계획인지 물어보
셨는데, 처처 씨가 로데오에 간다고 했더니 아버지가 난 절
대로 가면 안 된다고 신신당부를 하셨어. 로건에서 사람들이
로데오 구경하러 많이들 가는 걸 알고 계시니까. 부모님은
나를 별로 신경 쓰지 않는 것 같아. 그들은 항상 같은 교회
에 다니는 이웃들에게 우리가 어떻게 보일지에만 관심이 쏠
려있어. 나는 성경에서 이런 글을 읽은 적이 있단다. 이를테면,
그들은 무덤과 같아서 겉보기에는 희고 빛나지만 죽은 사람
의 뼈로 가득 차 있다. 딱 우리 부모님이야. 맞아, 그들의 삶
은 거짓으로 가득 차 있어. 나라면 거짓으로 칭송받느니 정직

한 삶을 살겠어. 게다가 아무도 좋은 일만 생기는 사람을 좋아하지 않아. 나는 어린 제이콥을 자주 껴안아줘. 그 꼬마가 내 친구야. 찰스도 좋아하긴 하지만 제이콥만큼 살갑지는 않은 것 같아. 내가 책을 읽어줄 때 좋아했는데, 지금은 자기 혼자 책을 읽어. 찰스는 엄마와 더 같이 있고 싶은데 내가 온 이후로 엄마가 자기나 동생에게 관심을 덜 주니까 나를 원망하는 것 같기도 해. 내 생각에 아이들 엄마는 예전에 너무 힘들었기 때문에 지금 내가 있는 동안만이라도 꼬마들을 맡기고 자유를 누려보고 싶은 것 같아. 엄마가 나에게 편지를 보내셨는데 아직 안 열어봤어.

노엘

나는 다시 차에 올라탔다. 레이첼이 기대에 찬 표정으로 나를 쳐다보았다.

"아버지가 계시던가요?"

"아니, 투싼에 있대요. 내일 오후에 돌아온대요."

"다시 올 거예요?"

차에 시동을 걸었다.

"네."

나는 한시라도 빨리 여길 뜨고 싶은 생각에 도로변에서 서둘러 차를 뺐다. 내가 말이 없자 약 5분쯤 지났을 무렵 레이첼이 물었다.

"괜찮아요?"

나는 시선을 정면에서 떼지 않았다.

"모르겠어요."

"호텔로 돌아갈 건가요?"

나는 그녀를 힐끗 바라보았다.

"네. 특별히 당신이 가보고 싶은 곳이 없다면요."

"아니, 없어요. 숙소로 돌아가면 산책하러 나가지 않을래요?"

나는 즉시 대답하지 않았다.

"봐서요."

20분 후에 우리는 리조트에 도착했다. 주차 요원이 레이첼을 위해 문을 열어주었고 내가 그에게 열쇠를 건넸다.

"정말 멋진 밤이에요. 아까 말했던 산책은 어때요?"

"날 계속 바쁘게 하려는 건가요?"

"네."

"좋아요."

내가 주차 요원에게 돌아섰다. 그는 막 내 차에 올라타려던 참이었다.

"산책하기 좋은 곳이 어디죠?"

"카멜백까지 가는 길이 좋긴 하지만 오늘 밤엔 너무 늦은 것 같네요. 바로 보이는 이 오솔길이 선인장 정원을 지나 호텔 주변과 연결되는데 걷기 좋아요."

"고마워요."

"카멜백까지 산책하시려면 물을 많이 들고 가시는 게 좋을 거예요."

"고맙습니다."

우리는 리조트의 주요 시설과 연결된 오솔길을 따라 걸어 올라갔다. 아름다운 산책로를 따라 무수히 많은 종류의 선인장과 널찍한 자홍색 부겐빌레아 울타리가 펼쳐져있었다. 나뭇잎은 예쁘긴 한데 어찌나 따끔거리던지 최근에 잠깐 만났던 여자들이 여럿 떠올랐다.

레이첼은 말을 아꼈다. 십중팔구 내가 조용해서일 것이다. 거의 말없이 50미터쯤 걷고 있었을 무렵 그녀가 다시 물었다.

"괜찮아요?"

"괜찮은지 나도 잘 모르겠어요. 미안해요, 내가 좀 얼빠진 것 같아요."

"괜찮아요. 얼마나 힘들지 저는 상상조차 안 되는걸요."

우리는 계속 걸었다. 우리가 거의 골프장 근처에 이르렀을 때 전화벨이 울렸다.

"미안해요, 꺼놓는다는 걸 깜빡했네요."

그녀가 화면을 내려다보고 난 뒤에 전화를 받았다.

"여보세요."

남자 목소리가 고함을 지르기 시작했다. 무슨 말인지 분간할 수는 없었지만, 남자의 비음 섞인 목소리가 몹시 화가 난 듯이 맹공을 퍼부었다.

"미안해, 저기……." 남자가 고함친다. "깜빡했어…… 미안해……." 다시 고함친다. "정말 미안해." 고함이 더 커졌다. 그녀의 눈에 눈물이 그렁그렁했다. "나도 알아. 미안해. 제발 용서해줘." 남자의 목소리가 한 번 더 폭발한다. "미…… 미……." 숨이 찬다. "미안해. 그는 거기에 없었어. 미안해." 남자의 목소리가 다소 가라앉는다. "좋아. 노력해볼게. 나중에 전화해. 나도 사랑해. 안녕."

레이첼이 전화를 끊고 나서 재빨리 내 시선을 피했다.

"괜찮아요?"

"미……."

"나한테 미안하다고 말할 필요 없어요."

"미안해요."

그녀가 고개를 흔들었다. 마치 사과에 이골이 난 사람처럼 그것 말고는 아무것도 생각할 수 없다는 듯이.

"그 남자에게 미안하다는 말을 몇 번이나 했는지 알아요?"

레이첼은 갑자기 화가 난 사람처럼 보였다.

"그걸 왜 세고 있었던 건데요?"

나는 그저 멀뚱히 쳐다볼 수밖에 없었다.

"당신을 모욕하려는 게 아녜요. 그냥 알려주고 싶었을 뿐이에요."

내 입에서 무거운 한숨이 흘러나왔다.

"남자친구가 항상 그런 말투로 얘기해요?"

레이첼은 대답하지 않았다.

"그건 당신을 존중하는 말투가 아니에요. 관계를 유지하는 건전한 방법이 아닙니다."

"지금 저한테 연애 상담해주는 건가요? 그래서 그 지혜로운 조언이 당신에게 얼마나 효과가 있던가요?"

레이첼의 말이 내 귀에 따끔하게 꽂혔다. 나는 순간적으로 할 말을 잃고 멍하니 그녀를 바라보다가 이내 숨을 크게 내쉬었다.

"미안해요. 제가 주제넘은 말을 했군요."

내가 돌아서서 걷기 시작했다. 한 열두 걸음 옮겼나? 레이첼이 부르는 소리가 들렸다.

"제이콥."

뒤로 돌아서자 레이첼이 나에게 다가왔다.

눈에 눈물이 그득했다. 그녀가 나를 끌어안았다.

"미안해요. 용서해줘요. 그런 뜻은 아니었어요. 그냥 화가 나서 그랬어요."

잠시 후 내가 말했다.

"알았어요. 우리 호텔로 돌아가요."

그녀가 눈물을 훔쳤다.

"잠깐 혼자 있고 싶어요."

나는 레이첼을 내려다보면서 고개를 끄덕였다.

"그럼 난 방에 돌아가 있을게요."

내가 주머니에서 카드식 열쇠를 꺼냈다.

"여기 열쇠요. 밤길 조심해요."

나는 몸을 숙여 그녀의 이마에 입을 맞추고 돌아서서 오솔길을 따라 호텔로 향했다.

* * *

스위트룸에 돌아와서도 내 마음의 상처는 쉽게 아물지 않았다. 그녀가 한 말이 귀에서 날카롭게 울렸다. 진실은 항상 고통스럽다, 그렇지 않은가? 하지만 내 고통은 그녀의 공격 때문만은 아니었다. 나는 레이첼의 약혼자에게 화가 났다. 또한 약혼자가 그녀에게 함부로 대하도록 내버려 둔 것에도 화가 났다.

곰곰이 생각해 보니 나 자신에게도 화가 났음을 알았다. 그녀에게 대책 없이 빠져들든 나 자신에게 무척 화가 났다. 다른 남자와 약혼한 여자에게 빠져들고 있다. 아니, 빠져들고 있는 게 아니고 빠져버렸다. 이미 흠뻑 빠져있었다.

더 견디기 힘든 건, 레이첼이 내가 자격이 없다고 생각하는 남자와 함께한다는 사실이었다. 그렇다고 내가 다 안다고 말하려는 건 아니다. 그녀의 남자친구를 직접 만나 본 적도 없고, 의심할 여지 없이 내 판단은, 사리사욕에 눈이 멀어 왜곡되어 있을지도 모르는 일이다. 하지만 나라면 적어도 그 남자처럼 퍼붓지 않으리라는 것만큼은 확실히 안다. 곱씹어 생각해볼수록 그녀에게 내 마음을 털어놓아야 한다는 생각이 강렬해졌다.

냉장고에서 잭 다니엘이 든 아주 작은 크기의 병을 한 개 꺼내

콜라랑 얼음을 넣은 컵에 쏟아붓고 나서 한 잔 마셨다. 몇 모금 들이켜고 나자 생각이 바뀌었다. 내가 무슨 생각을 하고 있었던 거야? 이 여자는 곧 결혼해. 이미 꽃을 주문했고 연회장도 예약했다고. 레이첼을 안 지 고작 며칠밖에 되지 않는다. 그녀에게 고백하는 건 너무나 큰 도박이야. 레이첼이 마음을 닫을지도 몰라. 아니, 그냥 계획대로 밀고 가는 게 더 나아.

나는 리모콘을 쥐고 안락의자에 등을 기대고 앉아 텔레비전을 켰다. 애리조나 카디널스가 덴버 브롱코스를 상대하고 있었다. 나는 몇 분간 풋볼 경기를 지켜봤다. 두 팀 다 관심 밖이었지만 술을 들이켜는 동안 주의를 딴 데 돌릴 만한 게 필요했다.

두 번째 잔을 비운 후, 나는 노엘의 다이어리를 떠올렸다. 레이첼은 다이어리를 침대 옆 작은 탁자에 놔뒀다. 나는 다이어리를 집었고 TV를 끄고 나서 신발을 벗어던진 후 침대에 벌렁 누웠다.

1986년 8월 6일
다이어리에게

차마 내 입에 올리기 힘든 끔찍한 일이 일어났어. 내가 병원에 있는 동안 찰스가 나무에 올라갔는데 엉겁결에 송전선을 잡는 바람에 감전되었어. 어린 제이콥이 형과 함께 있었대. 제이콥이 놀라 집으로 달려가 엄마를 데려왔다고 하더라. 집에 도착했는데 앰뷸런스가 여전히 집에 있었어. 그런데 아무도 신속하게 움직이는 사람이 없었어. 가까이 다가갔더니 찰스의 몸이 시트에 덮여있는 게 보였어. 솔직히 말해서, 내가 가장 먼저 느낀 두려움은 제이콥이었어. 난 그 사실에 대해 죄책감이 느껴져. 나에게 무슨 일이 일어날지도 전혀 모르겠어. 아마도 처처 씨 가족은 나를 다른 집으로 보낼 거야. 그렇지만 우리 집은 아니야. 그런 일은 절대 없을 테니까. 난 아직도 엄마의 편지를 읽지 못했어. 내가 과연 그럴 수나 있을지 모르겠다. 이 세상에는 너무나 많은 고통이 있어.

노엘

* * *

1986년 8월 13일
다이어리에게

어느덧 임신 중반에 접어들었어. 하지만 지금은 나나 내 아기를 생각할 경황이 없어. 찰스의 장례식이 지난 목요일에 있었어. 지금껏 살면서 그렇게 슬펐던 건 처음이야. 관 뚜껑이 닫힐 때 처처 부인이 땅바닥에 쓰러져 울부짖었어. 정말 그녀가 걱정이야. 부인은 울음을 그치지 않았어. 그녀는 먹지도 않아. 불을 끄고 종일 침대에 누워있어. 나에게 죽고 싶다는 말을 적어도 다섯 번은 한 것 같아. 한번은 나더러 수면제를 가져오라고 했어. 내가 몇 알 들고 들어가자 부인이 병째 다 가져오라고 소리쳤어. 막 그녀의 방을 나온 참이야. 그녀가 방에서 안 나올 줄 알았어. 절대 안 나올 것 같아.

노엘

* * *

1986년 8월 20일

다이어리에게

이곳의 상황은 더 나빠지지도 나아지지도 않고 있어. 세상이 너무나 절망적이고 모든 게 불확실한 상태에 갇혀버렸어. 모든 것을 뒤덮어버린 어둠이 짙게 깔렸어. 그 모든 과정을 겪는 동안 처처 씨 부부는 마치 그들에게 아직 아들이 있다는 사실을 잊은 것 같아. 내 불쌍한 제이콥. 그 꼬마는 이제 항상 나에게 붙어다녀. 나는 제이콥을 꼭 안아줘. 밤에 내가 재워줄 때 항상 내게 입을 맞춰줘. 제이콥이 기댈 수 있는 사람은 나뿐이야. 처처 씨와 부인이 크게 다퉜어. 뭔가 우당탕 퉁탕 깨지는 소리가 들리더라. 처처 씨가 방에서 나왔어. 아저씨가 나를 쳐다봤는데 얼굴이 말이 아니었어. 온몸에서 고통이 느껴졌지.

나는 마침내 엄마가 내게 쓴 편지를 펼쳤어. 그러지 않았더라면 좋았을 텐데. 엄마는 내가 가족에게 너무나 크나큰 실망을 안겼고, 어디서부터 잘못된 것인지 알아내려고 머리를 쥐어짰다고 말했어. 그때 신께서 진실을 알려주셨대. 엄마는 잘못하지 않았다고. 잘못된 사람은 나라고. 그래서 이제 죄책감에서 벗어나 지금은 내 영혼을 걱정하고 계신대. 엄마는 내가 씹다 뱉은 껌 조각이라 아무도 날 원하지 않을 거라고 말씀하셨어. 나는 엄마가 내 영혼 걱정은 그만하고 나에 대해 좀 더 많이 걱정해주면 좋겠어. 아니면 이 세상에 존재하지도 않는 척하는 아기에 대해서 걱정해주거나. 차라리 그 편지를 열지 말걸. 아예 내가 태어나지 않았더라면 좋았을 텐데. 그럼 내가 그토록 많은 문제의 원인이 될 일도 없었을 텐데.

노엘

* * *

1986년 8월 27일
다이어리에게

나는 딸을 낳을 거야. 내 작고 귀여운 딸. 내 딸에게 이름을 지어주지 못한다는 건 내게는 너무 가혹한 일이야. 여기 오기 전에 아버지께서 나에게 아기의 이름을 짓지 말라고 말씀하셨어. 내가 아기를 포기할 때 훨씬 더 힘들어질 거라고.

그러더니 갑자기 어렸을 때 농장에서 살면서 돼지를 키웠다는 얘길 꺼내시는 거야. 아버지는 샬롯의 거미줄에 있는 돼지의 이름을 따서 돼지 한 마리한테 윌버라는 이름을 지어주셨는데, 가족이 크리스마스 저녁 식사에 올릴 성찬을 위해 윌버를 도살했다는 거야. 그때가 아버지 인생 최악의 크리스마스였다나 뭐라나. 나는 그 얘기가 지금껏 들어본 중 최악이었다고 생각해. 아버지는 정말 내 아기를 돼지에 비유했던 걸까? 나는 그 아기의 이름을 짓지 않을 참이다.

노엘

문고리가 돌아가는 소리와 함께 문이 열렸다. 밖은 어두컴컴했다. 시계를 보니 9시 15분을 지나고 있었다. 나는 현관 앞까지 걸어 나왔다. 레이첼이 살금살금 안으로 조용히 들어오고 있었다.

"왔어요?"

그녀가 내 쪽으로 몸을 돌렸다.

"아, 네. 벌써 잠자리에 든 줄 알았어요."

"아니요. 난 올빼미예요."

그녀가 내 앞으로 다가왔다.

"아까 당신한테 한 말이 부끄러워요. 저도 왜 그런 말을 했는지 모르겠어요. 정말이지 감정을 추스르지 못했어요. 결혼을 4개월 앞두고 여기에 오는 게 아니었어요. 제가 이기적이었던 것 같아요."

나는 레이첼을 바라보았다. 그녀가 내린 결론에 실망감이 느껴졌다.

"자기 자신을 챙기는 게 이기적인 건 아니에요. 특히 남들이 다 나 몰라라 할 때는 말이죠."

그녀의 눈이 여전히 흐릿하고 부어 보였지만 애써 미소를 자아냈다.

"긴 하루였어요. 샤워하고 눈 좀 붙여야겠어요. 이렇게 멋진 방에서 잘 수 있게 해줘서 고마워요."

레이첼이 내 볼에 가볍게 입을 맞췄다.

"잘 자요."

그녀는 방으로 걸어 들어가 문을 걸어 잠갔다. 내 마음과 머릿속이 여전히 어지러웠다. 그러나 어지러워 휘청거리는 건 내 마음이었다.

가슴이 아팠다. 난 사랑에 빠졌어. 바보처럼 또 틈을 내주고 말았다. 언제 내 감정이 넘지 말아야 할 선을 넘었던 걸까? 나는 내 방으로 돌아가 침대에 다시 누웠다. 로리가 옳았다. 공연히 재를 쑤시지 말았어야 했어.

21

12월 18일

1986년 9월 3일
다이어리에게

아기 이름을 지어줄 수 없다는 건 알지만 어쩔 수 없어. 나도 아이가 그 이름으로 불리지 못할 거라는 건 알아. 하지만 안젤라라고 부를래. 천사처럼. 그게 바로 그 아이야. 그리고 만약 그 애가 나처럼 크리스마스에 태어난다면 크리스마스 천사가 될 거야. 이번 주는 그럭저럭 잘 지나갔어. 엄청나게 큰일이나 중요한 일은 일어나지 않았으니까. 그래서 그런지 좋은 한 주였어. 날씨가 점점 쌀쌀해진다. 날씨가 어떻든, 이번 해는 정말 길고 긴 겨울이 될 거야.

노엘

* * *

1986년 9월 17일

다이어리에게

    산부인과 의원에서 내셔널지오그래픽 잡지를 훑어보다가 보아뱀이 돼지를 통째로 삼켜버린 사진을 봤어. 딱 내 모습이라는 생각이 들더라. 글쎄, 비늘과 송곳니가 없다면 말이야. 난 지금 엄청나게 거대해졌어. 병원에서 누군가가 남편이 아들을 원하는지 딸을 원하는지 물어봤어. 나는 둘 다 괜찮다고 말했어. 난 너무 외로워. 피터에게 손을 내밀고 싶지만, 안 할래. 이미 내 인생에서 충분히 큰 실수를 저질렀으니까. 피터가 나를 사랑한다면 나에게 돌아올 거야. 날 사랑하지 않는다면 내가 그를 원할 필요가 있을까?

노엘

    다음 날 아침 일찍 잠에서 깼다. 레이첼은 아직 자고 있었다. 그녀에게 메모를 남기고 수영복으로 갈아입은 뒤에 곧장 수영장으로 향했다. 전날 밤부터 내 마음은 견딜 수 없는 아픔에 시달렸다. 마음속이 온통 질투로 들끓었지만, 그녀가 남자친구를 떠날 거라고 믿을 만한 그 어떤 이유도 찾을 수 없었다. 내 일부는 아예 그녀를 보지 않기를 바랐다.

수영장 주변으로 투숙객 몇 명이 보였지만 실제로 물에 있는 사람은 단 한 명뿐이었다. 나는 곧바로 뛰어들어 수영을 시작했다. 약 30분쯤 후에 레이첼이 밖에 나왔다는 것을 알아차렸다. 그녀가 나에게 손을 흔들었다. 나는 물 가장자리로 헤엄쳐갔다. 어젯밤보다 기분이 더 좋아진 것 같았다. 한결 밝아 보였다.

그녀가 수영장 가장자리에서 몸을 웅크리며 말했다.

"너무 자신을 혹사하지 말아요. 생각해봤는데, 오후까지는 꽤 시간이 남아있으니까 카멜백을 하이킹하는 것도 괜찮을 거 같아요. 컨시어지에 물어보니 편도 두 시간 정도 걸린다고 하더라고요. 지도도 받았어요. 할래요?"

"무조건이죠."

내가 대답했다. 물에서 나와 얼른 방으로 돌아가 옷을 갈아입었다. 욕실에서 걸어 나오는데 레이첼이 소파에 앉아있었다.

"오늘은 기분이 어때요?"

내가 묻자 그녀가 부드러운 눈빛으로 나를 바라보았다.

"지난밤 제 행동에 대해서는 여전히 기분이 좋지 않아요. 정말 제게 잘해주셨잖아요. 죄책감 때문이었어요. 그런데 그걸 당신한테 푼 거죠."

"우리 그 얘긴 인제 그만 해요. 이해해요."

희미한 미소가 그녀의 입가에 떠올랐다.

"적어도 우리 중 한 명은 이해했군요."

"자, 우리 하이킹하러 가요."

나는 레이첼의 손을 잡아끌면서 그녀를 일으켜 세웠다. 그녀는 다 일어선 후에도 한동안 내 손을 놓지 않았다. 그러다가 어색하게 웃으면서 손을 뺐다.

우리는 립밤과 자외선 차단제, 그리고 물을 좀 사러 리조트에 있는 잡화점에 들렀다. 거기에서 나는 내가 쓸 모자와 레이첼에게는 예쁘게 염색된 반다나 두건을 사주었고 그녀가 두건을 머리에 휘감는 것을 봐주었다. 정말 귀여워보였다.

우리는 산기슭 근처에 주차하고 초야 트레일(Cholla Trail)을 따라 정상을 향해 올랐다. 산 주변으로 불쑥 튀어 오른 키 큰 사와로 선인장 때문에 길이 잘 드러나 있었고 경치는 험준하면서도 아름다웠다.

우리는 한 시간 반이 조금 넘는 시간을 걸어서 험난한 코스의 정상에 도착했다. 회색빛 감도는 녹색 식물들과 붉은 타일 지붕, 그리고 푸른 수영장이 알록달록한 피닉스의 격자무늬 전망이 365도로 펼쳐졌다. 높은 곳에서 보니 피닉스는 딱 크리스마스 같은 모습이었다. 나는 평평하고 너른 바위에 앉아 기분 좋게 불어오는 산들바람을 깊이 빨아들였다.

정상에는 적어도 열두 명 이상의 등산객들이 있었는데 그들 모두 물 인심이 넉넉했다. 한 남자가 물을 열두 병이나 들고 와서는 산을 오르는 중간중간 사람들에게 나눠주었다. 불과 두 달 전에 프랑스에서 온 어떤 남자가 정상을 코앞에 두고 일사병으로 죽었다고 말했다. 그 프랑스인은 물을 가지고 갈 생각을 하지 못했던 모양이다.

정상에 오른 레이첼이 주변을 거닐었고 여러 명의 남자가 그녀 주위를 맴돌았다. 딱히 놀랍지도 않았다. 천진난만하게 그들과 함께 웃고 있는 모습을 바라보고 있으려니 여전히 내 심장에 작은 바늘이 하나 꽂힌 듯 따끔거렸다. 레이첼이 내 옆에 와서 앉길 기다렸지만 전혀 그럴 기미가 보이지 않아서 내가 먼저 일어났다.

"우린 이제 내려가는 게 좋겠어요."

"잠깐만요. 우리 사진 좀 찍어요."

그녀는 조금 전 시시덕거리던 남자들 가운데 한 명에게 손짓했다. 보디빌더처럼 보이는 남자는 내 허벅지만 한 팔뚝 근육을 자랑스럽게 드러낸 민소매 티셔츠를 입고 있었다. 남자는 레이첼의 전화기를 받아들더니 셀카로 바꿨다.

"미안해요. 제 사진이 찍혔네요. 가져요. 공짜니까요."

남자가 말했다.

레이첼이 바위 위 내 옆으로 올라왔다.

"좋아요, 이번에는 제대로 부탁드려요."

비록 그녀가 지난밤에 사과하긴 했지만 나는 여전히 조심스러웠고 되도록 신체접촉을 줄이려고 노력하는 중이었다. 아니면 반대로 그녀가 신체접촉을 줄여서 내가 조심스럽게 반응하는 것이거나. 어느 쪽이든, 우리의 포즈는 영 자연스러워 보이지 않았다. 마침내 레이첼이 나에게 몸을 기대고 자칫 가벼워보일 수도, 혹은 진심으로 느껴질 수 있는 말투로 속삭였다.

"날 좋아하는 남자처럼 행동해도 괜찮아요."

나는 아무 말 없이 팔을 그녀의 어깨에 둘렀다. 레이첼은 남자에게 대략 열두 장의 사진을 찍도록 만들었다. 그녀는 남자에게 고맙다는 인사를 건네고 다시 내 옆으로 와 나에게 물 한 병을 권했다.

"물 좀 마셔요."

"괜찮아요."

"마셔요. 명령이에요."

물병을 받아 반 정도 들이켜고 난 뒤에 다시 그녀에게 건넸다.

"이제 행복해요?"

"왜 안 행복하겠어요? 당신과 함께 있는데."

그녀가 내 손을 잡았다.

"이제 가요."

* * *

우리가 호텔로 돌아왔을 때 시간은 거의 한 시를 가리키고 있었다. 나는 재빨리 샤워를 끝내고 스위트룸 거실로 나왔다. 레이첼이 나를 기다리고 있었다. 우리는 프런트까지 걸어나갔다. 차를 가져다 달라고 미리 요청해놓은 덕분에 주차 요원 옆에 이미 차가 준비되어 있었다.

"주소를 다시 찾아봐줄까요?"

"아니, 나한테 있어요."

나는 리조트 주차장에서 빠져나와 메사를 향해 차를 몰았다.

일요일이었고 피닉스의 교통량이 전날보다 상대적으로 적었던 탓인지 아버지 집에 10분이나 일찍 도착했다. 이번에는 흰색 스바루 임프레자가 진입로에 주차되어있었다.

"긴장돼요?"

레이첼이 물었다. 그녀를 보며 억지로 미소를 끌어당겼다.

"내가 왜요?"

그녀는 연민 가득한 눈으로 나를 바라보았다

"뭐가 제일 걱정돼요?"

"모르겠어요. 그러니까, 지금 내가 왜 여기에 있는 거죠?"

"제가 어머니를 찾는 이유와 같은 거죠. 자기 자신에 대해 알고 싶은 거예요."

"난 아버지가 아니에요."

"물론, 그렇긴 해도 아버지는 당신의 일부예요."

나는 숨을 깊이 들이마셨다.

"좋아요. 빨리 끝낼게요. 차 안에서 기다리는 거 괜찮겠어요? 좀 시간이 걸릴 수도 있는데."

"괜찮아요. 오래 걸리면 잠시 산책하죠, 뭐."

"여기 열쇠 놓고 가요."

레이첼이 히죽 웃었다.

"혹시라도 우리가 튀어야 할 상황이 생길까 봐요?"

내가 씩 웃었다.

"그럼 바로 튀어야죠."

차 문을 열고 나와서 집 앞으로 걸어갔다. 초인종을 누르기도 전에 현관문이 열렸다.

아버지가 문간에 서 계셨다. 본능적으로 나는 그가 바로 '그분'이라는 것을 알았다. 머리가 완전히 벗어져있었지만 여전히 잘생긴 얼굴이었다. 사실, 얼굴에 털이 거의 없었다. 눈썹과 속눈썹도 마찬가지였다. 수많은 생각이 뇌리를 스치고 지나갔다. 암에 걸렸나? 죽어가고 있는 걸까? 그래서 날 보고 싶어 했나? 죽음을 앞둔 사람의 참회 같은 것?

머리카락이 거의 빠진 것 말고는 건강해보였다. 눈빛은 밝았고 배를 편안히 덮은 카키색 바지에 토미 바하마 반소매 하와이안 셔츠를 입고 있었다. 아주 잠시 우리는 둘 다 아무 말도 하지 못했다. 이윽고 그의 눈에 눈물이 방울방울 맺혔다.

"제이콥."

나는 침을 꿀꺽 삼키며 운명의 수레바퀴처럼 빙글빙글 돌고 있는 내 감정이 어디에서 멈출지 기다렸다.

우리는 둘 다 어쩔 줄을 몰라 계속 그렇게 서있었다. 그의 아내, 아니면 적어도 전날 나와 얘기를 나눴던 그 여자가 아버지 등 뒤에서 걸어나왔다. 얼굴에 미소를 가득 채우고 그녀가 말했다.

"스콧, 어서 아들에게 들어오라고 하지 않고 뭐 해요?"

아버지는 마치 무아지경에서 깨어난 사람처럼 퍼뜩 정신을 차렸다.

"물론이지. 어서 안으로 들어오거라."

"고맙습니다."

나는 한 걸음 안으로 내디뎠다. 집 안은 시원하고 밝았다. 천장에 낸 채광창을 통해 햇빛이 안으로 쏟아져 들어왔으며 실내디자인은 현대적이고 깔끔했다.

"마실 것 좀 줄까?"

스콧이 말했다.

"네. 맥주 있으면 한 잔 마실게요."

"제가 가져올게요."

여자가 말했다.

"여긴 내 아내 그레첸이란다."

"어제 만났어요."

"다시 만나서 반가워요. 스콧, 당신도 마실 것 좀 가져다줄까요?"

"그럼 좋지. 나도 맥주 한 잔. 제이콥, 자리에 앉아라."

아버지는 손짓으로 소파를 가리켰다. 크롬 다리와 선명한 진홍색 쿠션으로 포인트를 준 연회색의 조립식 소파였다. 소파 옆 한쪽 테이블 위 가로세로 8x10 규격의 사진프레임에 나와 아버지의 모습이 담겨있었다. 아버지와 내가 어렸을 때 살던 집 현관 앞이었는데 나는 외투에 모자를 쓰고 있었고 그 옆으로 아버지가 내 손을 잡고 있었다.

도자기로 된 산타클로스 조각상 옆으로 우리 앞에 놓인 유리 커피 테이블에는 내 신간 양장본이 놓여있었다. 책이 잘 보이도록 일부러 거기 놓아둔 것 같았다. 아마도 그 사진 역시 마찬가지일 것이다.

내가 자리에 앉자 아버지가 내 옆쪽으로 소파와 한 세트인 뒤로 젖혀지는 긴 의자에 몸을 내려놓았다. 아버지의 눈시울이 여전히 볼그족족히 물들어 있었다. 나는 아버지가 어색함을 느끼면서도 동시에 나를 보고 무척 기뻐하고 있다는 것을 알 수 있었다.

그렇긴 해도, 우린 둘 다 무슨 말을 해야 할지 몰랐다. 이런 상황에 준비된 공식 대본이 존재하는 것도 아니고. 이런 얘길 책에 써보지 못한 게 아쉽네. 그랬다면 적어도 뭔가 기댈 만한 게 있었을 텐데.

스콧이 먼저 우리 사이의 격차를 좁혔다.

"그래, 피닉스에는 무슨 볼일로 왔니?"

"아버지요."

아버지는 그저 고개를 끄덕일 따름이었다.

"어떻게 지내셨어요?"

"난 괜찮아. 머리카락이 다 빠졌단다."

"암이에요?"

"웅, 고환암이야. 화학요법 때문에 머리카락이 다 빠져버렸어."

"도움이 됐나요?"

"의사들은 해볼 수 있는 건 다 해봤다고 생각해. 노환이야 어쩔 수 없다지만 컨디션은 꽤 나아졌어."

"그거 잘됐네요."

아버지가 동의하는 의미로 고개를 약간 끄덕거렸다.

"그래, 코들레인에 살지?"

"그건 어떻게 아셨어요?"

아버지가 손짓으로 내 책을 가리켰다.

"책 뒤에 쓰여있더라. 네 책을 읽었어. 전부 다. 아주 훌륭하더구나. 나한테서 물려받은 재능은 아닌 것 같은데."

그레첸이 짙은 호박색 맥주가 담긴 머그잔 두 개를 들고 다시 나타났다.

"스콧이 제일 좋아하는 맥주랍니다."

"고맙습니다."

"고마워, 여보."

그레첸이 떠난 후, 나는 맥주를 한 모금 들이켰다.

"제 책을 항상 저 탁자 위에 두세요?"

아버지가 싱긋 웃었다.

"네가 온다고 해서 꺼내 놓은 거야."

"그럼, 그렇지. 제 사진도요?"

"아니, 그건 늘 거기에 있었어. 20년 전에 여기로 이사 온 이후로 쭉."

믿어보지, 뭐.

"그래서, 지금은 무슨 일하고 계세요?"

"비상근직이긴 해도 여전히 사회 활동은 조금씩 하고 있어. 병원이나 정신의료기관 종사자들에게 컨설팅을 해줘. 어제는 투싼에 있었어. 일로 계속 바빠. 넌 어떻게 지내니? 책 쓰느라 늘 정신없지?"

"책 쓰고 홍보하고 또 그 외 잡다한 일들로요."

"재미있겠구나."

"그런 순간도 있죠."

순간 침묵에 휩싸였다. 우리 둘 다 맥주를 한 모금 더 들이켰다. 스콧이 의자에 등을 기대고 먼저 말을 꺼냈다.

"와줘서 고맙다. 그레첸이 네가 여길 들렀다고 얘기하는데 간밤에 도무지 잠을 못 이루겠더구나. 네 엄마 장례식에서 널 볼 수 있길 바랐었다. 네가 안 온 게 뭐 새삼 놀랄 만한 일은 아니다만, 그래도 사람 마음이라는 게 자꾸 기대하게 만들더구나. 네 엄마가 너에게 집을 남겼다는 얘긴 들었다."

"여태 그 집을 청소하고 있었어요."

아버지는 나를 신기한 듯이 쳐다보았다

"왜?"

"집이 아주 엉망진창이니까요. 엄마는 호더였어요."

"알아, 내 말은, 네가 굳이 왜? 넌 중요한 사람이잖아. 사람을 써도 될 텐데."

"그냥 제 눈으로 직접 엄마 유품을 확인해보고 싶었어요. 몇 가지 질문에 답을 해줄지도 모르고요."

"그게 일종의 카타르시스가 되기도 하지. 도움은 됐니?"

나는 맥주를 다 비우고 머그잔을 냅킨 위에 조심스럽게 내려놓았다.

"아니, 별로요. 하지만 과거의 고통을 직접 대면해본다면 좋을지도 모르죠."

그는 다 안다는 듯이 고개를 끄덕였다.

"뭐 물어보고 싶은 거라도 있니?"

나는 잠시 아버지를 쳐다보았다. 불쑥 속에서 참았던 구토를 게우듯이 말이 튀어나왔다.

"왜 저를 그 집에 남겨 놓고 떠나셨어요?"

그 말이 우리 사이에 연기처럼 감돌았다. 아버지는 시선을 떨구었고 얼굴이 슬픔으로 무너졌다. 술을 한 모금 들이켜고, 입가를 닦고, 또 한 모금을 들이켰다. 다시 그의 눈시울이 붉어졌다.

"내가 바보였다. 당시에는 그게 최선이라고 믿었어. 지옥으로 가는 길은 언제나 좋은 의도로 포장되어 있지 않니? 문제는 나 자신이 엉망이었다는 거야. 루스는 찰스의 죽음에 대해 언제나 날 비난했어. 나 역시 자책했고. 이미 네 엄마에게서 아들을 한 명 빼앗은 기분이었다. 또다시 엄마에게서 남은 아이를 빼앗을 수가 없었어. 어차피 주 정부에서 허락해주지도 않았겠지만. 남자들은 종종 양육권을 얻지 못하는 경우가 많아."

그는 천천히 숨을 내쉬고 말을 이었다.

"처음 네 엄마에게 이혼을 요구했을 때 널 데리고 가겠다고 말했다. 그랬더니 네 엄마가 그러더구나. '나한테서 아이를 하나 더

뺏고 싶다고? 그 애도 죽이고 싶은 거야?"

나는 침을 꿀꺽 삼켰다.

"차마 그럴 수가 없더구나. 내게 그럴 권리가 없었어. 내게 방문권이 있었지만, 그걸 가질 수가 없었단다. 그걸 원하지 않았다거나 절대로 널 그리워하지 않아서가 아니었어. 당시에 내가 그럴 능력을 상실해서였어. 슬픔과 죄책감에 시달린 나머지 해선 안 될 일을 하고 말았거든. 술을 입에 대기 시작한 거야. 긴 얘기를 짧게 줄이자면, 4년 후에 끊고 재혼해서 일에 복귀했단다. 정말 간절히 보고 싶었다. 하지만 한참이 지나서 너에게 고통을 주지 않고 다시 널 볼 방법을 찾을 수가 없었어. 직업상 한 부모가 갑자기 자기 앞에 나타난 사람들을 상담할 기회가 있었단다. 때때로 그게 상황을 더 뒤죽박죽 만들기도 하더구나. 그들에게 더 큰 고통을 안기면 안겼지 더 나아지지 않더라고. 너에게 그런 일을 겪게 하는 건 공평하지 않다는 생각이 들었다. 내게 그럴 권리도 없다고 느꼈고."

그의 표정은 여전히 진지했다.

"루스의 상태에 대해 솔직히 몰랐다는 걸 네가 이해해주면 좋겠구나. 너한테 무슨 짓을 하는지 전혀 몰랐어. 몇 년이 지나서야 네 엄마가 너를 방치하고 학대할지도 모른다는 생각이 들었어. 네 양육권 문제를 논의하러 아는 변호사한테 연락하고 심지어는 아동가족국에 근무하는 예전 친구들에게 전화해서 줄을 댈 수 있는지도 알아봤어. 그리고 나서 네 엄마한테 전화를 걸어 널 데려가겠다고 말했다. 그런데 그게 화근이 될 줄은 꿈에도 몰랐어. 루스가 완전히 기겁을 하더니 나중에 다시 전화했을 땐 네가 없어졌다고 했어. 가출했다고."

"제가 가출한 거 아니었어요. 엄마가 저를 쫓아낸 거예요. 어느 날 집에 돌아왔더니 제 물건이 마당에 널브러져 있었어요."

"오, 맙소사! 정말 미안하구나! 내가 도우려다가 오히려 널 잃고 말았어."

갑자기 아버지의 눈에 눈물이 그렁그렁 맺혔다. 눈물이 그의 뺨을 타고 주르륵 흘러내렸다.

"내가 더 강인하지 못해서 미안하다. 이제 와 미안하다는 말이 너무 터무니없게 들릴 거라는 걸 안다. 그 정도로는 어림도 없고 너무 늦었다는 걸. 네 용서를 바라지 않아. 너에게서 아무것도 바라지 않아. 하지만 그저 이 늙은이 혼자만의 생각일지라도 너에게 진심으로 미안하구나."

아버지의 사과가 헛되이 내게 밀어닥쳤다. 일순간 깊은 침묵에 빠졌다.

잠시 후 아버지가 다시 입을 열었다.

"난 널 찾으려고 노력했어. 단 한 번도 널 잊은 적이 없었다. 애써 내가 잘하고 있다고 믿었어. 그 믿음이 어디서부터 왔을까 생각해 보면, 루스가 항상 좋은 엄마였기 때문이었어. 내가 아빠였을 때보다도 더 좋은 엄마였거든. 네 엄마는 좋은 사람이었어. 적어도 내가 알고 있었던 그 시절에는. 네 엄마는 너희 둘을 끔찍이 사랑했단다. 찰스를 잃는 건 네 엄마 인생에서 가장 끔찍하고 힘든 일이었어. 루스가 날 몰아세우는 걸 이해하고도 남았지. 네 엄마에게 비난의 대상이 필요했다고 생각했어. 하지만 너를 비난의 대상으로 여길 줄은 상상조차 못 했다. 나중에서야 내가 루스를 떠나지 말걸 그랬다는 생각이 들더구나. 너와 네 엄마를 위해서. 하지만 늘 일이 터지고 나서야 깨닫게 되지 않더냐?"

고통스러운 마음에도 불구하고 나는 천천히 고개를 끄덕였다. 그러고 나서 그의 눈을 똑바로 바라보았다.

"아버지를 미워했어요."

"그럴 거라고 생각했다. 너에겐 날 미워할 이유가 차고 넘치니까. 내가 널 실망하게 했어. 게다가 네가 잃어버린 걸 되돌려줄 수도 없잖아. 지금 내가 널 위해 해줄 수 있는 일이 있다면 뭐든 하마."

아버지가 얼굴을 찡그려가며 눈물을 닦았다. 하지만 그의 눈은 다시금 붉어졌다.

"설사 네 인생에서 꺼져달라고 해도."

일순간 다시 침묵에 잠겼다. 아버지는 그가 할 수 있는 모든 말을 쏟아냈고, 이제 내가 응답할 차례였다. 마음이 어지러웠다. 아버지를 만나러 오면서 내가 무엇을 기대했는지는 확실하지 않았지만, 분명 이건 아니었다. 어쩌면 내 마음 한구석에서는 아버지가 자신의 행동을 애써 포장하려들 때 아버지를 향한 나의 증오와 분노에 대해 정당성이 부여될 줄 알았을 거다. 하지만 아버지는 그렇게 하지 않았다. 오히려 겸손하고 자기 비하적이었다. 속담에도 나오는 그 유명한 희생양이라고 해야 하나.

그 자리에 가만히 앉아있자니 진실에 관한 엘리즈의 말이 떠올랐다. 불과 한 시간도 안 돼 과거, 현재, 미래에 대한 내 시각이 바뀌었다. 솔직히 내가 아버지의 입장이었다고 해도 그렇게밖에는 하지 못했을 것만 같다. 내가 그의 실패를 탓할 수는 있다. 심지어 그의 판단까지도. 하지만 그의 마음을 비난할 수는 없다. 아버지는 자신의 실수로 깊이 고통받았다. 아니, 여전히 고통받고 있었다. 내가 그의 고통을 가중할 이유가 없다는 생각에 이르렀다. 다시 엘리즈의 말이 귓전에서 메아리쳤다. 은혜롭게. 은혜롭게.

아버지를 바라보았다. 사뭇 다르게 보였다. 마치 거울을 보는 것 같다고나 할까. 우리는 똑같은 장소에서, 똑같은 것을 추구하는 사람이었다. 그러니까 과거와 화해하고 싶은 사람들이란 말이다. 이 일을 굳이 나중으로 미루는 게 무슨 의미가 있겠는가.

"아버지가 할 수 있는 일이 있어요."

내가 마침내 입을 열었다.

"어떤 것이든 달게 받으마."

"아버지가 만났으면 하는 사람이 있습니다. 차 안에 있어요."

22

1986년 9월 24일

다이어리에게

오늘 우리 아기가 딸꾹질 같은 소리를 냈어. 아기에게도 자신의 삶이 있다는 생각을 하니 기분이 이상해. 나도 거기에서 딸과 함께 지낼 수 있으면 얼마나 좋을까. 사람들이 아무도 볼 수 없는 곳에서. 오늘 제이콥이 나에게 달에 가본 적이 있느냐고 물었어. 그래서 "아니."라고 대답했지. 그랬더니 꼬마가 "난 가봤어."라고 말하지 뭐야. 그래서 내가 "어때?" 하고 물어봤지. 그랬더니 제이콥이 대답했어. "형이 거기에 있었어." 난 이 꼬마가 너무나 사랑스러워.

노엘

레이첼을 집 안으로 안내하자 스콧이 호기심 어린 눈빛을 빛냈다.

"이쪽은 레이첼이에요."

아버지가 손을 내밀었다.

"만나서 반가워요."

"고마워요. 저도 만나서 반갑습니다."

"자, 앉아요."

레이첼과 나는 소파에 나란히 앉았다. 스콧은 다시 등받이가 젖혀지는 긴 의자에 자리를 잡았다.

"그래, 자네 둘은…… 결혼한 사이인가?"

"아니요. 레이첼은 친구예요."

"이런, 미안하게 됐네. 둘이 아주 잘 어울려서 그만."

레이첼이 웃었다.

"그런 생각을 한 사람이 처처 씨가 처음은 아니세요."

"마실 거 좀 가져다줄까?"

"저는 괜찮아요."

"제이콥이 그러는데, 나한테 물어볼 게 있다고?"

그녀가 나를 힐끗 쳐다보고 나서 시선을 아버지에게로 옮겼다.

"네, 큰 아드님을 잃었을 무렵 함께 살던 젊은 여자를 기억하시나요?"

아버지는 잠시 레이첼을 쳐다보다가 눈을 동그랗게 떴다.

"그래서 아가씨가 아주 낯이 익었던 게로군. 어머니를 쏙 빼닮았어."

레이첼의 호흡이 가빠졌다. 손을 뻗어 그녀의 손을 꼭 쥐었다.

"기억나. 노엘 엘리스라는 십 대 소녀였어. 유타주 로건 출신이었지. 우리 집에 왔을 때 거의 임신 3개월이었어."

레이첼을 곁눈질로 흘끗 쳐다보았다. 그녀는 벌벌 떨고 있었다.

"그분이 지금 어디에 사시는지 아세요?"

"연락한 지 꽤 오래됐네. 결혼 후 프로보로 이사하고 난 뒤부터는 아예 연락이 끊겼지. 그전까지는 자주 전화를 걸곤 했는데."

"왜요?"

내가 물었다. 아버지가 내 눈치를 살폈다.

"네 안부를 물어오느라고. 내 생각엔 노엘이 널 진심으로 아꼈던 것 같아. 물론, 그때 나도 곁에 있긴 했지만 노엘은 네 엄마가 어떤 상태였는지 알고 있었나 봐. 지금 생각해 보면 나보다 직감이 훨씬 더 뛰어났던 것 같아."

"만약 그분이 결혼했다면 성이 바뀌었겠네요."

"그렇지. '킹'이라는 성을 가진 남자와 결혼했을 거야. 내 생각엔 남편 이름이 키이스였던 것 같아. 아니, 케빈이었나."

아버지가 의자에 등을 기대고 잔을 마저 다 비웠다. 그러고 나서 무언가 생각난 듯 다시 말을 이어나갔다.

"노엘 킹. 이혼하고 유타주 밖으로 이사하지 않은 한 그녀를 찾는 건 그렇게 어렵지 않을 거야."

"정말 고맙습니다."

"도움이 됐다니 내가 더 기쁜걸."

바로 그때 그레첸이 걸어 들어왔다.

"다들 별일 없는 거죠? 점점 나만 소외되고 있는 것 같은 기분이 드네요. 집에 돌아온 걸 환영해요, 제이콥."

"고마워요."

그녀는 레이첼에게 돌아섰다.

"이름이 뭐예요?"

"레이첼이라고 합니다. 만나서 반가워요."

"그리고? 두 사람은……."

"그냥 친구예요."

레이첼이 다소 황급히 정리했다. 내 가슴이 살짝 아렸다.

"아. 거참 안타깝네요. 같이 있는 모습이 너무 예쁘고 보기 좋은데."

"나도 아까 그렇게 말했어. 뭐 예쁘다는 말은 쓰지 않았지만."

아버지가 끼어들었다. 그레첸이 미소를 머금었다.

"어, 음식이 거의 다 됐어요. 지금 연어를 굽고 있는데, 제가 꽤 잘한다는 칭찬을 듣는 편이죠. 우리와 함께 식사하고 싶다면 정말 기쁠 거예요."

나는 레이첼을 바라보았다.

"저는 연어 정말 좋아해요."

"저도 아주 좋아합니다."

"잘됐어요. 레이첼, 내가 마무리하는 동안 부엌에 잠깐 들어와 보지 않을래요? 여자들끼리 수다 좀 떨어요."

"물론이죠."

두 사람이 자리를 떠나고 아버지와 단둘이 남겨졌을 때 내가 말했다.

"그레첸은 좋은 분 같아요."

"정말 좋은 여자야. 난 운이 좋은 사람이야, 제이콥. 살면서 두명의 좋은 여자와 결혼했으니까. 둘 모두에게 고맙게 생각해."

아버지가 시선을 바닥으로 떨어뜨렸다. 나는 아버지를 물끄러미 바라보았다

"엄마가 그렇게 했는데도요?"

"네 엄마가 그렇게 했는데도? 루스는 내게 사랑을 줬어. 나에게 널 선물해줬고, 네 엄마 장례식에서 울었다. 하지만 네 엄마는 훨씬 전에 죽은 거나 다름없었어. 난 예전의 네 엄마를 기억해, 제이콥. 그리고 여전히 그때 그 모습을 사랑해. 그 마음은 항상 변치 않을 거야. 난 네 엄마에게 연민을 느껴. 네 엄마가 그렇게 변해버렸어도 측은하게 생각할 뿐이지 경멸하는 건 아니야. 루스는 존중받아 마땅해."

아버지가 다시 내 눈을 똑바로 바라보았다.

"너와 찰스를 내게 선물해줬잖아. 그거 말고 내가 더 바랄 게 뭐가 있겠니?"

23

1986년 10월 22일

다이어리에게

난 요즘 더 피곤해. 이 볼링공을 배 속에 넣고 다니는 게 여간 힘든 게 아니야. 아니, 힘든 것 이상이야. 난 그냥 가끔 침대에 누워있고 싶어, 처처 씨 부인처럼. 하지만 난 그렇게 못해. 내가 이 집의 모든 요리와 청소를 도맡아 하고 있거든. 요즘에는 내가 제이콥의 유일한 엄마인 것 같아. 이따금 처처 씨가 늦지 않으면 도와주곤 하지만 직장에서 매우 바빠. 사실 이런 상태인 아내와 집에 있는 게 더 힘들지 않을까 궁금하기도 하지. 그래서 그는 집에 거리를 두고 있는 것 같아. 처처 씨도 무척 슬퍼하고 있어. 나는 그가 아들의 죽음에 자책하고 있다는 걸 알아. 인생이 왜 이렇게 힘들어야 하는 거지? 피부가 가려워서 미칠 것 같아. 제발 가려움증이 멈췄으면 좋겠어.

노엘

저녁 초대를 받아들이길 정말 잘했다는 생각이 들었다. 꼭 음식이 훌륭했기 때문만은 아니다. 그레첸이 우리가 그들과 함께 식사할지도 모른다는 한 가닥 희망을 붙들고 저녁 식사 준비를 하느라 부엌에서 하루 온종일을 보낸 것이 틀림없었기 때문이다.

가벼운 아루굴라와 아보카도 샐러드로 시작해 윤기가 흐르는 달콤한 당근, 마늘 껍질 콩, 그리고 바삭바삭 구운 햇감자를 곁들인 연어가 나왔다. 후식으로는 그레첸이 시원한 딸기 브릴레라고 부르는 것을 먹었는데 얼핏 캐러멜을 녹여주는 크렘브릴레와 비슷했지만 특정한 요리법을 따르지 않았거나 그 위에 캐러멜을 녹인 설탕을 얹지 않은 게 분명했다.

식사를 마치고 우리는 식탁에 둘러앉아 담소를 나누었다. 스콧은 특별한 날을 위해 아껴둔 4년 된 리오자 블랑코 와인 한 병을 꺼냈다. 특별한 와인인 만큼 만찬과 완벽하게 어울렸다. 레이첼도 조금 마셨다. 딱 한 잔이었지만 즉시 취기가 올라왔다.

레이첼이 그레첸에게 말했다.

"저는 진짜 술을 못해요. 사실, 술을 안 마시거든요."

"그럼 많이는 입에 대지 말아요."

"아주 조금만 더 마시겠습니다."

아버지가 그녀의 컵을 반쯤 채웠다.

"자, 여기 받게."

"고맙습니다. 난 아마도 술꾼인가 봐요."

우리 모두 웃었다.

정말 즐거운 저녁 식사였다. 솔직히 내가 예상했던 방식은 아니었다. 분위기가 무르익자 아버지가 물었다.

"네가 얘길 좀 해줘야겠구나. 엄밀히 말하면, 너희가 한때 같은 집에 살긴 했지만, 서로 만난 적은 없을 텐데 둘이 어쩌다 엮인 거냐?"

레이첼이 나를 보고 밝게 웃었다.

"제 잘못이었어요. 제가 생모에 대해 말해줄 사람을 찾고 싶어서 계속 그 집에 갔었거든요. 어느 날 제가 들렀는데 거기에 제이콥이 있었던 거예요……. 운이 좋았죠."

"우연이었지만 운이 좋았어요. 그날은 정말 좋은 하루였죠."

레이첼이 웃었다.

"저희 둘 모두에게요."

나는 목청을 가다듬었다.

"레이첼은 약혼했어요."

그레첸의 시선이 레이첼에게 꽂혔다.

"오? 행운의 사나이는 누구죠?"

"이름은 브랜든이고 세인트조지 출신 회계사예요."

"흠, 브랜든은 틀림없이 멋진 남자일 거야. 내 말은, 제이콥이 쉽지 않은 경쟁자라서가 아니라 자네가 아주 탐나는 사람이라는 뜻이네."

"몸 둘 바를 모르겠네요."

레이첼이 나에게 몸을 돌리며 물었다.

"제가 정말 탐나는 사람이라고 생각해요?"

"그럼요."

레이첼이 묘한 표정으로 나를 바라보았다. 스콧과 그레첸도 눈치 챈 게 틀림없었다. 동시에 아무도 말을 꺼내는 사람이 없었으니까. 마침내 그레첸이 침묵을 갈랐다.

"커피 드시겠어요? 디카페인도 있는데."

"아니요, 저는 괜찮아요. 고마워요."

"고맙습니다. 하지만 정말 긴 하루였어요. 이제 호텔로 돌아가 봐야 할 것 같아요."

"긴 하루 이상이었죠. 정말 행복한 하루였어요."

"위하여."

내가 잔들 들어 올리며 말했다.

* * *

현관에서 아버지가 내게 말했다.

"고맙다. 내게 기회를 줘서."

나는 천천히 고개를 끄덕였다.

"사실대로 말씀해주셔서 감사드려요. 레이첼에게도요."

"내가 좋아서 한 일인걸."

"궁금한 게 있어요. 레이첼의 어머니에 대해 말씀하신 얘기요. 그 정보를 공유해도 괜찮을까요?"

"사실, 그건 합법적인 건 아니야."

"주 정부와 갈등을 겪을 수도 있을까요?"

아버지가 어깨를 으쓱했다

"아마도."

"그런데도 얘길 해주셨군요."

"널 위해 할 수 있는 일이라면 뭐든 하겠다고 말했잖니. 어떤 제안이든 가릴 때가 아니었다. 네가 레이첼의 엄마가 누구냐고 물었기 때문에 말해준 거야."

"고마워요. 이게 그녀에게 얼마나 큰 의미인지 아버지는 잘 모르실 거예요."

"너도 이게 나에게 얼마나 큰 의미인지 모를 게다. 뭐라도 해줄 수 있는 게 있어서 정말 기쁘구나."

"저도 그래요."

아버지가 갑자기 무거운 한숨을 내려놓았다. 그가 나직이 속삭였다.

"있잖아, 레이첼에게 너무 큰 기대는 안 하는 게 좋을 거라고 전해줘라."

"왜요?"

"노엘의 부모는 딸의 임신을 감추기 위해 무진장 애를 썼어. 그

일을 평생 비밀로 간직하길 바랄 거야. 노엘이 결혼할 때 남편에게 아이를 낳았다고 말하지 않았을 가능성이 커. 결혼 상담하면서 우연히 그런 사실을 알게 된 게 이번이 처음은 아니거든."

나는 생각에 잠긴 채 고개를 끄덕였다.

"네, 그녀에게 전할게요. 감사합니다."

"언제 다시 만날 수 있을까?"

"시간을 정하세요."

"넌 바쁜 사람이잖니. 네가 언제라고 말하면, 우리가 거기로 갈게. 그레첸하고 나는 운전하는 걸 좋아해. 비행기 타는 건 영 별로야."

내가 고개를 끄덕였다.

"그래서 제가 그런 거였군요."

24

1986년 10월 29일

다이어리에게

이틀 전에 진통이 오는 줄 알았어. 처처 씨가 퇴근해서 나와 제이콥을 부리나케 병원까지 태워다줬어. 그런데 병원에서는 브락스톤 히크스라는 가성 진통이라고 하더라. (물론 그 이름은 어떤 남자의 이름을 따서 지은 거래. 그가 그 진통을 겪어보기나 했을까!) 나라면 내 이름을 따서 가성 진통을 명명하지는 않을 거야. 아무튼 처처 씨에게 괜한 고생을 시킨 것 같아서 죄송스러워. 꼬마 제이콥은 몹시 혼란스러워했어. 의료진이 나만 검진실로 데려가니까 울기 시작했어. 심지어 자기 아빠랑 같이 있고 싶어 하지도 않더라고. 나한테만 꼭 붙어 있고 싶어 했어.

노엘

레이첼은 우리가 만난 이후로 가장 행복해보였다. 나는 시원한 밤공기도 들이마실 겸 차창을 조금 열었다. 호텔로 돌아가는 길에 내가 말했다.

"정말 즐거운 밤이었어요. 난 진짜 어색할 줄 알았거든요. 예상과 달리 정말 완벽했어요."

"당신 아버지가 정말 기뻐하시더군요. 당신을 만나서 저도 기뻐요."

내가 그녀를 어깨너머로 흘끗 쳐다보자 갑자기 그녀가 웃었다.

"정말 기분이 좋아요."

"와인 때문이에요."

"아무래도 더 자주 마셔야겠어요."

"음, 오늘 밤 말고."

"왜요?"

"이미 충분히 마셨으니까요."

* * *

리조트에 가까워지면서 레이첼은 급격히 말수가 줄어들었다. 나는 술김에 잠이 오는 건 아닌지 궁금했다. 열쇠를 주차 요원에게 건네주고 레이첼의 팔을 붙들고 호텔로 걸어들어갔다.

스위트룸으로 이어진 긴 복도를 걸어가는 동안 그녀가 내 어깨에 머리를 기댔다. 나는 팔로 그녀의 어깨를 감쌌다. 우리는 방으로 들어갔고, 레이첼이 부드러운 미소를 지으며 내 쪽으로 얼굴을 돌렸다.

"어머니를 찾을 수 있게 도와줘서 고마워요."

"천만에요. 우리가 서로 도와준 거죠."

그녀는 내 눈을 바라보았다.

"당신이 한 말, 진심이었어요?"

"내가 뭐라고 했었죠?"

"내가 정말 탐나는 사람이라고 생각해요?"

"네, 그럼요. 그건 당신이 절세미인이어서가 아니라 정말 좋은 사람이기 때문이에요. 당신은 아주 다정해요."

레이첼이 키득거렸다.

"저는 다정해요. 나 좋아해요?"

그녀가 손가락으로 내 가슴을 간지럽혔다.

"물론이죠."

"브랜든은 날 좋아하지 않는 것 같아요. 내 생각에 그는 나와 결혼하고는 싶어 하는데, 할 수만 있다면 날 바꾸려들 거예요. 나한테 목줄을 맬 거라고요."

내가 껄껄 웃었다.

"정말 그렇게 한다면 그 남자는 바보예요. 그리고 당신 술을 너무 많이 마셨어요."

"조금밖에 안 마셨어요."

"알아요. 하지만 당신에게는 조금이 많은 겁니다."

레이첼의 눈이 어린아이처럼 연약하게 부드러워졌다.

"날 사랑해요?"

내 가슴이 두근거렸다. 나는 그녀의 눈을 들여다보았다.

"네."

"저도 사랑해요. 당신을 사랑해요. 내가 아는 그 어떤 사람보다도 더."

레이첼이 나에게 몸을 바짝 기울였고 어느새 우리의 입술이 맞닿았다. 부드러웠던 입맞춤은 점차 열정적이고 강렬하게 변했다. 잠시 후 그녀가 나에게서 한 걸음 물러나더니 내 손을 끌어당겼다.

"이리 와요."

그녀가 나를 침실로 이끌었고 둘 다 침대 위로 넘어졌다. 우리는 마치 자석처럼 딱 붙었고, 레이첼의 부드럽고 도톰한 입술이 내 입술에 녹아들었다. 이윽고 그녀가 손을 뻗어 내 옷을 벗기기 시작했다. 나는 레이첼의 손을 붙들고 그녀를 멈춰 세웠다.

"안 돼요. 이러면 안 돼요."

내가 일어나 앉으며 말했다.

"아니, 우린 할 수 있어요. 난 당신을 원해요."

"아니, 내일이면 날 미워하게 될 거예요. 당신은 다른 남자와 약혼했어요."

"더는 약혼하고 싶지 않아요."

"맨정신도 아닌 상태에서 그걸 지금 결정할 수는 없어요. 당신을 이용해서 당신을 잃고 싶지 않아요."

레이첼이 훌쩍거리기 시작했다.

"당신은 날 잃지 않을 거예요."

"아니, 잃게 될 거예요. 당신 죄책감이 당신을 산 채로 잡아먹을 테니까요. 당신은 원치 않겠지만 그렇게 될 거라고요."

그녀가 젖은 눈으로 나에게 애원했다.

"하지만 당신은 날 원하지 않나요?"

"내가 아는 다른 누구보다도 더 많이 당신을 원해요."

나는 그녀에게 다시 키스했다. 그러고 나서 그녀에게서 시선을 떼지 않은 채 일어섰다.

"아침에 얘기해요, 레이첼. 우리 아침에 계획을 세워요."

나는 그녀의 방에서 나와 아예 스위트룸 밖으로 걸어나갔다. 후끈 달아오른 몸을 식히기 위해 잠시 리조트 주변을 거닐었다. 그녀가 나를 원하는 것 이상으로 내가 더 그녀를 원했다고 확신했다. 하지만 그녀를 하룻밤 상대로 원한 게 아니었다. 그 이상을 원했다. 그리고 그녀의 몸이 내 몸에 녹아들었을 때 나는 죄책감이 그녀 스스로 감당할 수준을 넘어설 것임을 확신했다.

그날 밤늦게 침대에 몸을 내려놓았을 때 문득 햄릿의 인용구가 생각났다.

'하여 양심은 늘 우리를 겁쟁이로 만드는구나.'

25

12월 19일

1986년 11월 25일

다이어리에게

　지난 몇 주 동안 글을 쓰지 못했어. 그냥 아무것도 쓰고 싶지 않았어. 딱히 새로운 일도 없었고. 이번 주 목요일은 추수감사절이야. 아무도 추수감사절 얘길 꺼내지 않더라. 나는 처처 부인을 알아. 아마 아무것도 안 할 거야. 정말 피곤하긴 하지만 처처 씨한테 내가 기꺼이 추수감사절 음식을 준비하겠다고 말했더니 좋을 것 같다고 하셨어. 내일 제이콥을 데리고 쇼핑몰에 갈 거야. 호박파이를 어떻게 만드는지 잘 모르지만 어렵지 않을 것 같아. 파이는 하나면 충분해. 우리 엄마는 파이를 정말 잘 구우셔. 사과, 민스미트(mincemeat : 파이 재

료로 쓸 말린 과일, 양념 등을 섞어 놓은 것 - 옮긴이주), 호박, 체리 파이
도 만드실 거야. 큰 칠면조도 있겠지. 온 가족과 지니엘 고
모, 그리고 그녀가 돌보는 200명의 아이가 한자리에 모일
거야. 내 가족이 보고 싶다. 그들이 저녁 식사 때 내 얘길 하
면서 학교에서 어떻게 지내느냐고 물어볼지 궁금해. 우리 엄
마는 이렇게 말씀하시겠지. "아, 다들 잘 알겠지만, 노엘은 성
적이 우수한 학생이야."

요즘 여기에는 감사하는 사람이 별로 없는 것 같아. 별똥
별이 이 집에 떨어진다면, 차라리 여기 모든 사람이 더 잘 살
수 있을 거야. 제이콥만 빼고. 만약 별똥별이 떨어진다면, 내
가 몸을 던져서라도 꼬마를 보호해줄 거야. 나는 이 꼬마를
위해 내 목숨을 바칠 수도 있어. 이번 추수감사절에 감사한
건 뭐가 있을까? 나는 어린 제이콥에게 감사할 거야.

노엘

다음 날 아침 가벼운 숙취와 함께 잠에서 깼다. 침대에서 조금
더 눈을 붙였다. 거의 9시였다. 숙취인지 아닌지 내 얼굴에 환한
미소가 피어올랐다. 막 복권에 당첨된 기분이었다. 레이첼도 날
원했다.

반바지에 티셔츠 차림으로 그녀의 방으로 건너갔다. 처음에는
햇빛이 너무 안으로 들이칠까 봐 조심스럽게 문을 열었다. 그러나
놀랍게도, 그녀의 방은 이미 햇살로 가득했다. 블라인드가 올려져

있고 방은 텅 비어있었다.

"레이첼?"

산책하러 나갔나? 그녀의 침실로 걸어들어갔다.

"레이첼?"

이번에는 화장실을 확인했다. 그녀의 여행 가방이 없어졌다. 아니, 모든 게 사라졌다. 그녀가 사라졌다. 나는 스위트룸 앞으로 다시 걸어나왔고 문 옆 조리대에 쪽지가 놓여있는 걸 발견했다.

제이콥에게,

가슴에 묵직한 통증을 느끼며 어두운 기분으로 한밤중에 깨어났죠. 무엇보다도 부끄러웠죠. 내가 지금 여기서 뭘 하는 거지? 다른 남자와 방까지 함께 쓰면서? 도대체 어떤 여자가 다른 남자와 몰래 여행 와서 그를 유혹하려 들까요? 정말이지, 정말이지 부끄러워요. 어젯밤은 술기운 때문에 빚어진 실수였다고 애써 되뇌어 보지만, 저는 진실을 알아요. 처음부터 난 당신 아버지를 만날 필요가 없었어요. 당신이 전해주면 되니까. 당신 아버지가 특별히 날 만나서 말해줄 수 있는 건 아무것도 없어요. 사실은, 저는 당신과 함께 있고 싶어서 같이 간 거예요. 그런데 그건 옳지 않아요. 당신이 브랜든을 질투하는 걸 보면서 제가 좋아하는 건 잘못된 거예요. 그 사람보다 당신과 함께 있는 게 더 좋다니 말도 안 되는 일이에요. 무엇보다도, 브랜든이 저를 전적으로 신뢰하고 있는데 제가 그를 속인 건 큰 잘못이에요.

어젯밤 당신은 제가 정말 좋은 사람이라서 저를 사랑한다고 말했어요. 하지만 저는 그럴 만한 사람이 못 돼요. 그렇게 되고 싶지만 저는 아니에요. 당신은 좋은 여자를 만날 자격이 있어요. 어젯밤 당신은 정말 옳은 일을 한 거예요. 저는 제가 생각했던 여자가 아니었어요. 제 죄책감이 더 악화되지 않게끔 저를 존중해줘서 고마워요. 그리고 용서해줘요. 저는 언제나 당신을 생각할 거예요. 사랑을 담아,

레이첼

추신: 어머니의 다이어리를 읽게 해주셔서 감사합니다. 가지고 가고 싶었는데, 그건 제 것이 아니에요. 어머니는 제가 아니라 당신에게 더 애틋한 분이었다는 걸 깨달았어요.

쪽지를 조리대 위에 내려놓고 그 밑에 있는 찬장 문을 힘껏 발로 걷어찼다.

26

1986년 11월 27일

다이어리에게

추수감사절은 사실 좋았어. 심지어 처처 부인도 잠깐 얼굴
을 비추고 약간의 칠면조와 그 안을 채운 소와 으깬 감자
를 먹었어. 나에게 고맙다고 말하고는 다시 침실로 돌아갔지.
처처 씨는 고통스러워했어. 딱 봐도 알겠더라. 저녁 식사 후
에 설거지하러 갔는데 그가 나를 도와주러 왔어. 내 옆에 섰
는데 울음을 삼키고 계셨어. 내가 그의 어깨를 토닥거리자
처처 씨가 내 어깨에 머리를 파묻고 몸을 들썩거리며 흐느끼
셨어. 보기에 따라서는 자칫 볼썽사나웠을 수도 있었겠지만,
슬픔이 무슨 미인대회는 아니잖아. 제이콥이 내 다리를 붙
잡았어. (꼬마가 질투한 것 같아.) 이 모든 슬픔의 한가운데 하느님
은 도대체 어디에 계신 거지? 하지만 어쩌면 이 힘든 시기에

내가 이 집에 온 건 하느님의 계획이었을지도 몰라. 왜냐하면 어떤 날은 이 집에서 내가 유일하게 버티고 있는 사람 같거든. 제이콥을 재우고 있었는데, 꼬마가 왜 우리가 추수감사절을 지내는지 물었어. 나는 아이에게 순례자 얘길 들려줬지. "우리가 감사해야 할 것들을 잊지 않기 위해서야." 제이콥이 나에게 뭐가 고마운지 묻더라. 나는 감사야말로 우리가 기쁘게 해야 할 일이라고 말했지. 그러자 아이가 나에게 감사하다고 말하는 거 있지! 울컥했지. 하지만 또 꼬마가 말했어. 위핑크림에게도. 나는 제이콥에게 입을 맞춰주며 웃었어.

임신한 내 겉모습과 관련하여, 아기가 골반 쪽으로 내려왔고 내 가슴은 점점 더 커지고 무거워지고 있어. 누군가가 내 몸속에 침입한 것 같아. 잠깐, 누군가 그런 게 맞지.

노엘

이제 집에 갈 시간이었다. 솔트레이크가 아니라 진짜 내 집, 코들레인으로.

도시를 빠져나가는 길의 교통상황은 끔찍했다. 사실, 솔트레이크로 돌아가는 길 내내 끔찍했다. 거의 비행기 타는 것 못지않게 형편없었다. 아니, 더 나빴다. 차라리 비행기 안이라면 가만히 앉아서 마음이나 진정시킬 수 있었을 텐데. 운전은 시간이 무려 열 배나 더 걸리니까. 피닉스에다 차를 버리고 솔트레이크로 가는 다음 비행기를 타고 싶은 유혹마저 느꼈다.

차로 내려온 길을 다시 거슬러 되돌아가는 것은 마치 취소된 공연을 재관람하는 기분과 비슷했다. 실제로 가는 길 내내 레이첼의 환청에 시달렸다. 여기서 레이첼이 이런 말을 했었지. 여기서는 그 얘길 하면서 웃었어. 참담했다. 그런데 가장 절망적인 건 이 비참한 꼴이 금방 끝나지 않을 것 같다는 거다.

왜냐하면 내가 사랑에 빠졌던 여자가 책임감과 종교적 의무로 사람을 교묘하게 잘 다루는 보잘것없는 남자와 결혼해서 남은 평생을 비참하게 살 테니까. 그리고 나는 평생 그녀를 잊지 못하고 그녀 때문에 상처받을 테니까.

수년 동안 내 마음이 이토록 아팠던 적은 없었다.

유타주 남부의 작은 마을인 판귀치를 지날 때였다. 로리에게서 전화가 걸려왔다.

"어디예요?"

"집까지 운전하는 중이에요."

"코들레인 말인가요?"

"아니, 솔트레이크요."

"목소리가 왜 그래요?"

"내 목소리가 어떤데요?"

"화가 난 것 같아요. 막 총기 난사라도 할 것 같은 기세인걸요."

"진짜 그럴까 봐요."

"음, 아버지와 일이 잘 안 풀렸군요."

"아니, 그 반대예요. 생각보다 일이 아주 잘 풀렸죠. 하지만 레이첼을 놓쳤어요."

"레이첼이 누군데요?"

나는 망설였다.

"아무도 아니에요."

로리는 더 물어볼 필요도 없었다.

"정말 안 됐군요. 제가 할 수 있는 일이 있을까요?"

"아니, 그냥 나만의 공간이 필요해요."

"알았어요. 안전 운전하고 코들레인에 돌아오면 알려줘요. 뭐 그전에라도 언제든 전화 줘요. 난 항상 당신 편이니까요."

"고마워요."

"차오, 키스를 보내요. 몸조심해요."

"차오."

나는 최대한 속력을 냈고 실제로 밤 9시 전에 그랜드 아메리카 호텔로 돌아왔다. 솔트레이크는 춥고 황량했다. 딱 내 기질과 맞아떨어졌다. 솔직히 뭘 어떻게 해야 할지 몰랐다. 아니, 알고 있었다. 집에 돌아가서 한 일주일 술에 절어 살다가 다시 부지런히 일을 시작하는 거다. 그리고 레이첼에 대한 감정의 불씨가 사그라들길 기다리는 거다.

그럼에도 여전히 솔트레이크에서 할 일이 남아있었다. 브래드와 몇 가지 서류에 서명할 필요가 있다. 그 후 내 꿈속의 그녀를 만나러 갈 참이었다. 가능한 한 빨리 두 가지 일 모두 해치운 다음, 이전의 외로운 삶으로 돌아갈 계획이었다.

침대에 몸을 내려놓으면서 생각했다. 적어도 책 한 권 분량은
나오겠군.

27

12월 20일

1986년 12월 3일

다이어리에게

    오늘 아침 제이콥이 산타에게 보낼 크리스마스 선물 목록을 작성하는 걸 도왔어. 꼬마가 나에게 뭘 받고 싶으냐고 묻기에 내가 말했지, 아기. 아이가 말했어. "아기 예수님 같아." 내가 대답했지. "제이콥도 크리스마스 선물이야." 나는 그 아이가 어떻게 그런 생각을 했는지 모르겠어. 여기선 아무도 예수님에 대해 말하지 않거든. 그때 제이콥이 말하길, 예수님은 크리스마스 선물로 골든 피닉스 프랑크 소시지를 받게 될 거래. 그러면서 아기는 무슨 선물을 받을 거냐고 물었어. 그런데 나도 모르게 말이 그냥 입에서 튀어나왔어. "엄마." 제이콥이 나더러 왜 우냐고 묻더라.

노엘

나는 9시 15분쯤 잠에서 깼다. 막 전화 한 통을 놓쳤다. 나는 도르르 몸을 굴려 핸드폰을 확인했다. 브래드 캠벨이었다. 내가 그에게 다시 전화를 걸었다.

"처처 씨, 잘 계시죠?"

"네, 잘 있습니다."

"일요일에 집에 들렀는데 안 계시더군요."

"피닉스에 있었어요."

"우와, 좋으셨겠어요. 날씨도 우중충한데 저도 휴가나 쓸까 봐요. 피닉스로 날아갈 핑계거리를 찾아봐야겠네요. 아니면 세인트조지라도."

브래드의 입에서 세인트조지가 튀어나오자 바로 레이첼이 떠올랐다. 더불어 고통도 함께 따라왔다.

"제게 줄 서류가 있나요?"

"네, 맞아요. 원하신다면 호텔로 가져다드릴 수 있습니다."

"그럼 좋을 것 같네요."

"점심 드실 시간 있으세요? 그랜드에 근사한 레스토랑이 있는데."

"좋죠. 늦은 점심 어때요?"

"얼마나요?"

내가 잠시 시간을 가늠해보았다.

251

"두 시쯤. 오늘 체크아웃할 거예요."

"두 시 좋아요. 집으로 돌아가시는 거죠?"

"그전에 할 일이 한 가지 더 남아있어요."

"음, 여기 이렇게 와주셔서 감사드려요. 기억에 남는 방문이었으면 좋겠군요."

"기억에 남다마다요. 그럼 두 시에 뵙겠습니다."

* * *

운동을 거르고 단백질바로 아침 식사를 대신한 뒤 욕실로 향했다. 샤워실 바닥에 주저앉아 폭포수처럼 흘러내리는 물을 맞으며 깊은 생각에 빠져들었다. 내가 뭘 잘못한 거지? 나는 옳은 일을 하려고 노력했을 뿐이다. 그리고 그건 정말 힘든 일이었다. 그런데 엉뚱하게도 폭탄이 나에게 떨어졌다. 또 한편으로는, 어차피 안 될 일이었다는 생각도 들었다. 내가 옳게 행동하지 않았다면, 레이첼의 죄책감이 얼마나 클지 헤아릴 수조차 없을 테니까. 혹시라도 그녀가 전화했을까 싶어 휴대전화기를 확인해보았지만, 아무것도 없었다. 아마 전화 안 하겠지.

나는 가방을 프런트에 맡기고 호텔의 가든 카페에서 브래드를 만났다. 음식이 나오자 브래드가 물었다.

"그래서 그 집은 어떻게 처리하기로 하셨나요?"

"그냥 팔기로 했어요."

"혹시 부동산 중개인이 필요하세요? 그 동네에 있는?"

"그럼 도움이 되겠죠. 좋은 데 알아요?"

"몇 군데 알아요. 그들이 잘 처리해줄 거예요."

그가 가죽 포트폴리오를 들어 올렸다.

"제가 서류를 가져왔습니다."

브래드는 내 음식 옆쪽으로 서류뭉치를 올려놓았다. 서류마다 내가 서명해야 할 부분에 각종 포스트잇이 붙어있었다.

"이런, 제게 펜이 없네요."

"제 펜을 하나 드리죠."

브래드는 회사 이름이 새겨진 검정 플라스틱 펜을 나에게 건넸다. 나는 모든 서류에 서명하고 서류를 돌려주었다.

"감사합니다, 작가님. 이제 공식적인 업무는 모두 끝났습니다. 혹여라도 변호사의 도움이 필요하면 어디에 연락해야 할지 아시죠."

"이미 제 전화기에 있습니다."

내가 펜을 들어올리며 덧붙였다.

"그리고 바로 여기에도 있네요."

"그 펜 절대 잃어버리시면 안 됩니다."

그가 너스레를 떨었다. 내가 계산서에 손을 뻗었더니 브래드가 먼저 그 위에 손을 얹었다.

"제가 낼게요. 이건 어디까지나 사업비죠."

"점심 감사합니다. 사실, 모든 일에 감사드려요. 특히 어머니의 마지막을 잘 보살펴주셔서요."

그가 묘하게 만족스러운 미소로 나를 바라보았다

"엄청 많이 치우셨던데요!"

* * *

우리는 작별 인사를 했고 나는 차를 정문 앞에 대고 벨보이에게
짐을 가져다 달라고 부탁했다. 차 뒷문을 열자 벨보이가 내 여행
가방을 뒤쪽에 놓았다. 여행 가방의 지퍼를 열어 가죽 다이어리를
꺼냈다. 그런 다음 뒷문을 쾅 닫고 벨 캡틴에게 팁으로 10달러를
건네자 그가 고맙다는 인사와 함께 덧붙였다.

"곧 돌아오시길 바랍니다."

"그럴 것 같지는 않지만, 좋은 하루 보내요."

차에 올라타자마자 크리스마스 음악에 라디오 주파수를 맞춘
후 호텔의 원형 드라이브 밖으로 빠져나와 노엘을 찾기 위해 남쪽
으로 향했다.

* * *

노엘 킹처럼 특이한 이름을 가진 여자를 찾는 건 어렵지 않았
다. 미국에는 단 두 명의 노엘 킹이 살고 있었고, 유타에 오직 한
명의 노엘 킹만이 존재했다.

그녀는 더 이상 프로보에 살지 않았다. 결혼 후, 남쪽으로 15킬

로미터 떨어진 스페인 포크라고 불리는 작은 마을로 이사했다. 솔트레이크 시내에서 15번 고속도로를 타고 남쪽으로 83킬로미터 떨어진 곳이었는데 한 시간도 채 걸리지 않았다. 아이러니하게도 레이첼과 내가 피닉스로 가는 길에 지나쳤던 곳이었다.

스페인 포크는 인구 약 3만 5천의 작은 마을이다. 킹 씨가 사는 집을 찾는 건 어렵지 않았다. 30년 이상 내 꿈속에서 살았던 노엘 킹은 마을의 유일한 묘지와 단 하나뿐인 중학교 사이에 끼어있는 센테니얼 파크의 남쪽, 울프 할로우 드라이브라는 거리에 실제로 살고 있었다.

집은 심지어 우리 어머니 집보다 더 작았는데, 상자 모양의 타일 지붕과 긴 현관이 있었다.

여기도 솔트레이크만큼이나 많은 눈이 내렸지만, 집 앞 산책로와 보도처럼 진입로 역시 눈이 깨끗하게 치워져있었고 말끔했다.

집은 크리스마스를 맞아 집 전체에 걸어놓은 여러 가지 빛깔의 조명과 앞뜰에 놓인 실물 크기의 색 바랜 9개 세트의 모델로 장식되어 있었다. 요셉과 메리가 아기 예수와 함께 관리인 옆에 무릎을 꿇고 있었고 세 명의 현인, 양치기, 그리고 낙타와 당나귀가 있었다. 아주 작은 마당치고는 꽤 야심차게 전시해 놓은 모습이었다.

길 건너편에 차를 대고 아기 예수 탄생을 묘사하는 장식을 넋 놓고 바라보고 있는데 다목적 승합차가 진입로로 들어왔다. 승합차에는 왕관을 두르고 (왕이 왕권의 상징처럼 드는) 홀 같은 오렌지색 파이프 렌치를 든 남자의 만화 그림이 사방에 있었다. 만화 옆으로 글자가 보였다.

케빈 킹 배관

배관공 킹이
여러분 보금자리의 배수 청소 및 배관을 책임지겠습니다.

리바이스에 줄무늬 데님 셔츠를 입은 뚱뚱한 체구의 남자가 승합차에서 내려 집안으로 걸어 들어갔다.

"나의 천사가 배관공 킹과 결혼했군."

내가 중얼거렸다.

다이어리를 움켜쥐고 차에서 내려 집 현관과 연결된 콘크리트 길을 따라 걸음을 옮겼다. 현관은 빨강 리본과 금색과 파란색의 크리스마스 장식용 방울이 달린 솔잎 화환으로 꾸며져있었고 초인종 위에 절연 테이프가 붙어있어서 어쩔 수 없이 문을 두드렸다. 몇 분 후, 방금 집 안으로 들어갔던 남자가 문을 열었다. 통통한 체구에 얼굴이 붉고 턱 밑이 약간 자란 수염으로 거뭇거뭇했다. 셔츠에는 케빈이라고 적힌 이름표가 수놓아져있었다.

그가 나를 보자마자 한 말은, "저기 건너편에 주차된 포르쉐 주인이오?"였다.

내 차를 슬쩍 돌아다보았다.

"네, 그렇습니다."

"포르쉐에서 만든 SUV 중 하나겠군. 요즘엔 웬만한 브랜드에서 다들 SUV를 만들죠. 롤스로이스에서 SUV가 나온다고 해도 전혀 놀랍지 않을 거요. 그래서 얼마짜리예요? 5만 달러? 6만 달러?"

"저건 터보 S입니다. 백 육십만 달러쯤 들었죠."

그의 턱이 그대로 바닥까지 떨어지는 줄 알았다.

"어머나…… 아주 돈을 그냥 쓸어 담았나 보네. 제가 사업을 잘못 고른 게 틀림없군요. 그나저나 무슨 일 하시죠?"

"저는 책을 씁니다. 소설이요."

"오호라 책을 써야 하는구나. 나한테도 재미난 이야깃거리가 있소. 바로 이 집에서 일어난 일인데 당신 얼굴이 파랗게 질릴 거요. 그나저나, 오늘은 무슨 일로 오셨소?"

"노엘 킹이라는 여성을 찾고 있는데, 당신 아내 되시는 분 같아서요."

"내 마누라한테 무슨 볼일이죠? 신경 쓰지 마요, 당신 정도면 제 아내를 가져도 돼요. 포르쉐와 바로 교환해드리리다."

그가 혼자 껄껄 웃었다.

"싫어요? 당연히 저도 싫소. 내가 불러볼게요. 노엘. 누가 문 앞에 있어."

그는 다시 내게 돌아섰다.

"평상시에는 경보기나 정수기 영업사원 같은 낯선 사람들도 잘 찾아오지 않는데, 요 며칠 새 벌써 두 번째네요. 어제는 웬 젊은 여자가 찾아오더니 오늘은 당신이로군."

레이첼.

"어제 젊은 여자가 들렀어요?"

"예쁘장한 여자였는데 그냥 좀 혼동해서 잘못 찾아온 거 같더군요. 콜로라도에서 뭘 좀 빨다 왔나 싶더군."

"왜요?"

"무엇보다도, 내 아내에게 30년 전에 애가 있었는지 물었기 때문이오. 나는 노엘이 그 당시 결혼도 하지 않았었다고 말했죠. 아내는 그 젊은 아가씨가 안 됐다고 생각했는지 미안하지만 잘못 알고 있는 게 틀림없다고 말했어요."

나는 아버지의 경고를 떠올렸다.

"젊은 여자는 어떻게 됐죠?"

"눈물을 글썽이면서 제 아내를 한없이 바라보기만 했소. 좀 거북하더군. 그러다가 갔어요. 그런데 웃긴 건, 제 아내와 많이 닮았다는 거요. 적어도 젊었을 때 모습을 보면 거의 쌍둥이라고 해도 속아 넘어갈 만큼요. 확실히 마누라를 흔들어놓긴 했죠. 밤새 울었으니까."

"젊은 여자가 아내의 딸이 아닌 게 확실합니까?"

남자는 나를 정신 나간 사람 보듯 빤히 쳐다보았다. 그는 가슴에 팔짱을 꼈다.

"물론이오. 내가 그녀와 결혼한 지 벌써 27년째요. 내가 임신시켰으면 모를 리가 없지 않겠소. 노엘은 불임이오."

"그럼 두 분은 자녀가 없으세요?"

"그렇다고 방금 말했잖소. 노엘은 아이를 가질 수 없어요. 불임이란 말이오."

"그렇군요."

남자가 히죽 웃었다.

"저기 말이오, 이 집 배관이 기가 막힙니다. 배관은 내가 전문이죠."

나는 애써 짜증을 감췄다.

"네, 배관업계의 왕이시군요."

남자가 웃었다. 남자 뒤로 발소리가 들렸다. 심장이 멎는 듯하다. 그녀다. 살과 뼈를 가진 내 꿈속의 여인. 그녀는 내가 기대했던 모습보다 더 젊어보였다. 여전히 아름다웠다.

수년간 나는 지금, 이 순간이 과연 어떤 느낌일지 궁금했다. 아마도 좋아하는 여배우나 록스타를 만나는 기분이지 않을까 생각했다. 하지만 전혀 그렇지 않았다. 물론, 그 자체로 초현실적이긴 했지만 전혀 불편하게 느껴지지 않았다. 아마도 그녀가 낯설게 느껴지지 않아서일 것이다. 어떻게 그럴 수가 있지? 그동안 그녀는 나와 함께 있었다.

그녀는 나를 이상한 표정으로 쳐다보았다. 그녀 역시 마음 깊은 곳에서는 나를 알아볼 수 있을지 궁금했다. 유감스럽게도 그녀의 남편이 어린아이처럼 초롱초롱한 눈빛을 빛내며 자리를 뜰 생각을 하지 않았다.

"무슨 일이시죠?"

그녀가 친절하게 물었다.

"노엘 엘리스 씨죠?"

"엘리스는 제 처녀 때 성인데요. 실례지만, 당신은?"

그녀가 조심스럽게 미소를 지어 보였다. 나는 그녀에게서 시선을 떼지 않은 채 손을 내밀었다.

"제 이름은 제이콥 크리스찬 처처입니다."

그녀는 마치 전기가 나를 관통해 그녀에게 찌릿한 충격을 준 것처럼 반응했다. 그녀가 손을 떨어트렸다. 두려워하는 듯이 보였다.

"미안해요. 제가 아는 분인가요?"

그녀가 더듬거렸다. 나는 배관공을 흘끗 쳐다보고 나서 시선을 다시 그녀에게 고정했다. 지금까지도 그녀가 거짓된 삶을 살아야 한다는 사실에 연민이 느껴졌다.

"아마 저를 기억 못 하실 겁니다. 하지만 잠깐 저의 부모님과 알고 지내셨죠. 제 어머니 루스 처처가 돌아가셨다고 말씀드리러 왔습니다."

나는 노엘을 위해 거짓말을 했다. 그녀는 침을 꿀꺽 삼켰다.

"그 말을 들으니 참 유감이군요. 아버지는?"

"아직 살아 계세요. 잘 지내고 계세요."

"그럼, 그분께 제 심심한 위로와 조의를 전할게요."

"네, 물론입니다."

잠시 그녀를 바라보았다. 그녀는 내가 누구인지 알고 있다는 확신이 들었다. 그리고 그녀 역시 내가 자신을 알고 있음을 인지하고 있었다. 그래서 우리는 현관이라는 무대에서 배관공인 한 명의 관

객을 앞에 두고 열연을 펼치게 되었다. 갑자기 그 남자가 죽이고 싶도록 미웠다.

내가 마침내 입을 열었다.

"그럼. 제가 하고 싶었던 말은 그게 다예요. 그나저나 제 부모님 댁에서 태어난 아기에 대해 뭔가 알고 계실 것 같은데. 부모님이 레이첼이라는 이름을 지어주셨죠. 심성이 곱고 따뜻한 사람이에요. 그녀의 어머니처럼요. 레이첼의 어머니도 자랑스러워하실 겁니다. 그걸 알고 싶어 하실 것 같아서요."

노엘의 눈이 휘둥그레졌다. 배관공은 내가 무슨 중국어라도 하는 양 나를 빤히 쳐다보았다. 노엘은 분명 자신의 감정과 싸우고 있었지만 눈에 어느새 이슬이 맺혔다.

"좋은 하루 보내세요."

노엘이 그녀의 눈을 훔쳤다.

"잘 가요."

그녀가 부드럽게 말했다.

나는 돌아섰다. 그 순간 갑자기 내 안에서 울컥하면서 격한 감정이 일었다. 과거의 악령이 미소 짓게 내버려 둘 수는 없어. 내가 다시 돌아섰다.

"노엘."

그녀가 내 눈을 쳐다보았다.

"네?"

"할 말이 있어요."

기대감에 찬 눈빛으로 그녀가 내게서 시선을 떼지 않았다.

"오랫동안 제 꿈에 찾아오던 젊은 여성이 있었습니다. 제 세상이 무너질 때 저를 누구보다도 따뜻하게 보듬어주던 사람입니다. 그녀는 자신의 세계가 무너질 때조차 겁먹은 어린 꼬마를 사랑으로 보살펴주던 유일한 여자였어요. 꿈속의 그 여성은 내가 두려워할 때면 나를 꼭 안아주었죠. 제가 혼자였을 때 곁을 지켜주었고, 제가 스스로 사랑스럽지 않다고 믿고 있을 때 저를 사랑해주었습니다."

내 눈에 갑자기 눈물이 차올랐다.

"그녀는 제가 아는 여자 중 최고였습니다. 세상이 그녀에게 거짓된 삶을 강요했다고 해도 난 상관 안 해요. 그녀가 어떤 사람인지에 대한 진실만큼은 수치심과 기만으로 억누르기에 너무나 크기 때문입니다. 저는 진심으로 그녀를 사랑합니다. 그리고 만약 단 한 번만이라도 다시 그녀를 만나게 된다면 그녀 역시 그 진실을 알게 될 것이라고 저 자신에게 말했습니다."

나는 다이어리를 들어 올렸다.

"이건 당신 거예요, 노엘. 그건 당신의 것이지 그들 소유가 아니에요. 거짓이 차지하게 해선 안 돼요. 여기에 당신은 칭송받는 삶보다 진실한 삶을 살겠다고 썼어요. 칭송받는 진실한 삶을 당신은 전부 누릴 자격이 있단 말이에요. 그건 당신 삶이지 그들의 삶이 아니에요. 당신에게는 그 삶을 요구할 권리가 있습니다."

나는 그녀 앞에 다이어리를 내밀었다.

"수치심을 떨쳐버리고 자유롭게 걸어나갈 때에요. 진실이 당신을 자유롭게 할 거예요."

일순간 시간이 멈춘 듯했다. 배관공은 말 그대로 어안이 벙벙하여 말문이 막힌 듯했지만, 그녀의 눈빛에 무언가 강렬한 것이 스치고 지나갔다. 용기였다. 어쩌면 불의에 대한 분노였을 수도 있고, 아니면 다분히 지친 것이었을지도 모르지만, 그녀는 다이어리를 받아들었다. 그런 다음 나를 올려다보며 말했다. 눈물이 그녀의 뺨을 타고 흘러내렸다.

"제이콥, 내 사랑스러운 제이콥. 넌 모를 거야, 내가 얼마나 네 걱정을 했는지."

그녀가 내 앞으로 다가와 나를 와락 끌어안았다. 잠시 흐느끼다가 그녀가 다시 마음을 다잡았다.

"제이콥, 레이첼이 여기에 왔었어. 내 아기를 찾을 수 있도록 도와주겠니?"

28

1986년 12월 10일

다이어리에게

  내 주변 사람들은 크리스마스까지 남은 날을 세고 있어. 난 출산일까지 남은 날을 손꼽아 세고 있어. 어젯밤 처처 씨와 제이콥, 그리고 나 이렇게 셋이서 텔레비전으로 〈크리스마스 캐롤〉을 봤어. 조지 C 스콧이 출연하는 영화야. 내가 꼭 기숙학교에 보내진 어린 에버니저 스크루지 같아. 부모님은 나에게 한 번도 연락을 안 하셨어. 그들은 신앙심은 깊지만 경건하지는 않아. 부모님의 종교는 그들 자신이 만든 우상에 지나지 않아. 겉모습일 뿐이지. 부모님이 나를 집에 돌아오지 못하게 할까 봐 두려워하곤 했지만, 이제 나는 다시는 그들과 한 지붕 아래서 살고 싶지 않아.

노엘

노엘과 나는 다음 한 시간 동안 터놓고 이야기를 나눌 수 있었다. 케빈은 조금 전 벌어진 상황에 당황하여 어떻게 반응해야 할지 전혀 몰라서 잠깐 있다가 없어졌다가 했다. 나는 엄마의 부고를 접하고 코들레인에서 유타로 내려와 어떻게 레이첼을 찾게 되었는지, 아니 더 정확히 말하면, 그녀가 나를 어떻게 찾았는지 소상히 전했다.

노엘은 어머니의 낡은 집 쪽으로 차를 몇 번 몰았었다고 말했다. 그러다가 한 번은 우연히 어머니를 본 적도 있지만 손을 흔들지는 않았다고 했다. 우리 어머니가 과연 자신을 알아볼 수나 있을지 의심스러웠다고 말했다. 이야기를 나누는 동안 노엘은 마치 오스카상을 거머쥔 여배우처럼 다이어리를 손에 꽉 움켜쥐었다.

"다이어리가 다시 내 손에 돌아왔다는 게 믿겨지질 않아."

마침내 나는 자리에서 일어섰다.

"레이첼은 남부 유타에 살아요. 이빈스에요."

"이빈스는 나도 잘 알아. 세인트조지 근처에 있잖아."

"레이첼의 주소를 적어드릴 수 있습니다."

노엘은 남편 쪽으로 고개를 돌렸다.

"케빈, 부엌에서 메모지 좀 가져다줘요."

"알았어."

그가 말을 더듬거리며 걸어갔다.

케빈이 떠나자 노엘은 조금 더 편안해보였다.

"고마워, 날 포기하지 않아줘서. 그리고 다시 보게 돼서 너무 기

뼈. 너하고 레이첼. 오늘밤에 차로 레이첼을 보러 갈 수도 있지
만……. 남편과 내가 먼저 할 이야기가 많을 것 같아."

"그러셔야죠. 얼마나 걸릴 것 같아요?"

"남편과 얼마나 얘기가 잘 풀릴지 모르지만, 내가 원한다는 것
만큼은 알아. 아니, 그건 내게 필요한 일이야. 비밀을 품고 산다는
건 그것이 감추고 있는 진실보다 훨씬 더 고통스러운 때가 있어.
지금이 바로 그 순간이야. 내겐 그 비밀을 드러낼 이유가 필요했
었어."

케빈은 메모장과 펜을 들고 느릿느릿 걸어왔다.

"자, 여기 있소."

"고마워요."

그녀가 다시 나에게 필기 용품을 건네주었다. 휴대폰에서 레이
첼의 주소를 찾아 메모장에 옮겨 적었다.

"잘 알아볼 수 있어야 할 텐데. 작가치고는 글씨체가 형편없답
니다."

"괜찮아. 내가 널 마지막으로 봤을 때도 넌 뭔가 끄적거리고 있
었어. 늘 선 안에다 색칠하는 걸 어려워했었지."

그녀가 환하게 웃으며 말했다.

"세상에는 절대 변하지 않는 것들도 있나 보네요."

우리는 꼭 껴안았다. 그녀와의 포옹은 경이로웠다. 꿈보다 더
꿈결처럼 느껴졌다.

"고마워요."

"아니, 내가 고맙지. 사랑한다."

나는 환한 미소로 그녀를 바라보았다.

"알아요. 정말이에요. 저도 사랑해요."

29

1986년 12월 17일

다이어리에게

    오늘은 우리 아기의 출산 예정일이야. 아직 나올 때가 안 됐다니 믿을 수가 없어. 의사는 아기가 크리스마스를 기다리고 있는 것 같다고 말했어. 그래서 내가 크리스마스에 출산하는 건 좋을 게 하나도 없다고 말했더니 그가 웃으면서 그건 지난 3월에 생각했어야 했다고 정곡을 찌르더라. 또다시 수치스러운 감정이 밀려왔어. 잊고 있다가도 늘 되살아나는 감정. 내가 말했지. 지난 3월에는 진짜 거기까지 생각 못 했다고. 그때 난 누군가가 나를 얼마나 많이 사랑해줄지 온통 그 생각뿐이었어.

노엘

피닉스에서 돌아온 날 밤, 나는 레이첼이 살고 있다고 말해준 동네를 찾았다. 이빈스는 유타에서 네 번째로 큰 도시인 세인트조지의 북서쪽에 있는 위성도시이다. 이 지역은 한때 인디언의 한 부족인 파이우트족이 거주하던 곳으로 원래 지명은 산타클라라 벤치였는데 나중에 주민들이 그 이름 대신 안소니 이빈스라는 모르몬교 주창자의 이름을 따서 이빈스라는 지명을 생각해 냈다고 한다. 그는 철자만 맞게 쓴다면 자신의 이름을 지명에 사용해도 좋다고 했다는 것이다. 이빈스의 기후는 세인트조지와 마찬가지로 남서부 사막 기후를 대표하는데 다른 주의 다른 지역보다 훨씬 더 따뜻하다.

10시 15분경 고속도로에서 세인트조지의 일반도로로 빠져나와 어둠 속에서 이빈스를 향해 서쪽으로 차를 몰았다. 전반적인 풍경은 솔트레이크보다 세도나에 더 가깝게 느껴졌다. 20여 분만에 레이첼의 집을 찾았다.

그녀가 말했듯이, 집은 주변보다 더 오래되었고, 당연히 디자인과 조경 면에서 더 보수적이었다. 황갈색 치장 벽토 외관을 지닌 단층 주택으로 자갈이 깔린 마당 양옆으로 빨간색 콘크리트 블록 울타리가 에워싸고 있었다.

10시가 조금 넘은 시간이었지만 집은 어두웠고 조명은 현관 불빛과 보도에 일렬로 세워놓은 발목 높이의 태양광 지시등이 전부였다. 블라인드도 커튼도 없는 커다란 통유리를 통해 집 안이 훤히 들여다보였다. 다행히 레이첼의 차가 집 앞 진입로에 주차되어있었다.

나는 집으로 걸어가 문을 두드렸다. 두 번째 두드리는 소리에 현관 복도에 불이 켜졌고, 문 쪽으로 황급히 걸음을 옮기는 발소리가 들렸다. 잠시 멈칫하다가 자물통 걸쇠가 미끄러지듯이 부드럽게 움직였다. 현관 베란다 너머로 등이 두 번 더 켜졌고 마침내 문이 열리면서 두꺼운 암갈색 테리 천 가운을 입은 노인이 모습을 드러냈다. 나보다 작은 키에 대머리였고 크고 뾰족한 코에 와이어 테 안경을 끼고 있었는데 무성하게 자란 수풀처럼 거칠게 보이는 검고 부스스한 눈썹을 가지고 있었다. 손에 쇠스랑만 쥐여 주면 미국의 괴기 소설에 등장하는 노인 역할에 딱 제격일 듯한 모습이었다.

그는 자신의 시계를 지그시 내려다보더니 다소 거친 말투로 물었다.

"무슨 일이오?"

"레이첼을 만나러 왔습니다."

"누구시오?"

"레이첼의 친구입니다."

노인은 눈 하나 깜짝하지 않고 말했다.

"레이첼은 이미 잠자리에 들었소."

"죄송합니다만, 저는 코들레인에서 왔습니다. 여기보다 한 시간이 이르죠."

노인은 여전히 표정 하나 바꾸지 않았다.

"선생님, 저는 방금 솔트레이크에서 따님을 뵈러 내려왔습니다."

"음, 그럼 그냥 차를 몰고 다시 돌아가면 되겠군요."

"듣던 것보다 더하네."

나는 혼자 중얼거렸다.

"방금 뭐라고 했소?"

바로 그때 레이첼의 목소리가 들렸다.

"아빠, 누구예요?"

노인이 어깨 너머를 힐끗 쳐다보고 나서 다시 내게 시선을 고정했다. 내가 어깨를 으쓱했다.

"죄송합니다. 제가 따님을 깨운 것 같군요."

레이첼이 노인의 등 뒤로 다가오다가 나와 눈이 마주치자 그 자리에 얼어붙었다.

"이 남자가 널 안다고 말하는구나."

"제 친구예요. 저기, 제이콥이라고 해요."

"그 사람?"

노인이 물었다. 내가 그녀와 눈을 마주쳤다.

"그 사람?"

"잠깐 얘기 좀 해야겠어요."

노인이 경멸에 찬 눈빛으로 나를 쳐다보면서 나직이 읊조렸다.

"개가 그 토한 것을 다시 먹는 것과 같이(As the dog returns to his vomit. 성경의 잠언 26:11에 나오는 말로 미련한 자는 미련한 일을 다시 행한다는 뜻 - 옮긴이주)."

나는 노인의 눈을 똑바로 쳐다보았다.

"방금 저를 개로, 그리고 당신 딸을 토사물로 칭한 건가요?"

271

또다시 그는 표정 하나 바꾸지 않고 그대로 몸을 돌려 황급히 걸음을 옮겼다.

나는 레이첼에게 돌아섰다.

"그 사람?"

"여기서 뭐 하는 거예요, 제이콥?"

"당신이야말로 여기서 뭘 하는 건가요."

"난 여기 살아요."

"여기 사는 건가요, 아니면 여기서 수감생활을 하는 건가요?"

그녀는 대답하지 않았다.

"당신 어머니를 만났어요."

레이첼의 얼굴에 분노가 스쳤다.

"저도 만났어요. 날 못 알아보던데요."

"알아요, 노엘이 말해줬어요. 그리고 지금 굉장히 미안해하고 있어요. 어제 일로 마음 아파하고 있어요."

"그래요? 저는 아픈 정도가 아니라 갈가리 찢어지는 것 같았어요. 자신을 낳아준 엄마한테서 거부당한 기분이 어떤지 아세요?"

"네, 실은 저도 잘 알아요."

레이첼이 잠시 멈추었다가 다소 누그러진 말투로 계속했다.

"적어도 내 교도소장님은 날 한 번 쓰고 버리는 일회용품처럼 내다 버리진 않았어요."

"당시 그녀는 겁에 질린 십 대 소녀였어요, 레이첼. 당신은 살면서 하기 싫은 일은 단 한 번도 한 적이 없었다고 자신 있게 말할 수 있나요?"

그녀가 심호흡한 뒤 천천히 숨을 내쉬었다.

"원하는 게 뭐예요, 제이콥?"

"내가 뭘 원하는지 알잖아요."

"그래서 그게 뭔데요?"

"당신은 작별 인사도 없이 떠났어요."

"편지에서 했잖아요."

"그 편지 때문에 내가 더 혼란스러운 거예요. 난 항상 사람들이 서로 왜곡하고 타인을 교묘히 다루는 갈등을 글로 써요. 하지만 내가 아는 누구보다 그들을 사랑한다고 말하면서, 제 생각에 제 약혼자는 -"

"제이콥, 저는 약혼했어요."

"— 제 약혼자는 저를 별로 좋아하지 않는 것 같아요……."

"그리고 난 술에 취했었어요."

"때로 술에 취해 진심이 우러나오기도 하죠."

"저는 약혼했어요."

"당신이 약혼했든 안 했든, 나는 진실을 알아요. 그건 당신도 마찬가지죠. 당신이 함께하고 싶은 사람은 약혼자가 아니에요. 당신은 날 원해요. 그리고 저 역시 당신과 함께하고 싶어요."

그녀의 눈에서 눈물이 흐르기 시작했다.

"제가 틀렸나요?"

레이첼은 하염없이 울었다. 잠시 후 마음이 추슬러졌을 때 그녀가 다시 입을 열었다.

"내가 무엇을 원하는지는 중요하지 않아요."

내 입이 떡 벌어졌다.

"그럼 뭐가 중요하죠?"

"옳은 일을 하는 거요."

"사랑하지도 않는 남자와 결혼하는 게 옳은 일인가요?"

레이첼은 입을 꾹 다물었다.

"날 봐요. 난 당신을 사랑해요. 내가 당신을 옳게 대우해줄게요."

여전히 그녀의 입이 굳게 다물어져 있었다. 마지막으로 내가 말했다.

"좋아요. 이것만 대답해줘요. 그럼 당신을 내버려둘게요. 3년 전에도 결혼을 승낙하지 않았는데 이제 와서 승낙할 수 있을 것 같아요?"

그녀는 말없이 날 바라볼 뿐이었다. 긴 침묵이 흐른 뒤 내가 다시 입을 열었다.

"대답한 걸로 알게요."

"난 대답하지 않았어요."

"약혼한 지 3년이 지났는데도 여전히 결혼하고 싶은지 고민스럽다면 이미 답은 나온 겁니다."

그녀의 눈이 다시 눈물로 그렁그렁했다.

"내겐 지켜야 할 약속이 있어요."

"아니, 당신은 약속을 지키겠다는 약속을 지키는 겁니다."

"그건 그냥 똑같은 거예요."

"아니, 똑같지 않아요. 당신이 결혼한다면, 물론 내가 여기 있을 이유가 없겠죠. 그거야 당신도 잘 알겠죠. 내가 당신 결정을 존중할 거란 것도."

레이첼이 눈물을 펑펑 쏟았다.

"레이첼······."

갑자기 그녀가 소리쳤다.

"네!"

나는 그녀를 쳐다보았다.

"뭐라고요?"

"네. 제 약혼자에게 '네'라고 대답할 거예요."

그녀는 나 못지않게 자기가 내뱉은 말에 놀란 것처럼 보였다. 숨이 턱 막혔다. 차라리 야구방망이로 내 복부를 힘껏 걷어차이는 편이 더 나았을지도 모른다. 나는 천천히 숨을 내쉬었다.

"좋아요. 알겠어요."

나는 고통으로 온몸이 떨렸다. 마치 그때 그 소년으로 되돌아가 여행 가방을 들고 길가에 서 있는 것 같았다. 금방이라도 토할 것처럼 속이 울렁거렸다. 레이첼이 떨면서 나를 쳐다보았다.

"제이콥······."

차마 그녀를 볼 수 없었다. 그 어떤 말도 할 수가 없었다.

"제이콥."

내가 천천히 그녀를 올려다보았다.

"미안해요. 갈게요."

몸을 돌려 천천히 내 차로 걸어갔다. 레이첼은 내가 도로로 빠져나오는 동안 눈물을 닦으며 문 앞에 서있었다.

그 시간에 나는 다시 솔트레이크시티까지 운전해서 돌아왔다. 어머니 집에 돌아왔을 때는 거의 새벽 세 시였다.

30

12월 21일

1986년 12월 24일

다이어리에게

　오늘은 내 생일이야. 이제 나는 열여덟 살이야. 하지만 여
기에서는 아무도 몰라. 그 사실을 아는 사람들, 내 부모님
과 피터는 신경도 안 써. 나는 꼬마 제이콥에게 말했어. 오
직 제이콥에게만. 아이가 웃었어. 벌써 크리스마스이브야. 오
늘 밤에 메리에 대해 읽었어. 올해는 이 이야기가 다르게 느껴
져. 나도 모르는 사람들 틈에서 곧 출산할 거고, 그들 역시
내 아이를 빼앗을 테니까. 메리와 나 자신을 비교하는 게 아
니야. 나 역시 죄인이니까 내 고통을 비교하고 있는 거야. 내
상처는 너무나 깊어. 그리고 지금 내가 사는 이 집과 나의 귀

여운 천사 제이콥. 그 아이는 어떻게 될까? 처처 부인은 몸이 좋지 않아. 밤 외에는 방에서 나오지도 않지. 이제 삐쩍 말랐어. 이제 누가 제이콥을 돌볼지 모르겠어. 예전의 루스가 사라졌으니 아이 아빠라도 제이콥에게 필요한 사람이 되어주길 기도하는 수밖에. 어쩌면 그녀를 비난하면 안 될 것 같아. 나도 아기를 잃게 되겠지. 비록 내 아기가 멀리 어딘가에 있겠지만, 다른 누군가가 내 아이가 자라는 모습을 지켜봐 줄 거야.

노엘

침실 창문으로 쏟아져 들어오는 눈부신 햇살에 흠뻑 젖은 채 잠에서 깼다. 오늘 새벽 나는 내 침대에서, 바로 내 어릴 적 침대에서 잠을 청했다. 딱 좋았다. 그때도 상처받았었지.

밖에서 문을 두드리는 소리가 들렸고 그제야 내가 그 소리에 잠에서 깨어났다는 것을 깨달았다. 아주 잠깐 움직이지 않고 누워있었다. 가슴속에서 두근거림이 멈추지 않아서였다. 나는 억지로 일어나 바지와 셔츠를 받쳐 입고 맨발로 거실로 나가 문을 열었다.

엘리즈가 추위에 몸을 약간 떨면서 현관 앞에 서있었다. 엘리즈는 작은 갈색 자루를 들고 있었다. 틀림없이 나를 걱정하면서 나를 유심히 살펴봤을 테니까 아마 내 느낌보다 더 안 좋아 보였을 것이다.

"괜찮니?"

"네, 방금 일어났어요."

"작가들이 시간을 다르게 쓴다는 얘긴 들었지만 벌써 정오가 지났어."

"긴 밤이었어요. 새벽 세 시쯤에 도착했어요."

"애리조나에서?"

"아니요, 이빈스에서요. 들어오시겠어요?"

"그러마."

엘리즈는 안으로 걸어들어가 늘 하던 대로 방을 이곳저곳 둘러보았다.

"이제야 집 같구나."

"고마워요. 앉으세요."

"고맙네."

그녀가 소파 한쪽 끝에 자리를 잡았고 내가 가운데 앉았다.

"아침에 네 차를 보고 얼마나 기뻤는지 몰라. 바로 집으로 돌아가서 다신 못 보는 줄 알았어."

"오늘 오후에 떠나요. 하지만 작별 인사도 없이 떠나기야 하겠어요."

"그 말을 들으니 기쁘구나. 넌 이곳을 정말 바꿔놓았어. 이렇게 집처럼 느껴진 게 거의 20여 년 만에 처음인 것 같아. 그래, 아버지는 찾았니?"

"네."

"어떻게 됐어?"

"잘 됐어요. 아주머니가 그렇게 될 거라고 말씀하신 대로요."

"그 얘기도 날 기쁘게 하는구나. 그런데 왜 슬퍼 보이지?"

"모든 게 다 잘 풀린 건 아니에요."

"그 아가씨?"

나는 손으로 머리를 긁적였다.

"네."

엘리즈가 고개를 끄덕였다.

"언제나 여자가 말썽이구나, 그렇지? 하지만 그런 일도 있어야 글도 써지지."

"그 얘긴 쓰지 않을 거예요. 하지만 뭐 괜찮아요. 그래서 돌아온 건 아니니까요."

그녀가 사려 깊은 눈빛을 빛냈다.

"제이콥, 왜 돌아온 거니?"

나는 숨을 길게 들이마셨다.

"솔직히 아직도 모르겠어요. 그래서 답을 찾고 있었어요."

"무엇에 대한 답?"

나는 엘리즈에게 대답할 수 없었다.

그녀는 잠시 나를 바라보더니 말했다.

"넌 네가 진짜 찾고 있는 것에 대해 결코 그 답을 찾을 수 없을 거야."

"제가 정말로 뭘 찾고 있는지 아세요?"

"어느 정도는. 네 친구 레이첼이 찾으러 온 거랑 똑같지. 넌 왜 자신이 응당 받아야 할 어머니의 사랑을 받지 못한 것인지 알고 싶어 하잖아."

난 그저 그녀를 바라볼 수밖에 없었다. 마음속 깊이 그녀가 옳다는 걸 알았으니까.

"하지만 더 중요한 건 네가 무엇을 찾고 있느냐가 아니라 왜 그걸 찾고 있느냐 하는 점이야, 제이콥. 네 마음속에는 아직도 여전히 사랑받지 못할까 봐 두려워하는 꼬마가 살고 있어. 그래서 그 답을 찾아다니는 거야. 그리고 가끔 그 꼬마가 사랑을 밀어내는 거란다. 때때로 그 아이는 사랑을 얻으려고 노력해. 하지만 또 그 소년은 사랑을 얻기 위해 그토록 힘겨운 노력을 쏟아붓게 한 모든 사람을 원망하기도 하지. 정말 너무 많이 노력해야 하니까. 왜냐하면 그 꼬마조차도 사랑은 저절로 얻어질 수 있는 게 아니란 걸 알거든. 유일한 참사랑은 은혜뿐이란다. 다른 것들은 모두 다 가짜야. 그럼 내가 네 질문에 대답해줄게, 제이콥. 왜 넌 사랑스럽지 않았냐고? 답은 너도 이미 알고 있지만 받아들일 용기가 없었을 뿐이야. 알다시피, 무언가를 알면서 믿지 않는 건 충분히 가능해. 진짜 대답은 이거야. 넌 사랑스러웠어. 넌 사랑스럽고 반짝거리는 눈망울로 모든 이의 삶을 환하게 밝혀준 어린아이였어. 심지어 네 어머니의 삶마저도. 너는 대단히 사랑스러웠어. 언제나 그랬고 앞으로도 그럴 거야. 널 연약하게 만든 건 바로 너의 그 속 깊은 사랑 때문이었단다."

엘리즈는 날카로운 눈으로 나를 바라보았다.

"그리고 넌 여전히 제이콥이야. 상냥하고 눈빛이 반짝거리던 그 꼬마. 그 아이는 아직 네 안에 있어. 그리고 여전히 사랑스럽고 연약하지. 네가 쓴 책을 한 장 한 장 넘길 때마다 나는 그때 그 꼬마의 다정함을 느낄 수 있었어. 그리고 나만 그런 게 아니야. 수백만 독자들 역시 마찬가지야. 그게 그들이 널 사랑하는 이유이기도 해. 독자들도 그걸 느낄 거야. 그래서 그들이 너에게 매료되고 네가 그들의 빈 곳을 채워주는 거란다. 하지만 애야, 이젠 잠시 우리를 잊고 너 자신의 빈 곳을 채워야 할 때야."

갑자기 내 몸에 전율이 일었다. 그리고 눈에 눈물이 고이기 시작했다. 엘리즈가 내 옆으로 다가와 나를 껴안고 울기 시작했다.

"제이콥, 네가 이렇게 고통받아서 내가 정말 미안하구나. 너에게서 고통을 없앨 수 있었더라면 참 좋았을 텐데. 그렇지만 충분히 오래 지니고 있었잖아. 이제는 그냥 놓아주려무나."

나는 그녀를 올려다보았다.

"레이첼이 저를 떠났어요. 저를 사랑한다고 말하고 저를 떠났어요."

엘리즈가 천천히 고개를 끄덕였다.

"물론 그녀가 그랬겠지. 그렇다고 그녀가 너를 사랑하지 않는다는 뜻은 아니야. 그건 그녀도 너만큼이나 사랑을 두려워한다는 뜻이야. 너만큼 버려지는 걸 두려워하니까. 그렇지 않았다면 왜 이렇게 오랜 세월이 흐른 뒤에도 여길 찾아왔을까? 레이첼 역시 너와 같은 질문에 답을 찾기 위해 노력하고 있어."

나는 눈물을 닦았다.

"이제 어떡하죠?"

"자기 자신을 사랑하거라. 자기 자신을 존중하고 믿음을 가져야 해. 나이가 들수록 모든 일이 더 수월해지는 것 같아. 항상 그런 건 아니지만 보통은 그렇단다. 젊어서는 그게 잘 안 돼."

내가 감사의 눈빛으로 그녀를 바라보았고 그녀가 미소로 화답했다.

"내가 뭘 좀 가져왔단다."

엘리즈가 가방에 손을 넣어 셀로판 꾸러미를 꺼냈다. 브라치스의 별 모양 초콜릿. 눈물이 흐르는 가운데에서도 웃음이 나왔다.

"아!"

"그리고 또 있어."

그녀가 다시 가방 안으로 손을 넣어 광택이 나는 작은 검은색 상자를 꺼냈다. 상자 뚜껑을 들어올렸다. 솜이 깔린 바닥에 배트맨 형상의 도자기 조각상인 반들거리는 핀이 있었다. 감정이 북받쳐 올랐다

"이거 기억나요."

"그래, 너에겐 아주 특별한 물건이었지. 난 그걸 계속 우리집에 보관했어. 네가 거의 매일 와서 그걸 보곤 했었잖아."

"배트맨 핀은 닉의 것이었어요."

"맞아, 그 애가 그걸 너에게 남겨 두고 갔었어."

"로빈 핀도 있었어요."

"내 조카는 네가 항상 다이나믹 듀오가 될 수 있도록 그걸 가지

고 있었단다. 독일에 있을 때도 그랬어."

핀에 손가락을 문질렀다.

"이렇게 작은 것들이 기쁨을 가져다줄 수도 있군요."

"그럼, 언제나 그렇단다. 추억이 너무 많아."

그녀가 긴 한숨을 내려놓았다. 난 아주머니의 손을 잡았다.

"고마워요."

그녀는 천천히 내 팔을 붙들고 균형을 잡으면서 몸을 일으켜 세웠다.

"그럼, 이제 난 자네가 다시 일상으로 돌아갈 수 있도록 물러나야겠네. 늙은이의 횡설수설을 듣는 것보다 더 재미난 일이 많을 테니까."

"아니, 아닙니다."

그녀가 내 눈을 들여다보면서 말했다.

"그럼 내가 조언을 좀 해도 될까?"

"물론이죠."

"레이첼이 상황을 깨닫게 될 때가 있을지도 몰라. 절대 그녀를 자책하게 만들지 말게. 그녀에게도 은혜가 필요해. 자네처럼."

나는 엘리즈를 문까지 바래다주었다. 그녀는 밖을 내다보았다.

"오, 또 눈이 오네. 크리스마스에 내리는 눈은 언제나 좋아. 즐거운 크리스마스 보내거라, 제이콥. 드디어 네가 집에 돌아와서 기뻐."

31

1986년 12월 30일

다이어리에게

나의 귀여운 아기는 크리스마스 다음 날 태어났어. 아기는 2.8킬로그램의 작은 몸을 지니고 있어. 게다가 몸길이도 40센티미터에 불과해. 너무너무 아름다운 아기야. 아기의 생일은 내 생일 이틀 뒤야. 앞으로 크리스마스는 나에게 절대 이전과 같지 않을 거야. 그날 그들이 아기를 나한테서 데리고 갔어. 심지어 내 젖가슴도 아기에게 젖을 물리고 싶어 울고 있어. 도저히 울음을 멈출 수가 없단다. 다시는 아기를 볼 수 없을 것 같아. 내가 무슨 낯으로? 난 그들이 내 아기를 어디로 데려갔는지도 모르는데. 내 인생이 수치스러워. 아기를 위해 내가 싸울까? 우리가 원하는 것을 위해 싸워볼까?

내 아기의 새로운 부모님이 아기에게 내 얘길 들려줄까?

가슴이 찢어지는 이 고통이 언제쯤 사라질지 궁금해.

노엘

샤워하고 면도하고 옷을 입었다. 그러고 나서 그 오래된 집을 마지막으로 한번 거닐었다. 마지막 한 바퀴. 추억이 너무 많았다. 방마다 추억이 깃들어있었다. 코들레인에 다 가져가지 못할 정도로 차고 넘쳤다. 어쩌면 다행일지도 모른다. 많은 추억은 집에 남아있어야 한다. 하지만 전부는 아니다. 그때도 행복했던 추억이 있었다. 웃음과 배려, 사랑과 연민이 가득했던 그때. 나는 단지 그 순간들을 드러내고 추억으로 남아있을 수 있도록 했다. 고통 속에서 함께 공존하기 위해. 딱 엄마의 저장 강박으로부터 집을 들춰내야 했듯이.

안방 어머니의 침대를 바라보았다. 엄마의 발을 문질러주거나 이쑤시개로 등과 얼굴을 긁어주던 때가 떠올랐다. 어머니에게도 은혜가 필요했을 것이다. 어머니는 이곳에 남겨져야 했다.

내 침실 벽에서 포스터를 떼었다. 그때 문에서 또 노크 소리가 들렸다. 침대에서 몸을 굴려 밖으로 나와 문을 열었다. 이번에 현관에 서있는 사람은 레이첼이었다.

잠시 나는 말없이 그녀를 바라보기만 했다. 눈은 부어있었고 뺨은 눈물로 얼룩져있었다. 그녀의 고통에도 불구하고, 내 마음은 그녀에게 되갚아주고만 싶었다. 그렇지만 엘리즈의 말이 생각났다. 은혜.

나는 숨을 크게 들이마셨다.

"들어올래요?"

레이첼이 말없이 고개를 끄덕이며 안으로 들어섰다. 나는 손짓으로 소파를 가리켰고 그녀가 앉았다. 나는 맞은편에 자리를 잡았다. 레이첼이 수심 가득한 얼굴로 나를 쳐다보았다.

"여긴 무슨 일이에요?"

"당신을 보고 싶었어요."

"당신은 날 거절했어요. 그것도 두 번씩이나."

그녀가 시선을 아래로 떨구었고 눈물이 바닥에 떨어지는 것이 보였다.

"정말 미안해요."

"약혼자를 원한다고 했잖아요."

레이첼이 눈물을 닦고 나서 고개를 들었다.

"당신은 진실을 알고 있었어요."

"글쎄, 잘 모르겠는데."

레이첼의 얼굴에 고통스러운 표정이 스치고 지나갔다.

"그분이 왔었어요."

"누가 왔었는데요?"

"제 어머니요."

나는 말을 짧게 정리했다.

"그래서 여기 온 거예요? 노엘이 시켜서?"

"아니, 그건 아니에요. 그녀가 제게 한 말 때문에 여기 온 거예요."

"그게 뭐죠?"

"어머니는 '내가 수년 전에 저질렀던 것과 똑같은 실수를 저지르지 말아라. 나는 다른 사람들이 내 인생의 이야기를 쓰도록 내버려 뒀어.'라고 말했어요. 당신이 저를 다시 사랑해줄 수 있을지 알고 싶었어요. 예전처럼. 그리고 우리는 우리의 이야기를 바꿀 수 있어요."

나는 조심스럽게 그녀를 바라보았다.

"어떻게요?"

그녀가 침을 꿀꺽 삼켰다.

"로맨스로요."

"로맨스?"

"네, 당신이 얘기했던 것처럼요. 남자는 여자를 만나고 남자는 여자를 잃어요."

그녀가 머뭇거리다 덧붙였다.

"남자는 여자를 되찾아요."

내가 그녀를 잠시 바라보다 입을 열었다.

"약간 정형화된 공식 같은데요."

"난 상관없어요."

"결말은 그 후로도 오랫동안 행복하게 사나요?"

"네, 반드시 행복한 결말이어야 하죠. 여자가 진실한 사랑을 찾게 되면 언제나 결말은 행복해요."

잠시 그녀를 바라보고 있노라니 얼굴에 활짝 웃음이 피어올랐다.

"한 번 써보죠. 하지만 당신이 날 도와줄 때만 가능해요."

눈물이 그녀의 볼을 타고 흘러내리는 동안 얼굴에 미소가 떠올랐다. 레이첼이 내 품으로 뛰어들었다.

"네, 평생 그렇게 할게요."

에필로그

1987년 1월 11일

다이어리에게

집에 갈 준비를 하고 있어. 부모님이 나를 보러 오셨어. 그들은 차가워. 내 아기를 보지도 않았어. 아기에 대해 입에 올리지도 않았어. 난 내 아기가 걱정돼. 어린 제이콥도. 그 아이를 데리고 갈 수만 있다면 얼마나 좋을까. 하지만 그건 불가능해. 나는 이 다이어리조차 가지고 갈 수가 없는걸. 그건 모두가 감추려고 고군분투했던 과거의 '증거'야. 이 다이어리를 버릴 엄두가 안 나서 그냥 내 침실에 두기로 했어. 아마도 언젠가 어떤 목적에 도움이 될지도 모르니까.

내 어린 딸에게 : 만약 네가 이걸 읽게 된다면, 널 실망하게 해서 내가 얼마나 미안한지 알아줬으면 한다.

내 어린 제이콥에게 : 내가 너를 절대 잊지 못할 거라는 걸

알아줬으면 해. 그리고 나는 너를 영원히 사랑할 거야. 네 꿈
속에 찾아갈게.

노엘

시카고에서 진행했던 〈USA 투데이〉 홀리데이 라운드업 인터
뷰를 다시 진행했으면 정말 좋았을 텐데. 이번에는 아주 다른 대
답을 할 테니까. 기자에게 크리스마스에 혼자 에그노그를 마시며
미국 대학 풋볼 녹화 경기나 보면서 지낼 거라는 말은 하지 않을
텐데.

마지막 순간에 나는 크리스마스를 축하하기 위해 모든 사람을
비행기로 쿠들레인에 있는 내 집으로 불러들였다. 여기서 '모든 사
람'이란 아홉 명을 말한다. 그러니까 노엘과 케빈, 아버지- 맞다, 아
버지가 비행기를 탔다 -와 그레첸, 타이슨과 캔디스, 그리고 그들
의 아들 테오와 레이첼과 바로 나다. 물론 엘리즈도 초대했지만
그녀에게는 자신의 가족과 함께 크리스마스를 보내는 전통이 있
었다.

수많은 이야기가 오가고 웃음과 눈물이 교차했다. 새해 전야에
부르는 '올드 랭 사인'을 기리는 성대한 축하와 같았다.

내가 피아노를 치고 함께 여러 곡의 크리스마스 캐럴을 불렀다.
조율을 해서 피아노 음 자체는 완벽했지만 내 솜씨는 예전 같지 않
았다. 오랜만에 오래된 노래를 연주했다. 음이 맞든 안 맞든 아무
도 신경 쓰지 않았다. 크리스마스 캐럴은 그 자체로 달콤하게 들리

지 않는가. 유일하게 틀리지 않고 연주한 곡은 '그린슬리브스', 아니면 크리스마스 버전인 '왓 차일드 이즈 디스?'였다. 노엘과 레이첼은 서로 부둥켜안고 울었다.

노엘은 진심으로 행복해 했다. 나는 그녀의 눈에서 그것을 볼 수 있었다. 그녀의 포옹에서 그것을 느낄 수 있었다. 나 역시 더할 나위 없이 기뻤다. 노엘은 행복을 누릴 자격이 있었다. 내가 그날 그녀의 집을 떠난 후, 그녀는 남편에게 모든 것을 털어놓았다. 하지만 그녀는 올바르게 고백했다. 그것은 고해성사도 아니었고, 사면을 구하지도 않았다. 그저 그녀의 진짜 모습을 실현한 것이었다. 노엘은 마침내 자신의 삶이 온전히 자기만의 것임을 분명히 했고, 그 진실의 빛과 힘을 느끼며 당당히 서 있었다. 그녀가 충만한 기쁨을 느끼는 건 당연하다.

* * *

다음 해 6월, 레이첼과 나는 호수의 아름다운 리조트에서 결혼식을 올리기 위해 모든 사람을 다시 코들레인으로 불러들였다. 이번에는 엘리즈도 왔다. 물론 로리도. 내가 좋아하는 모든 사람이 한자리에 모였다. 발리로 신혼여행을 하고 돌아온 뒤 두 달 후 나는 새 책의 집필을 시작하면서 노엘과 레이첼을 파리로 보냈다. 새 책의 제목은 《노엘의 다이어리》였다.

사랑하는 두 여자를 파리로 보낸 건 그들이 서로를 더 잘 알 수 있는 좋은 장소가 될 것 같아서였다. 헤밍웨이는 영감을 얻기 위해 그곳에 갔다. 그들이 자신만의 이야기를 새로 써 내려가는데 그 출발점으로 더없이 좋은 장소가 어디일지 생각했다.

그다음 해에 나는 어머니와의 관계에서 평화를 찾았다. 나는 일그러진 방식으로 어머니를 벌하기 위해, 즉 수십 년간 보지 못했던 한 여성을 벌하기 위한 기이한 방법으로 내 고통을 붙들고 있었음을 깨달았다. 분노에 매달리는 건 독을 삼키고 상대방이 죽기를 바라는 것과 같다고들 하지 않는가. 이제 분노를 놓아주고 살아갈 준비가 되어있었다. 다음 해 어머니날에 나는 어머니의 무덤에 꽃을 가져갔다. 앞에서 무릎을 꿇고 비석에 입을 맞추며 어머니에게 날 낳아주어서 고맙다고 말했다. 우리는 용서하지 않는 자들과 결속한다. 태어나 처음으로 진정한 자유를 만끽했다. 찰스 무덤에는 루트 비어 한 병을 부어주었다. 그는 탄산음료를 무척 좋아했다.

그 해에만 유타를 두 번 방문했다. 두 번 다 묘지였다. 한 번은 어머니의 무덤에, 또 한 번은 엘리즈의 장례식에. 엘리즈는 10월에 뇌졸중으로 쓰러졌다가 그대로 하늘나라로 갔다. 엘리즈의 가족이 나를 장례식에 초대했고 내게 연설을 부탁했다. 내게 그런 영광을 준 것에 감사했다. 아주머니의 조카인 닉이 그곳에 있었다. 그를 다시 만나게 되다니 놀라운 일이었다. 왠지 우리가 친구처럼 느껴졌다. 엘리즈가 세상을 떠날 때 서운했던 만큼이나 집에 돌아왔을 때 그녀가 한때 이곳에 있었다는 사실에 내 마음은 이루 말할 수 없는 감사함으로 가득 찬다. 어쩌면 신은 사소한 것들 속에 숨어있을지도 모른다.

* * *

난 더이상 그 꿈을 꾸지 않는다. 가끔 그 꿈들이 보고 싶기도 하지만, 그건 무엇보다 지난날의 향수를 자극하기 위해서일 것이다. 하지만 이제는 필요 없다. 지금 내 곁에는 밤마다 나를 꼭 안아주는 레이첼이 있으니까. 그녀가 내게 필요한 사랑의 전부다. 그리고 아침에 일어나도, 그녀는 여전히 거기에 있다.

* * *

계속해서 책을 쓰는 것 말고 내 삶은 그야말로 양자가 도약한 것처럼 비약적으로 발전했다. 양자 도약. 나는 글을 쓸 때 물리학에서 은유를 가져와 인물이나 어떤 상황을 묘사하는 경우가 많다. 이를테면 중력, 블랙홀, 자기장 등이 그 예다. 아마도 결국 삶은 물리학의 문제일지도 모른다. 즉, 삶은 뉴턴의 첫 번째 운동 법칙, 즉 관성의 법칙이다. 법칙에 따르면 움직이는 물체는 외부에서 불균형한 힘이 작용하지 않는 한 같은 방향으로 계속 움직인다.

그것이 우리가 사는 방식이다. 우리는 행복하든 그렇지 않든 관성적으로 속도를 내면서 달리다가 무언가에 충돌하고 나서야 방향을 바꾼다. 때로 그 충돌은 우리에게 엄청난 고통을 안기기도 하

고, 때로는 가볍게 지나가기도 하지만, 운이 좋다면 사랑이 바로
그 불균형한 힘이 될 수도 있다. 사랑. 우주에 이보다 더 큰 힘은 존
재하지 않을 것이다. 우리가 그 놀라운 힘을 막아서지만 않는다면

| 감사의 말 |

이 책과 함께 저와 여정을 같이한 모든 분께 진심으로 감사드립니다. 조너선 카프, 캐럴린 리디, 그리고 사이먼 & 슈스터 가족 모두에게 감사의 말씀을 전합니다. 저에게 깊은 통찰력과 놀라운 인내심, 그리고 변함없는 너그러움을 보여준 저의 편집자 크리스틴 프라이드에게 고마움을 표합니다. 아울러 저와 제 가족을 위해 항상 곁에 있어 준 제 에이전트 로리 리스에게도 감사드립니다. 베스트셀러 작가인 제 딸 제나 에반스 웰치(러브 & 젤라토)의 조언과 도움에 고마운 마음을 전하고 싶습니다. 자녀가 자신보다 더 높이 오르는 과정을 지켜보는 것은 모든 부모의 꿈일진대, 제나는 그 길을 잘 걸어가고 있습니다. 저의 스태프들과 친구들인 다이앤 글래드, 헤더 맥베이, 배리 에번스, 프랜 플랫, 카밀 쇼스테드, 그리고 캐런 크리스토퍼슨에게도 진심으로 감사드립니다. 바로 제 책을 세상과 공유하는 데 많은 도움을 주신 분들입니다.

《노엘의 다이어리》는 저의 다른 어떤 책보다 제 삶에서 더 많은 것을 끌어왔습니다. 제게는 저만의 노엘이 있습니다. 그녀에게 제 고마운 마음을 전하고 싶습니다. 더불어 감정적으로 긁히고 멍든 제 상처를 치료해준 모든 분, 특히 용기 있는 제 아내이자 친구인 케리에게 고마움을 느낍니다.

다시 한 번 독자들에게 감사드립니다. 여러분이 없다면 제 책은 그저 종이와 잉크에 불과할 뿐입니다.